にんじんが行く!

The Carrot Goes!

調薬ギフトで遊んでいたら
なぜか地下迷宮を攻略していた件

しろ卯
ill. 珠梨やすゆき

CONTENTS

The Carrot Goes!

一章 にんじん、イセカイへ行く！

名前 にんじん

種族 マンドラゴラ

職業 薬師、治癒師

ギフト

調薬

一度作った薬を、次からは自動で作れる

幻聴

声を望む音に変えられる

鑑定

鑑定した対象の情報を得られる

癒やしの歌

音による治癒魔法が使える

緑の友

植物の扱いが上手くなる

フルダイブ型ＶＲＭＭＯＲＰＧ『イセカイ・オンライン』。全てのＮＰＣ――ゲームに登場するプレイヤー以外のキャラクターにＡＩが搭載され、本物の『人』と変わらない行動をとると話題のオンラインゲームだ。

ＡＩが日常生活で当たり前に活躍しているこの時代においても、ＮＰＣ全てにＡＩを搭載したゲームはない。過去に挑戦したゲーム会社は幾つかあるが、サーバーへの負担が大きすぎて、オープン前にメインＮＰＣのみに変更したり、強行してオープン初日にサーバーがダウンしたと聞く。

それだけに、イセカイ・オンラインに対する期待は高く、購入希望者が殺到する。サーバーへの負担を減らすためかプレイ人数を制限したのも、希少価値を高める結果となった。

私は運よく、そのチケットを手に入れたわけなのだが――

「おかしい。私が頼んだのは、『ジャングルでぱっくん～蛇が降ってきてギャーッ！～』のはずなのだが……」

購入履歴を確認してみると、たしかにイセカイ・オンラインを購入していた。

『マスターが購入するゲームを間違えていましたので、変更しておきました。コードが一つ違っていましたよ？』

「……ありがとう？」

どうやら、うちのＡＩちゃんが、勝手に注文を変えていたらしい。そろそろ私の趣味嗜好《しこう》を覚えてほしいものだ。この間も――いや、それはいいか。手に入らず嘆いているゲーマーが大勢いるらしいのに、なぜ私の下に届いたのだろう。熱望していた方々よ、すまぬ。

ならば譲渡すればいいと言われそうだが、ＶＲゲームの譲渡は禁止されている。ＶＲ世界と現実世界との区別が曖昧になった子供たちが起こした事件により、購入するには身分証を提示する決まりなのだ。購入した者以外がプレイできないように、譲渡防止プログラムも入っている。

苦手なジャンルなので買うつもりはなかったのだが、これも何かの縁だろう。『ジャングルでぱっくん～蛇が降ってきてギャーッ！～』は諦めよう。

こうして私は、ＶＲＭＭＯＲＰＧ『イセカイ・オンライン』をプレイすることになったのだった。

※

サービス開始日。専用眼鏡を掛けてイセカイ・オンラインを起動した私は、真っ白な世界にいた。

《イセカイ・オンラインへようこそ。種族を選んでね》

空から聞こえてきたのは、少女の可愛《かわい》らしい声。目の前には、様々な生物の立体映像が現れる。人間から始まり、エルフや獣人などを過ぎて、ゴブリンやスライムといった、人外生物へと変わっていく。

「多いな。……ふむ。これにしよう」

たくさんある種族の中から、私はマンドラゴラを選んだ。ゲームや物語によって多少の姿は異なるけれど、植物系の魔物である。魔物なのか植物なのかは、微妙なところだ。

イセカイ・オンラインのマンドラゴラは、二股の高麗人参《こうらいにんじん》に似た姿をしていた。腕はない。

姿をいじれるようなので、少し太らせて、色もオレンジに変える。ついでに葉っぱの形も手を加えよう。高麗人参から、美味《おい》しそうな西洋人参に変貌を遂げた。

「完成っと」

そう声を上げると、西洋人参を残して他の立体映像が消えていく。

《次は職業を選んでね。生産職と戦闘職から、一つずつ選べるよ》

モニターが現れ、職業のリストが表示される。文字に意識を向けると、どのような職業なのか簡単な説明が現れた。

膨大なリストの中から、私は生産職の薬師《やくし》と、戦闘職の治癒師《ちゆし》を選んだ。薬師は薬を調合し、治癒師は治癒魔法が使える。

《選んだなら、ギフトを付与するね。冒険に役立つ、特技や特殊能力みたいなものだよ》

私に与えられたギフトは、『幻聴』『調薬』『鑑定』『癒やしの歌』『緑の友』の五つ。

説明によると、幻聴は声を望む音に変えられるそうだ。マンドラゴラが引っこ抜かれたときに上げるという悲鳴かな？　これで敵を倒せということだろうか？

調薬は一度作った薬を、次からは自動で作れるようになるらしい。調薬を続ければ、作れる薬の質がよくなるなどの効果も出てくるのだろう。楽しみだ。

鑑定は対象の情報を得られる。薬師だから、薬や薬草を調べろということだな。

癒やしの歌は治癒魔法。音程を外したら効果が減るとかだと嫌だな。それ以前に、人前で歌うのは恥ずかしいぞ。

緑の友は、植物の扱いが上手《うま》くなるらしい。たぶん薬師が薬草を育てるためだと思う。それともマンドラゴラだからだろうか？

全体的に説明が簡潔で、詳細がよく分からなかった。でもきっと、使ってみれば分かるだろう。

《ギフトは行動やイベントで増えることがあるよ。以上でよければ、名前を登録してね》

「にんじん」

《キャラクターの作り直しは、今日から一週間以内に限り、一度だけ行うことができるよ！　ただし、それまでに得たギフトや所持品は、全て破棄されてしまうんだ。隠しイベントなどで得られる報酬の一部を受け取れなくなる場合もあるから、注意してね！》

「一度だけ？　ということは、二度目は？」

《一度だけだよ。二度は無理なんだ。ごめんね》

「確認しただけだ。気にしないでくれ」

この仕様は、イセカイ・オンラインに限ったことではない。安易にキャラクターを作り直せると、何をしてもやり直せると考えて、問題を起こす人が増えやすい傾向がある。しかし一番の問題は、サーバーに負担が掛かるからだ。特にこのゲームはプレイヤーの数を絞っていることからも、サーバーの容量に余裕がないと思われる。

《イセカイ・オンラインの世界で暮らす人たちは、ちゃんと生きて生活しているんだ。だからできれば、この世界の住人として扱ってね》

「分かった。心に留《とど》めておく」

ＡＩに心があるのかないのかは、今でも論争が続く。でもここでは、あると考えているのだろう。

《最後にプレゼントだよ。リングをかざすと、アイテムが収納できるんだ。一種類につき九十九個まで。食べ物を入れても腐ったりはしないから、安心してね》

二股の根の左側に、緑色の丸い石が嵌《は》まった銀色のリングが現れる。

《準備が出来たなら、イセカイ・オンライン の世界に送るよ。楽しんでね》

声が終わると共に、白い世界が徐々に色を持ち始めた。

水音が気になって振り返ると、壁があった。畳ほどの大きさをした白い石が積み上げられた、城壁を思わせる立派な壁だ。何かを囲むように、緩く弧を描く。水音はその壁の向こう側から聞こえる。

けれど壁が邪魔をして、何があるのか見えなかった。

見上げていても壁と空しか見えないので、捻《ひね》っていた身を戻しながら、周囲の景色を確認する。

野球場ほどの広い土地には、石畳が敷いてあった。私が知る石畳と違い、石の大きさが畳と同じくらいある。切り出してからここまで運ぶのは、さぞ大変だっただろう。

上げた視線を遠くにやると、石畳はどこまでも続いていた。広い通りの左右には、白い漆喰《しっくい》が塗られた、二階建てと思《おぼ》しき家が並ぶ。中には店を経営しているのか、看板が掛かっていたり、ベンチが置かれた家もある。一軒一軒造り込まれていて、ゲームとは思えない、リアルな造形だ。漆喰の質感から経年変化による汚れまで、細かく表現されている。

しかしいずれも、大きさが尋常ではなかった。外見はレトロなヨーロッパ風の家なのだけれども、大きさはマンション並みの高さなのだ。

さて、この場にいるのは当然だが、私だけではない。プレイヤーと思しき人が次々と現れては、きょろきょろと辺りを見た後、人の流れに沿って右手に進んでいく。中には流れに逆らって左手に歩いていく者や、正面の道を進む者もいるけれど。

プレイヤーの多くは、人間や獣人、エルフといった、人に似た種族を選んでいた。その誰もが、古いマンション並みの巨人に映る。近くにいるプレイヤーは、天を見上げるほど身を反らさなければ、靴しか見えない。

念のために言っておくが、見上げたりはしていない。外見と中身が一致するとは限らないけれど、女性姿のプレイヤーもいるのだ。覗《のぞ》きと誤解される行動は避けなければな。

なぜ巨人だらけの世界に迷い込んでしまったのか。答えは簡単だ。視線を下げれば分かる。

私の姿はマンドラゴラという名の、人参に変化しているのだ。人間に比べて、なんと小さきことよ。

しかし我ながら、美味しそうな人参である。今夜はシチューにしようか。

巨大プレイヤーの足の隙間から、私と同様に、小型の生き物を選んだプレイヤーの姿がちらほらと見えた。ざっと見た感じでは、スライムを選んだプレイヤーが多いな。額に嵌めたリングが、勇者みたいでちょっと格好いい。彼らは現れた場所から移動せずに、みょんみょんと伸びたり縮んだり、ころころと転がっていく。想像していたスライムの動きと違う。

残念ながら、私と同じマンドラゴラは見当たらなかった。時間帯が悪かったのだろう。決して人気がないわけではないはずだ。

《チュートリアルを始めるよ。冒険者ギルドに行って、登録しようね》

冒険者ギルドというのはたしか、魔物討伐などの仕事を斡旋《あっせん》する組合のことだな。登録して仕事を貰《もら》い、魔物を討伐したりしてレベルを上げていくという展開になるのだろう。

視界に現れた大きな赤い矢印は、右手を示している。プレイヤーたちは人の流れを見て右に向かっていたのではなく、システムに誘導されていただけだったらしい。私も続こう。

「わっ!?」

スタート地点から数メートルほど――実際には数十センチほどだろうか――進んだところで、蹴られて転んだ。蹴ったプレイヤーは、そのまま歩き去っていく。マナーのなっていない奴《やつ》め。

腕がないので起き上がるのに苦労するが、それよりも視界の隅にあるマークが気になった。口を開けて笑っていたにこにこマークが、口を閉じてしまったのだ。

マークは他に二つある。緑の丸石を嵌め込んだ杖《つえ》と思しきものと、骨付き肉だ。その隣には、今のレベルを表していると思われる、『1』という数字が書かれている。

《生命力は、攻撃を受けると減っちゃうよ。減ると動きが鈍くなるし、無くなると最初からやり直しになっちゃうんだ。点滅したら残りわずか。気を付けてね。回復するには回復薬を使うか、回復魔法を使うといいよ。魔物を倒してレベルアップしたときに手に入るポイントで生命力を強化すると、減りにくくなるんだ。でも回復しにくくなっちゃうから、よく考えて強化してね》

マークを見つめていたからか、声が降ってきた。

説明から推察するに、現状では減っていくだけで、回復はしないのだろう。生命力を回復する方法を、早めに見つけたほうがいいみたいだ。町を歩くだけで削られそうだからな。

うつぶせのままでは立ち上がれそうにないので、いったん寝返りを打って仰向《あおむ》けになってから根元を起こす。マンドラゴラなのに、人間と同じように腰や膝辺りが曲がった。すぐに駆け出して、壁際に避難。もう蹴られないよう、壁に貼りつく。

ほっと一息吐《つ》いてから、杖のマークにも視線を向けてみた。

《魔力は魔法を使うと減るよ。石が白くなると、魔法が使えなくなっちゃうんだ。空腹度の減りも早くなっちゃうよ。回復するには魔力回復薬を使ってね。魔力を強化することで、魔力量が増えるよ》

意図を察してくれたらしく、説明してくれた。ならば残る肉マークも頼む。

《空腹度は時間と共に減っていくよ。たくさん動くと減少速度が上がるから、気を付けてね。骨だけになると、空腹のせいで眩暈《めまい》がしちゃうよ。それに生命力も削られていくんだ。空腹度は、食事をすれば回復するよ。美味しいものを、いっぱい食べてね》

ゲーム世界だというのに、食事が必須なのか。

「わー」

ありがとう。

説明に感謝してから、蹴られないよう注意しつつ、壁沿いに進む。

私の他にも、苦労しているプレイヤーがいた。スライムが蹴られて飛んでいく。

「わー……」

遠い目になりながら眺めてしまう。目玉はないのだが。

あ、あっちのスライムが踏まれた。そして消えた。

南無《なむ》。

「わー」

視界を開けたときには、新たなスライムが生まれていた。先ほどのスライムがゲームオーバーになって、スタート地点に戻ったのか。はたまた別のスライムがログインしてきたのか。どちらが正解なのかは分からない。とはいえ同じ色なので、同一スライムだろう。たぶん。

人外プレイヤーは、人間プレイヤーとはスタート地点を分けたほうがよいのではなかろうか。それぞれの生息地などから開始するとか、そういう状況を想像していたのに。何だろう？　このゲームは。とはいえ、これがこの世界のルール。郷に入りては郷に従えだ。苦労している小さな同志たちの健闘を祈ったら、自分のことに集中する。油断すれば、私も同じ目に遭いかねないからな。

壁沿いに歩いていくと、別の道が見えてきた。矢印はその道を指している。

「わー……」

私は絶望を覚えてしまう。矢印が示す道は、人口密度が酷《ひど》い。あの人混みに入っていったら、私はほぼ確実に蹴られ、踏みつぶされるだろう。人参おろしの出来上がりである。

スタートダッシュに命を懸ける、攻略組と呼ばれるプレイヤーもいると聞く。だが私は、そこまで熱心ではない。この混雑は数日すれば落ち着くだろうから、それまで町を観光と洒落込《しゃれこ》もうか。

更に進むと、別の道が見えた。道を歩く人は少ないけれど、辿《たど》り着くまでに踏まれそうだ。

「わー……」

根元《かた》を落としながら、なおも進む。ようやく人混みが緩和したのは、四本目の道を見つけたとき。どうやら円形の壁を中心に置いて、十字路になっていたみたいだ。今いる位置は、矢印が示す道の反対側。出現したプレイヤーが左右に分かれて進むため、安全地帯が出来ている。

その先に延びるのは、人間ならば二人並んで歩くのがぎりぎりといった幅の、細い道。マンドラゴラになった私なら、集団で歩いても問題ないけどね。

なんとなく危険な雰囲気をまとっていて、ここが現実世界だったら、足を踏み入れようとは思わないだろう。でも今は、人混みから脱出することが先決だ。

右見て。左見て。安全を確認するなり、てとてとと速歩きで進む。走りたいけれど、まだこの体に慣れないため転びそうなのだ。爪先歩きをしている感覚である。腕がないせいでバランスが取れないのも、走りにくい一因かもしれない。

《冒険者ギルドに行って、登録してね》

指示された道から逸《そ》れたためか、天から声が降ってきた。道が空いたらね。

危険地帯を抜け、無事に細道へ入れたところで一息吐く。休憩がてら、改めて先ほどまでいた場所を振り返ってみる。

城壁のように思えた壁は、噴水を囲む円形の縁だった。白い煉瓦《れんが》で囲まれた丸い池の中央に、剣を天に向けて突き上げる騎士の像が立つ。その剣の先から水が噴き出していた。

「わー……」

水芸かよ。

ちょっと残念なデザインに居たたまれなさを感じながら、根先《つまさき》の向きを戻して道を奥へと進んでいく。もちろん壁伝いに。

表から見えていた家の裏側まで到達すると、少し広くなった道が左右に延びる。窓から窓へと渡されたロープに、洗濯物が干されていた。その下では、お年寄りたちが古びた椅子や樽《たる》に腰かけて、井戸端会議をしている。全てのＮＰＣにＡＩを搭載しているというだけあって、住人たちの表情や動きが自然だ。ここが現実世界にあるどこかの町だと言われたら、信じてしまうだろう。

プレイヤーの頭上には名前が浮かんでいたけれど、彼らには名前が表示されていない。だから住人よりも、プレイヤーのほうが異質な存在にさえ思えてしまう。

《冒険者ギルドに行って、登録しようね》

道が空いたらね。

脇道に入らず奥へ進むと、壁が現れ行き止まりになった。民家の屋根より高い、本物の壁である。

壁に沿って左右に延びる道は、日当たりが悪いというだけでは説明できないほど、陰気な雰囲気を醸し出していた。壁の対面に当たる建物は、まともな手入れがなされていないのだろう。汚れていて、剥げた漆喰もそのままにしてある。実物を見たことはないけれど、スラムという所だろうか。

人の姿はあるけれど、皆疲れたように壁にもたれて座っていた。彼らの頭上には、骨マークが浮かぶ。中には地面に横たわっている人もいて、瀕死《ひんし》の顔マークを浮かべていた。……生きてるよな？

噴水広場から一本入った脇道で見かけた住人たちと違って、顔に生気がない。服も古びて汚れが目立つ。

怪我《けが》を負っているのか、汚れた布を体に巻いている人がいた。顔色の悪い病人らしき人も目につく。子供の姿もあるけれど、どの子もやせ細っていた。美味しい人参の姿をした私が見つかったら、捕まって食べられてしまいそうだ。きっと、サラダとかごった煮とかにされるのだろう。どうせなら星形になってシチューに浸かりたいけれど、贅沢《ぜいたく》は言うまい。

とはいえ自分の身を差し出して食料となるほど、私は善人参ではないのだ。

「わー……」

戻ろう。

引き返そうとしたところで、近くにいた人間と目が合った。私に目はないのだが、視線がばっちりとぶつかってしまったのだ。

「わー……」

嫌な予感がする。

「マンドラゴラ？」

予感は当たり、逃げるより先に捕まってしまった。

「わー……」

私を握りしめる見ず知らずのおじさんのは、嬉《うれ》しそうな顔で噴水広場まで出る。そして左手の道を進んでいく。私はどこへ連れていかれるのだろうか？

《冒険者ギルドに行って、登録してね！》

「わっ!?」

この状況で!?　ずいぶんと無茶振りをしてくるシステムである。

しかし今更だが、マンドラゴラが冒険者ギルドに行って、登録できるのだろうか？

考え込んでいると、私を捕まえた男が足を緩めた。前方にそびえるのは、清潔感のある白い建物。小瓶が描かれた看板の下に、『薬師ギルド』と書かれている。私は薬草として売られる運命らしい。

「わー……」

《冒険者ギルドに行って、登録してよぉ》

まだ言うか。残念だが、私は冒険者ギルドではなく、薬師ギルドに来てしまったのだ。

「わ？」

待てよ？　冒険者ギルドに登録できるのなら、薬師ギルドにも登録できるのではないだろうか？

男が『買い取り』と書かれた台に私を載せようと、指を緩める。その一瞬を逃さず、私は根《からだ》を捻って男の手から逃げ出し、必死に駆けた。目指すは二つ先の窓口。『会員受付』カウンターである。

「待て！」

「わー！」

待つか！

迫る男の手を姿勢を低くして躱《かわ》し、そのままスライディングで目的のカウンターに滑り込んだ。

「わー！」

登録カモン！

きりっと根元《かお》を引き締めて、受付のお姉さ……お爺《じい》ちゃんにお願いする。ギルドの受け付けは綺麗《きれい》なお姉さんだと思っていたのに、よぼよぼのお爺ちゃんだった。冒険者ギルドはお姉さんなんだろう。きっと。私の我儘《わがまま》ではあるが、マッチョなおじちゃんだったら、ちょっと切ない。

「薬師登録かね？」

「わー！」

よろしくお願いします。

立ち上がってぺこりと葉《あたま》を垂れると、お爺ちゃんが書類を出してくれた。

私をここへ連れてきてくれた男は、見えない壁にぶつかって悔しそうな顔をした後、薬師ギルドから出ていく。肩を落とした背中に、哀愁が漂っていた。次は普通の人参を見つけられるよう、祈っておこう。

《冒険者ギルドに行って、登録しなきゃなんだよぅ……》

そろそろ諦めて。

「じゃあ、ここに名前を……」

「わー。……わー？」

差し出されたペンを受け取ろうとして、お爺ちゃんと見つめ合う。手がないため、ペンを持てない。

「マンドラゴラじゃ書けないね。じゃあ、この水晶に手を……手がないね。葉っぱでいいか」

「わー」

お爺ちゃんに言われた通り、葉っぱをわさわさ揺らして水晶にかざす。ぴかっと水晶が光ったのを見て、お爺ちゃんが書類にペンを走らせた。一瞬で読み取れるなんて、凄《すご》い速読力だなーと思っていたら、お爺ちゃんの手元にある板に、私の名前やら職業やらが表示されていた。別に凄くなかった件。

むしろマンドラゴラがやってきても、淡々と仕事をこなす姿勢が凄いな。……日本でも夜中のコンビニに、得体の知れない着ぐるみがやってきても普通に対応しているから、普通なのか？

「マンドラゴラのにんじんね。職業は薬師と。ちゃんと調薬も持ってるね」

「わー」

説明によると、薬師で調薬を持っていないと、薬師ギルドに登録できないらしい。

薬師を選んでよかった。他の職業を選んでいたら、私は今頃、薬草として売られていただろう。

「登録はできたけど、カードは持てるのかい？」

「わー！」

大丈夫。持てないけれど、リングをかざせば持ち歩ける。

カウンターに置いたカードがリングに吸い込まれて、お爺ちゃんはちょっと驚いた顔だ。

念のため、メニューからアイテム一覧を確認する。薬師ギルドのカードと千エソが入っていた。

……エソ？　誰だ？　この単位を考えたのは。

「薬師ギルドでは、薬草の売買、作成した薬品の売買、調薬室のレンタルをしているよ。調薬していくかね？」

「わー！」

もちろんだ。せっかく来たのだからな。

「……調薬するってことでいいのかね？」

「わー？」

「君、わーしか言えないみたいだから、何を言っているのか、よく分からないんだよね」

「わー……」

喋《しゃべ》ってるときに、「わー」って子供みたいな声が聞こえているなとは思っていたのだ。周囲にはその声が聞こえているだけで、私の言葉は理解できないらしい。

「わー！」

よろしくお願いします。

頭《あたま》を下げると通じたようで、続けて調薬室の説明をしてくれた。

「レンタル料は五百エソね。薬草は持ち込んでもいいし、端末で買ってもいいよ。部屋から出たら、再度レンタル料が必要になるから注意してね。薬作りに慣れれば、薬を作る時間が速くなるし、質も上がるよ。頑張るといい」

「わー！」

レンタル料を払って、調薬室を借りる。

カウンターから下りられず困る私を見かねたお爺ちゃんが、調薬室まで運んでくれた。大きな机の上に、ビーカーやコンロが置かれていて、それらしい雰囲気の部屋である。机の上に乗せられると、画面が現れメニューが表示された。

「わー！」

ありがとうございます。

受付に戻るお爺ちゃんに、頭《あたま》を下げてお礼の気持ちを伝える。お爺ちゃんは目尻を下げて軽く手を振り去っていった。

さて、画面を確認しよう。今の私が作れる薬は初級回復薬だけみたいだ。他は『＊＊＊』と表記されていて選択できない。初級回復薬を選ぶとレシピが表示された。


【初級回復薬】

〈必要素材〉
・水×１カップ
・ラニ草×３本
〈作成方法〉
１．ラニ草を刻む。
２．１を水に入れて煎じる。

必要な素材を買うため、ショップメニューを開く。売っている薬草はラニ草のみ。十二本一束で百エソ。初級回復薬四本分だ。水は無料と有料がある。無料は『水』としか書かれていないけれど、有料のほうは『純水』で二百エソ。

とりあえずラニ草一束と、普通の水を選ぶ。机の上に現れたラニ草は、韮《にら》みたいな植物だった。素麺《そうめん》が食べたい。刻んだ韮をたっぷり掛けるのだ。韮入りの卵焼きもいいな。

しかし問題は水である。机の上に現れた瓶入りの水は、濁っていた。大丈夫なのだろうか？

ギフトに鑑定があったのを思い出し、水を調べてみる。

「わー」

鑑定。


【水】

ただの水。生のまま飲むと腹を下すことがある。死にはしない。


現代では蛇口から綺麗な水が出てくるのが当たり前だけど、大昔は川や池の水を生活用水として使っていたと習った。町の建物や住人の服装などから推測するに、この世界の文明は、上水道などが整備されていないのだろう。

「わー……」

水もちゃんと買おう。二百エソを支払い、純水を買う。今度は透明な水だった。二リットルサイズの瓶に入っているので、初級回復薬十回分だな。

ここまで支払った額、調薬室のレンタル料を合わせて八百エソ。残金は二百エソ。早々に金欠だ。

「わー……」

ちょっと遠くを眺めてしまったけれど、気を取り直して初級回復薬作りを開始する。

「わー？」

待って。私、手がない。しかも純水の瓶、私より大きいのだけど？　どうやって調薬するの？

幸いなことに、鍋はすでにコンロの上だ。平らなコンロとガラス製の重い鍋なので、重心は安定している。瓶を倒しても転がることはないだろう。行けるか？　しかし失敗したら、机は水浸し。鍋も割れかねない。どうする？

悩んで閃《ひらめ》いた。収納したアイテムを取り出すときは、位置を指定できるゲームもある。このシステムを利用してはどうだろうか？

まずはリングをかざして純水を収納。アイテム一覧を確かめると、「純水×10」と表示された。どうやら瓶ごとではなく、一カップ分ごと使えるようだ。私は運がいい。

「わー！」

純水を取り出す。直後、純水が滝の如《ごと》く降ってきた。私の頭上《ずじょう》に。視線を上に向けると、遥《はる》か彼方《かなた》に白い天井が見えた。下を見れば、机が水浸しである。

「わー……」

《冒険者ギルドに行って、登録してほしいんだけど……》

愕然《がくぜん》とする私に、天から声が降ってきた。今は忙しいから、今度ね。

マンドラゴラの姿では、机を拭けそうにない。申し訳ないけれど、放置させてもらおう。根が水を吸収して元気を取り戻したのか、顔マークの表情が笑顔に戻ったのは不幸中の幸いか。

さて、気持ちを切り替えて再挑戦だ。今の失敗を踏まえて考えるに、私が鍋に入ってから純水を取り出せば、水を鍋に入れられるのではなかろうか。

鍋は高くてよじ登れそうにない。ならば助走を付けて、ジャンプ！

「わーっ！　……わっ⁉」

鍋の縁に根先が引っ掛かって、鍋底に葉から着地してしまった。しかし鍋の中に入ることはできたのだから、結果オーライである。

「わー！」

純水を一つ取り出す。予想通り、私を目指して鍋の中に水が降ってきた。完璧である。

次はラニ草を……。と考えたところで、はてと葉を傾《かし》げる。私、どうやって出ればいいのだ？

助走はあまり付けられない。そもそも腰の辺りまで水があるので走れない。いっそ水の量を増やしてみるか。跳んで脱出より、泳いだほうが楽なはず。

「わー、わー、わー」

もう三カップ純水を入れたところで、鍋の縁近くまで水が届いた。そして底に沈んだままの私。

「わー……」

現実の私が泳げるので危機感がなかったけれど、泳げるのかね？　この体は。

とりあえず呼吸は問題ないみたいだ。さすが人参。……違った、マンドラゴラ。

軽く跳躍してから、ばた足ならぬ、ばた根をしてみる。水面に辿り着く前に沈んだ。正確には、跳躍力が切れた時点で沈んだ。ばた根に効力はなかったらしい。しかし諦めるわけにはいかない。跳んでは二股の根《あし》を前後に動かし、ときに蛙根《かえるあし》を試し、両根《りょうあし》を揃《そろ》えてバタフライ！

「わー……」

浮かばない……。

考えることしばし。机の上に置かれたままのラニ草を収納。そして取り出す。

「わー！」

鍋の中に出現したラニ草に乗って、水面まで浮上。ラニ草に根元近くの茎を乗せて、バタ根で鍋の縁まで泳ぎ鍋から脱出する。

「わー、わー、わー……」

純水を鍋に入れる作業だけで、ずいぶんと労力を必要とするな。薬作り、侮るべからず。

鍋の中には純水が四カップ。ラニ草一束を全て煎じれば、初級回復薬を四本作れるな。

ラニ草を収納して、鍋から救出。まな板の上に取り出して、一番小さな包丁を持ってくる。否、押してきた。位置を確かめて寝転がり、二股の根で包丁の柄を挟んで持ち上げる。そして振り下ろす。

持ち上げる。振り下ろす……。エンドレス。先ほどの遊泳訓練といい、二股《あしこし》の根が鍛えられそうだ。

いい感じに刻んだラニ草を収納。そして助走を付けて……。

「わーっ!?」

浮上用のラニ草がないことに気付き、慌てて根冠《あし》を止めた。

浮き袋になりそうな物がないかと、机の上を探してみる。割り箸くらいあってもよさそうだけど、ここは似非《えせ》ヨーロッパの調薬室。金属製やガラス製のものばかりだ。仕方がない。ラニ草をもう一束買おう。

新しいラニ草を収納し、再び助走を付けて跳躍。

「わーっ！」

今度は縁に引っ掛かることなく、鍋の中に入れた。泳いだり包丁を上げ下ろししたりしたお蔭《かげ》か、根力《きゃくりょく》が上がっている気がする。ぶくぶくと沈んでから、刻んだラニ草を取り出す。細切れのラニ草がぷかぷかと浮かんでいく様子は、風船を飛ばしているみたいでちょっと楽しい。

改めてラニ草の束を出して浮上。鍋から脱出し、ラニ草の束も救出する。

さて、下準備は出来た。後は煎じるだけだ。コンロのスイッチを入れて、と。初めは強火でもいいけれど、煮零《にこぼ》れても水を差せない。だから、ここは慎重に行こう。弱火でじっくりだ。

鍋は静かに湯気を立ち昇らせ続ける。煎じ終わるまで、かなりの時間が掛かりそうだ。

暇つぶしがてら、調薬室の画面を操作する。ぐらぐらと沸き出したらスイッチを切らねばならないので、鍋の音は拾い続けた。耳はなくても音は聞こえるのだ。どういう仕組みかは知らぬ。

ショップメニューから、初級回復薬の売却価格を確かめてみる。


【初級回復薬】
・不良……10エソ
・並……100エソ
・良……500エソ

一本分の材料費が四十五エソ。調薬室のレンタル料が五百エソ。赤字を回避するには、良を出すか、まとめて何本も作らないといけないな。もしくは自力で材料を調達すれば利益が出やすそうだ。鍋や包丁を手に入れれば、屋外でも作れるかな？　そうすればレンタル料を節約できる。

今後の方針を考えながら、ちらちらと鍋を見ていると、水が半分まで減った。いい煎じ具合だ。コンロのスイッチを切って、そして気が付く。薬液を入れるための瓶がないことに。

これ、瓶も買わないといけないとか、煮沸消毒をしろとか言われたら、詰みそうだな。

「わー……」

思わず壁を見つめていたら、鍋が光って液体の入った小瓶が四本現れた。ナイス、システム。

《上級魔力回復薬（にんじんオリジナル）が作成されました。名前を付けますか？》

「わー？」

私が作ったのは初級回復薬だ。魔力回復薬でもなければ、上級でもない。どういうことだろう？

「わー」

出来上がった小瓶を鑑定。

【上級魔力回復薬（にんじんオリジナル・不良）】

魔力をちょっと回復させる。生命力を擦り傷分くらい回復させる。

不良だった。しかも全て。そして説明が分かりづらいな。なぜ上級魔法回復薬になったのか分からないけれど、私にとってはプラスの結果だ。よしとしよう。

とりあえず名前を付けてしまおうと、天の声に意識を戻す。

「わー。……わー？」

名前を付ける前に他のことをしたせいで、キャンセルされていた。正式名が【上級魔力回復薬（にんじんオリジナル）】に決定だ。回復薬に自分の名前が付いてるなんて、恥ずかしいぞ。

済んだことは仕方がない。落ち込んでいても時間とエネルギーの無駄なので、出来上がった回復薬を売る。四本売って、四千四百エソ也《なり》。

「わっ!?」

ちょっ!?　一本が千百エソ？　初級回復薬は良でも五百エソなのに、上級だと不良でも倍以上の値段になるのか。それとも魔力回復薬だからか？　どちらにせよ、これは嬉しい誤算だ。

再び作ろうとメニューを開く。一度作ったので、次からは調薬のギフトを使えば、まとめて十本ずつ作れる。ただし、全て並か不良になるみたいだけど。だが全行程を自力で行っても不良だったのだ。

鍋で溺れたり、包丁を二股の根《あし》で操ったりする苦労も踏まえれば、選択は決まっている。

所持金でラニ草と純水を目いっぱい購入して、【上級魔力回復薬（にんじんオリジナル）】を選択してから自動調薬を選ぶ。

「わー？」

ん？　何か影が……。

「わーっ!?」

ちょっ!?

上を見ると、包丁が私目掛けて振り下ろされてくるところだった。単なる包丁と侮るなかれ。刃渡りは私よりも長いのだ。横っ飛びでなんとか逃れたけれど、包丁は再び振りかざされる。

「わーっ！　わ、わーっ！」

ストップ！　違う、キャンセル！

ふっと消える包丁。

「わー……」

恐ろしかった。ＶＲ世界だから呼吸が乱れることはない。それでも思わず根元《かた》で息をしてしまう。

調薬という安全なはずの行動で、なぜ命を狙われなければならないのか。机の上で動かなくなった包丁を眺めながら考える。考えても分からないので、レシピを確認してみることにした。

【上級魔力回復薬（にんじんオリジナル）】

〈必要素材〉

・水×１カップ

・ラニ草×３本

・マンドラゴラ（変異種）×１本

〈作成方法〉

１．マンドラゴラとラニ草を刻む。

２．１を水に入れて煎じる。

「わーっ⁉」

私を刻んで煎じるのか！　理解したわ！　死ぬわ！

だが、どうしてそんなレシピになったのだ？

あれか。たぶん溺れたのが原因だ。刻んでもなければ煎じてもないから、不良になったのだな。おそらくこのレシピからラニ草を除いたレシピが、正しい上級魔力回復薬の作り方なのだろう。私が作った工程のままでないのは、システムが既存のレシピに寄せる修正を掛けたからだと推測する。つまり、並を生み出すためには、私が刻まれねばならぬのだな。だが断る。

原因が分かったので、鍋に入り水を張る。初級回復薬は、良でも五百エソにしかならない。私が水没するだけで倍以上になるのなら、甘んじて水漬けになろうとも。

鍋に避難したので、ここから先は自動調薬に頼む。選んだ途端に鍋が大きくなったので、水を追加しておく。とぽとぽと、十カップ分入った。

ガラス越しに見える机の上で、ラニ草が刻まれ始める。私を鍋から取り出してまで刻むつもりはないらしい。よかった。包丁が勝手に動いているのはホラーだが、透明人間がいるとでも考えておこう。

「わー……」

しかしレシピに変異種と書かれていたのは釈然としないな。プレイヤーだからだろうか？　それとも基本のマンドラゴラから、姿をいじったからか？　まあいいや。

ラニ草が刻み終わったので、事前に収納しておいたラニ草の束を召喚して浮上する。縁によじ登ったところで動きが止まった。鍋が大きくなった分、高さも増しているではないか。

飛び降りるのをためらっている内に、刻まれたラニ草が宙を舞い、鍋に注がれる。そして根下《あしもと》が温かくなってきた。というか、熱い！

「わっ⁉」

慌てて飛び降りたけれど、少し遅かったみたいだ。鍋の上で火傷《やけど》したのか、生命力マークの口が再び閉じている。調薬とは、命懸けの戦いだった。

安全地帯に避難したので、後はシステムに任せてしばし待つ。自動といっても、すぐに出来上がるわけではないのだ。

待つこと十五分ほど。出来上がった十本は、全て売る。なぜか八本は千十エソでお買い上げされた。不良よりも質が悪かったのだろうか？　よく分からないな。

「わー！」

再び鍋にダイブ。うっかりしていると私ごと火に掛けられるので、油断は禁物だ。ラニ草を刻み終える前に脱出。

五回ほど繰り返したところで飽きた。時間も調薬室に入ってから、かなり経過している。所持金は五万エソを超えた。初日にこれだけ稼げば充分だろう。さすがにずっと調薬を繰り返すつもりはない。

自分用にもう一回作り、リングに収納しておく。調薬室を出て受付のお爺ちゃんにお礼を言ってから、薬師ギルドを後にした。言葉は通じなくても、感謝の気持ちは通じたと思う。

さて、次はどうしよう？　冒険者ギルドは、数日してからでいいな。小さな私は、もみくちゃどころか踏まれてしまう。なにより冒険者にならなくても、今のところ困ってはいないし。

ぼんやりと空を見上げていると、空腹度を示す肉マークが半分以上減っていることに気付く。

これからすべきことが決まった。食事である。まだ余裕はあるけれど、マンドラゴラは移動に時間が掛かるし、私は方向音痴だ。用心に越したことはないだろう。

というわけで、食料を探して町の中を散策する。

「わーわーわー」

パン屋。パン屋。パン屋を探せ。

どうせ食べるなら、好きなものを食べたい。餡《あん》パンも好きだが、クリームパンは絶対だ。卵とミルクのカスタードクリームがたっぷり詰まった、美味しいパンを見つけねば！

町の中を壁に沿って、ずんずん歩いていく。どんどん追い越されていく。……人間が大きすぎる件。

店に入っても気付いてもらえるのか、不安になってくるな。まあ、行ってみよう。

なんとかパン屋を見つけたときには、空腹度が残りわずかになっていた。

「わー！」

クリームパンください！

「おや？　子供の声が聞こえた気がしたけれど、気のせいか？」

気のせいじゃないです。クリームパンください。

お店の人がカウンターから顔を出したけど、私に気付かず、すぐに引っ込んでしまった。仕方ないので、先に陳列されているパンを品定めする。

パンはガラスケースの中に収納されていた。安い順に、黒パン、コッペパン、焼きそばパン、食パンの四種類だ。食パンはどーんっと一斤売り。

食べ残したらどうなるんだろ？　食べかけ状態で収納？

それはともかくだ。

「わー……」

クリームパンがなかった。思わず崩れ落ちてしまう私。

ヨーロッパ風の世界だから、日本の菓子パンはないんじゃないかと懸念はしていたのだ。だけど焼きそばパンはあるのに……。無念なり。

しかし空腹度は減っていく。ここは妥協すべきだろう。

「わー」

パンください。

「おや？　やっぱり声がした気がするけど、変だな？」

またしても気付いてもらえず。

仕方ない。アレを試してみよう。私のレベルはまだ1だから、攻撃力は低い。被害が出てもきっと頭痛くらいだ。たぶん。

「わーっ！」

幻聴発動！

『クリームパンください！』

「クリームパン？　そんなのないよ」

通じた！　そして元気そうだ。私の叫び声に、攻撃力はなかった。

『コッペパンください！』

「何個？」

何個？　コッペパンは一つ百エソ。何度も買いに来るのは面倒だ。クリームパンはないしな。リングに収納しておけば腐らないし、一種類につき九十九個まで保管できる。ならば。

『九十九個ください！』

「え？　そんなにないよ？　今は十三個だなぁ」

『じゃあコッペパン十三個と、食パンあるだけください』

そんなわけでコッペパン十三個と食パン三十六斤を購入。しめて二万エソ強也。

食パンの在庫が思っていたより多かった。店頭に並べているものだけでなく、奥から取って来てくれたのだ。ちょっと失敗したかも。

視界を上向けると、魔力量を表す杖の石の色が薄くなっている。喋りすぎた。

「わー……」

ちょっと落ち込みつつも、店から出て歩き、人の邪魔にならない所でコッペパンを出す。さて、いただきます。

「……？　わー？」

これ、どうすれば食べられるのだろう？　私、口がないのだ。なぜならマンドラゴラだから。そもそもマンドラゴラは、パンを食べるのだろうか？

「わー……」

食べないな。私の食事って、何だろう？　マンドラゴラは、いったい何を食べるのか。

水は調薬室でたっぷり吸収した。それでも空腹度が減っているということは、水ではないのだろう。

太陽光も外に出てから浴びているのに、空腹度が回復した様子はない。ということは……。

「わー！」

肥料か！　どこで手に入るんだ？

考えている間にも空腹度は減っていく。限界が近いのだろう。視界が歪《ゆが》む。これが眩暈の症状か。

急げ、急げ。植木屋はどこだ？

とうとう空腹度が枯渇。肉のなくなった骨が点滅し、地面がぐらぐら揺れる。

「わー！」

どこだ？　肥料！

「わ……！」

肥……！

視界に入る観葉植物。その根下を見れば、植木鉢を満たす土。

空腹度の代わりに生命力も減少し、顔マークの元気もなくなった。迷っている暇はない。

「わーっ！」

お邪魔しまっす！

調薬で鍛えた跳躍力で、華麗に植木鉢の中に着地。すかさず根を張る。骨の点滅が止まり、眩暈の症状も治まった。土で正解だったみたいだ。

「わー……」

危なかった。

空腹度は徐々に回復を始める。しかし全回復まで時間が掛かりそうだな。

空を見ると、日が暮れようとしていた。現実の世界はすでに深夜。そろそろログアウトする時間だ。

この世界は昼が長い。ログインしたら真夜中で、外は暗いし店は閉まっているなんて、つまらないだろう？　だからゲーム世界は一日中昼だったり、時間の流れをずらしたりして、多くの人が楽しめるようにする。『イセカイ・オンライン』は夜の時間を短くしたみたいだ。

ログアウトするには、安全地帯や宿を使うのが常套《じょうとう》手段と聞く。けれど、まだ動けそうにない。そもそも私、宿に泊まれるのだろうか？

「わー……」

ちらりと視線を下げる。

人様の植木鉢を、無断で宿にするのは気が引ける。とはいえ私はマンドラゴラだ。見つかっても、家主さんは気にしないだろう。美味しく頂かれてしまう可能性は否定できないけれど。

というわけで、今日はここでログアウト。おやすみなさい。

ゲーム二日目。

ログインすると、空腹度は回復していた。けれど生命力と魔力は回復していない。昨日作った【上級魔力回復薬（にんじんオリジナル）】を、さっそく使ってみる。

選択したら葉上《ずじょう》に瓶が現れて、回復薬が降ってきた。水も滴るいいマンドラゴラな私。

「わー……」

マンドラゴラは水を飲むための口がないから仕方がない。それよりほとんど生命力と魔力が回復していないほうが気になる。本当にちょっとしか回復しないみたいだ。

気を取り直して、植木鉢から出る。お邪魔しました。

まずは植木屋を探す。見つけたお店で、植木鉢と腐葉土を手に入れた。赤茶色をした、シンプルなテラコッタの植木鉢だ。背も低いので入りやすい。これでいつでも空腹度を回復できる。

それから薬師ギルドに向かおうとしたところで、ワールドアナウンスが響いた。

《パーティ『鬼焔《きえん》』によって、東の草原のボス皇帝蟷螂《かまきり》が初討伐されました。これにより、サースドの町が解放されます》

「わー」

へー。RPG系はあまりしないので、早いのかどうかよく分からない。けれど初討伐ということだから凄いパーティなのだろうな。

ワールドアナウンスは、通常と違って全プレイヤーに通達されるアナウンスだ。事務的な話し方だけれども、声はゲーム開始時から話しかけてくる女性の声だ。調薬のときのアナウンスも彼女が担当していた。きっと声質を使い回しているのだろう。

そういえば今日は、冒険者ギルドの登録を勧めるアナウンスを聞いていない。さすがに諦めたか。……たぶん一度ログアウトしたから、チュートリアルがキャンセル扱いになったのだな。もしくは新薬を作り出したことで、初心者の枠から外されたのかもしれない。

そんなことを考えながら、ぽてぽてと歩いて薬師ギルドに到着。今日も【上級魔力回復薬（にんじんオリジナル・不良）】作りに励む所存。

金策もあるけれど、マンドラゴラである私が人と話すためには、魔力が必要だ。魔力回復薬は、私がゲームを進める上で、必須のアイテムなのである。マンドラゴラが自分の体を使って上級魔力回復薬を作れるのは、その辺りを見越しての配慮なのだろう。

昨日に引き続いて鍋に入ろうとしたところで、装備という選択肢に気付く。

「わー？」

純水を装備とな？

不思議に思いながら、純水を装備してみた。マンドラゴラの瓶漬けの完成である。

「わー……」

呆《あき》れながらも瓶に入ったままの状態で、自動調薬をぽちっとな。

刻まれるラニ草。

包丁が私を襲うことはなかった。

刻まれたラニ草が鍋にイン。それから私が入った瓶が見えない手に持ち上げられ、鍋に向けて傾けられる。水と共に滑り落ちる私。

「わーっ！」

怖っ！

瓶の口が狭いので、鍋の中に私が落ちることはなかった。……のだが。

すぽっと片根《かたあし》が詰まった。引っこ抜いて体勢を変え、水が流れ出る道を作る。

「わー……」

ぐつぐつと煮え始める鍋。昨日と違い、包丁に襲われることも、茹《ゆ》で攻《ぜ》めに怯《おび》えながら、急ぎ鍋から脱出する必要もなかった。

これは確かに装備だ！　安全に調薬ができるとは、なんと有用な装備であろう！　凄いぞ、純水！

「わー！」

私は喜びながら、空になった瓶を外し、いそいそと新しい純水を装備する。

先程まで装備していた純水は、空き瓶の状態で机の上に残っていた。今まで瓶は消えていたのに。

しばらくして、【上級魔力回復薬（にんじんオリジナル）】が完成する。鍋が光り、机の上に小瓶が

―――


「わー？」

小瓶が出ない？　出来上がったはずの【上級魔力回復薬（にんじんオリジナル）】は、どこに行ったのだ？

机の上を見回す。すると置きっ放しにしていた空だったはずの瓶に、薄緑色の液体が半分ほど入っ

ていた。空き瓶を机に出したままにしておくと、完成した回復薬は小瓶ではなく、空き瓶に詰められるようだ。

中途半端が気になるので、もう一度自動調薬で回復薬を作る。予想通り、二リットル瓶を満たしてくれた。壮観である。厳《いか》ついおじさんに、ラッパ飲みしてもらいたい。

「わー！」

とりあえず満足したので、次からは回復薬が完成する前に空き瓶を回収した。何かに使えるかもしれないし、二リットル入りのポーションって、どうなのだろうかということで。綺麗なお姉さんや幼女の姿をしたプレイヤーがこれを飲むのは、絵面的に問題があろう。

そんなこんなで作り上げた【上級魔力回復薬（にんじんオリジナル・不良）】は、五十本。一部は売ろうかとも考えたが、金に困っているわけではない。むしろ会話するためにも、魔力回復薬は多めに所持しておきたい。全てリングにしまった。

「わー……」

せっかくだし……。

食パンを取り出して、二股の根《あし》で適当に千切る。残りと共に、いったん収納。ラニ草も刻んで、こちらも収納。二股の根《あしこし》が痛くなりそうだ。

鍋にダイブして、千切ったパンと刻んだラニ草を取り出す。鍋はパンの海となった。

「わー……」

パンに埋まる私。もがきながら、なんとか脱出した。そこからパンとラニ草で山を作り、鍋の縁まで登る。縁に根掛《こしか》けてから、純水を投入。

一般的なパン粥《がゆ》は牛乳を使うけれど、私が食べるわけではないので味は気にしない。それに牛乳より水のほうが、消化に優しいいし。たぶん。

牛乳は薬師ギルドで売ってなかったんだよ。薬作りに使わないから、当然と言えば当然だけど。

机に飛び降りてから、コンロのスイッチをぽち。回復薬のように煎じたりはしない。沸騰して少ししたら火を止める。鍋が光り、机の上に、パン粥が入った汁椀《しるわん》が四つ現れた。

《薬膳（パン粥・にんじんオリジナル）が作成されました。名前を付けますか？》

今度はちゃんと名前を付けるぞ。

「わー！」

『パン粥にラニ草を添えて』でお願いします。

《【パン粥にラニ草を添えて】がプレイヤーレシピとして登録されます》

名付けられたので、出来たパン粥を鑑定してみる。


【パン粥にラニ草を添えて】

空腹度が限界に近い場合は、空腹度をまあまあ回復させ、生命力を動ける程度に回復させる。空腹度に余裕がある場合は、空腹度をそれなりに回復させ、生命力を気のせいくらい回復させる。


ラニ草を加えたことで、空腹度に加えて生命力の回復効果も付いた。しかも薬膳なので薬と判定され、自動調薬で作ることが可能だ。上出来ではなかろうか。

残存空腹度によって効果が変動するのは、粥だからかな？　衰弱している人に優しく、健康な人には軽く。ちなみに空腹度はレベルが上がろうと、食い溜《くだ》めはできないらしい。

【パン粥にラニ草を添えて】を、自動調薬で量産していく。

食パンがね、食べられないのに、大量にあるのだ。誰だよ？　こんなに買い込んだの。……私です。

回復薬よりも短時間で、十椀が出来上がった。薬と違って品質は一定だ。

自動調薬中は暇である。だから純水を装備し、マンドラゴラ水も作っていく。粥には使わない。上級魔力回復薬用に保管しておくのだ。

百食出来たところで今日は終了。最初に作った分も含めると百四食だ。食パンはまだまだある。

リングには一アイテム九十九個までしか収納できないので、余った五個は売った。微々たる金額にしかならなかったけどね。

薬師ギルドから出て安全な場所を探すと、植木鉢を置いて根を張る。ログアウト《おやすみなさい》。


ログイン。昨日は回復薬とパン粥作りしかできなかったけれど、今日は違うぞ。

植木鉢をリングにしまって、町の中を歩いていく。今どこにいるのか、さっぱり分からない。

「わー！」

地図を表示。現在地と目的地を確認して、っと。……Uターン。ぽてぽてと進む。

やってきたのは、初日に迷い込んだスラムだ。力なく横たわっている人があちこちに。男性が多いけど、女性もいれば幼い子供もいる。種族は人間がほとんど。獣人も見かけた。エルフや魔物はいないっぽい。

「わー……」

作り物《ゲーム》だと分かっていても、胸が痛くなる。

昨日作った【パン粥にラニ草を添えて】を、力なく壁にもたれて座る少年の前に置く。作ってから一日経《た》っているのに、湯気が立っていた。

熱々は胃によくないよな？　冷ましたほうがいいか？

一度引っ込めようか思案していると、目の前に置かれたパン粥に気付いた少年が、手を伸ばす。でも彼の手が届く前に、大きな塊が私の前を駆け抜けた。

「わ？」

根《こし》を捻って大きな塊を確認する。頭に犬の耳が生えた男だった。他の人たちも集まってきて、一椀のパン粥を奪い合う。

「寄越せ！」

「俺のだ！」

やばい。蹴られる。

「わー!?」

慌てて姿勢を低くして壁側に跳び、難を逃れた。

ほっと根《むね》を撫《な》で下ろしてから、這《は》って壁際へ移動。先ほどの少年はいなくなっていた。

改めて争う人たちを見る。安易な善行が、追いつめられていた彼らを更に傷付けてしまった。

「わー！」

反省は後。葉を左右に振って罪悪感を払《はら》い除《の》け、幻聴を発動する。

『落ち着いてくれ！　まだあるから、喧嘩《けんか》しないでくれ！』

急いで声を掛けてから、パン粥を出していく。出した傍《そば》から、あっという間に奪われた。

あげるために作ってきたんだから、いいんだけどね。私、食べられないし。

男たちを中心とした争いに巻き込まれないためだろう。子供や女性、お年寄りたちが、遠巻きに見ている。踏まれないように気を付けながら、そちらへ向かった。

『一人一椀ずつね』

パン粥を貪る男たちを羨ましそうに見ていた視線が、私に集まる。

「人参？」

子供たちが、きょとん目を丸くして私を見た。手を伸ばしてきたので、捕まる前にさっと避けて、代わりにパン粥を出す。

「食べ物だ！」

「まだ温かいよ」

子供たちは、ためらうことなく椀を手にし、パン粥を口に運ぶ。中にはその場で食べることなく、どこかへ持っていく子供もいた。家族や友達がいるんだね？

貧困国で食料の配給をすると、一日に一度しか与えられないコップ一杯の粥でさえ、持ち帰って兄弟姉妹に分け与えようとする子供がいる。

『まだあるから！　連れてくるか、もう一度取りにお出《い》で』

パン粥を零さないようにゆっくりと去っていく子供に、声を投げておく。

足を止めた少年が、驚いた表情で振り返る。嬉しそうな笑みを残して去っていった。眩《まぶ》し過ぎる笑顔が目に沁《し》みるよ。目、ないけど。

「あなたがこれを？」

女性の一人が、私の前に膝を突いて問うてきた。葉《あたま》を揺らして頷《うなず》くと、彼女は表情を緩める。

「ありがとう、人参さん」

「わー」

どういたしまして。

ところで、住人たちにもプレイヤーの名前が見えるのだろうか？　なぜ子供たちもこの女性も、私の名前を知っているのだろう？

首《くび》を傾げていると、幼い子供や体調の悪そうな人たちが集まってきた。パン粥の話を聞いて、寝床から出てきたみたいだ。

「わー」

【パン粥にラニ草を添えて】は、空腹度に余裕があると空腹度も生命力もあまり回復できない。けれど、ここにいる人たちの多くは、おそらく限界に近い。一杯でも空腹度と生命力を、最低限は回復できるはずだ。

食べた人たちの表情が、わずかだけど明るくなっていく。子供たちに至っては、嬉しそうに、にこにこ笑い出す。

——嗚呼《ああ》、幸せだな。

自然と和やかな気持ちになる。この優しすぎる報酬は、癖になりそうだ。

しかし、いったいどこに隠れていたのか。人の数が予想外に増えていく。

「わー……」

足りるか不安になってきた。足りなければ食パンをそのまま出して、皆で分けてもらおうか。

そんな心配は杞憂《きゆう》に終わり、ちゃんと足りた。おかわりの要求を、お断りした結果だけどね。

量に限りがあるし、二杯目は回復力が減ってしまう。一杯目だと言い張る人もいたけれど、頭の上に浮かぶ骨マークを見れば一目瞭然なのだ。パン粥を食べると消えたので、骨マークは限界が近いときだけ表示されるっぽい。住人たちの様子を見るに、プレイヤーだけに見えているのかもしれないな。

食料が余っているのに渡さないなんて、冷たいと思うだろうか？　だけど私は、無理をしてまで彼らを養うつもりはない。これは単なる私の自己満足なのだから、自由にやらせてもらうさ。

「わ！」

では、私は帰る。帰るところなんてないんだけどさ。とりあえず立ち去るよ。もう用はないし。

そう思ってスラムに背を向けようとしたけれど、ふと思いついて踵《きびす》を返した。

「わわわわ～♪」

癒やしの歌を発動。そして倒れる私。

「人参さん⁉」

「大丈夫？　人参！」

心配してくれる、優しい人たち。ありがとう。でも本当に、なんで私の名前を知っているのさ？　名乗ってないのに。

それはさておき、自分の状態を確認する。

杖マークの石が色を失い、肉マークも骨だけになっていた。しかも杖も骨も半透明だ。これは空になったということだろう。更に顔マークも目が『×』になり、点滅している。

「わー⁉」

瀕死じゃないか！　恐るべし、癒やしの歌。魔力だけでなく、空腹度や生命力まで奪うとは。しかし、マンドラゴラの悲鳴を聞いた人間は気絶すると聞いていたのに、マンドラゴラの私《わたし》のほうが気絶するなんて。

などと呑気《のんき》に考察している場合ではない。空腹度が空になっていると、生命力が減少していく。道に倒れたままだと、生命力が尽きてゲームオーバーになってしまう。

「わー！」

植木鉢カモン！

リングから出したまではよかったけれど、這い上がる力も残っていなかった罠《わな》。

「ここに埋めればいいの？」

「わー……」

親切な子供が私を持ち上げて、植木鉢の腐葉土に埋めてくれた。ありがとう。

これで命の危機は去ったと、ほっと一息吐く。けれど生命力は残りわずかなまま。このままだと身動き取れないな。

「わー！」

【上級魔力回復薬（にんじんオリジナル・不良）】大瓶、カモン！

容赦なくばしゃりと降ってくる回復薬。植木鉢の中は池になった。

だが【上級魔力回復薬（にんじんオリジナル・不良）】二十本分の回復薬だ。生命力と魔力が全回復した。まさか二リットル瓶がこんな所で活躍するとはな。これはもっと作っておこう。

「わー」

ふうっと息を吐いて視線を上げると、スラムの人たちが、呆気《あっけ》に取られた顔をしていた。

「わ？」

どうした？

不思議に思っていると、人々が徐々に正気を取り戻していく。

「すげえ。今の何だ？」

「何かの回復薬みたいだけど、大瓶で売っているのか？　対象が小さいだけに、凄い光景だったな」

二リットル瓶が原因でした。これは外に出してはいけない代物だったのかもしれない。

植木鉢に埋まっている私のもとへ、次々と人がやってきて礼を述べていく。使い道のない食パンを茹でたパン粥を振る舞っただけなのに。この世界の人たちは律義で、恩を大切にするみたいだ。

「お前の変な歌を聞いたら、痛めていた腕が動くようになったぞ。助かった」

「あなたのお蔭で、腰の痛みが和らいだわ。ずっと歩くのも大変で働けなかったの。ありがとう」

「ありがとう。咳《せき》が楽になったみたいだ」

パン粥ではなく、癒やしの歌へのお礼だった。さすがに全快させるまでは至らなかったみたいだけど、歌を聞いた全員が、何らかの恩恵を受けたみたいだ。凄いな、癒やしの歌。

序盤で手に入る治癒魔法って、指定した一人を少し回復する程度だと思っていたのだけど。マンドラゴラの性能は高すぎないか？

大人たちのお礼合戦が一段落すると、今度は子供たちが寄ってきた。

「人参は、異界の旅人なの？」

「わー？」

子供たちはお礼を言いに来たわけではなく、私に興味があるらしい。だが、異界の旅人ってなんだ？

「異世界からきた旅人のことを、『異界の旅人』って呼ぶんだよ」

「わー！」

どうやらプレイヤーを指しているらしいので、葉《くび》を縦に振る。すると、なぜか子供たちの表情が曇った。異界の旅人《プレイヤー》は嫌われているのだろうか？

子供たちを見つめていると、異界の旅人について教えてくれた。

「異界の旅人は、時々現れるんだって。でも本当にたまになんだ。今回みたいに、たくさん来るのは、悪いことが起きる前くらいなんだ」

だから何か災厄が起きるのではないかと、住民たちは不安を感じているらしい。

「異界の旅人は、色んな種族がいるよね？　耳の長い人とか、鱗《うろこ》のある人とか、初めて見た」

耳の長い人というのは、エルフだろうか。鱗のある人はリザードマンかな？　選べる種族はざっと流し見しただけなので、よく覚えていないや。

獣人は時々町に流れてくるけれど、大抵は訳ありで、根なし草の冒険者か、スラムの住民となるそうだ。彼らの地位が極端に低いというわけではなく、余所者《よそもの》である獣人を雇うより、地元の身元《みもと》が確かな人間を雇うというのが理由。獣人には気の毒だけど、納得してしまった。

「俺、町の中にスライムがいたから倒そうとしたら、近くにいた異界の旅人に怒られたんだ。ややこしいよな」

この世界で魔物は、人類の敵だ。プレイヤーも魔物を倒すことで経験値を手に入れ、レベルを上げていく。だから私も魔物を倒しに行くべきなのだろうが、特に強くなりたいという願望はないので、放置でいいだろう。

しかしそんな世界観で、魔物の姿をしたプレイヤーが町の中をうろつくのは、住人に恐怖を与えるよな。逆に魔物プレイヤーに慣れてしまったら、本物の魔物が迷い込んでも討伐をためらって、負傷者が出かねない。運営は何を考えて、こんな設定にしたのだろう。

子供たちが喋り続け、要所要所で近くにいた大人たちが説明を加えてくれる。

今いる国の名前はベボール王国。そしてここはファードの町。ファードの北西にセカード、北東にサースドがある。そして北にある山を越えると、王都に辿り着く。それぞれの町は街道で繋《つな》がっているけれど、町の外には魔物が出るため、一般の人は滅多《めった》に町から出られない。だからだろうか。子供たちが知っているのは、主要な四つの町だけだった。

「町から出るためには、冒険者になるんだよ」

冒険者は、危険な魔物を討伐したり、別の町へ移動する人を護衛したりする。魔物の素材や、町の外で採れる薬草などを持ち帰るため、人々は彼らを好意的に受け止めていた。

話を聞いている途中で、ワールドアナウンスが流れる。

《パーティ『中華饅《ちゅうかまん》戦隊』によって、西の森のボス大蜘蛛《おおぐも》が倒されました。これにより、セカードの町が解放されます》

「わっ!?」

ちょっ!? パーティ名! 中華系なのか、食い物系なのか、戦隊系なのか、気になるな。見てみたい。

「わー!」

空腹度が回復したところで植木鉢から出た。お礼代わりのお辞儀をしてスラムを去る。言葉は通じなくても気持ちは通じたのだろう。子供たちがスラムの入り口まで送ってくれた。

スラムでの出会いに気分をよくしていた私は、草笛《くちぶえ》交じりに道を歩いていく。テンションが上がっているので、根冠《あし》取りも軽やかだ。

「わーわーわー」

ただ一点。片足を引き摺る足音が、スラムからずっと付いてくるのが気になっているけれど。

足音の主が私を尾《つ》けているのは明確だ。マンドラゴラが歩く速度は遅い。人ならすぐに追い越してしまうはずなのに、一定の間隔を保ったままだからな。――否。時々近付きすぎて、足を止めていた。

初日同様、薬草マンドラゴラを狙っているのかもしれない。

さて、どうしたものか。

考えがまとまらないので、気付かない振りをしたまま、歌いながら歩き続ける。

「わわーわわーわー」

薬師ギルドに逃げ込めば安全だ。しかし私の二股の根《あし》では、辿り着く前に捕まってしまうだろう。

ならば、マンドラゴラでなければ入り込めない小さな隙間を探して、逃げ込むのがいいか。先が行き止まりだったり、人間なら簡単に動かせる物の隙間だったりしたら、余計に追い込まれそうだ。

「わー……」

ふうむ。

考えた末に、二股の根《あし》を止める。

今いる場所は人通りが多い。争いになれば騒ぎになるだろう。そうなれば、親切な誰かが助けてくれるかもしれない。運任せは好ましい策とは言えないけれど、緊張したまま歩くのは疲れるのだ。

さっさと決着を付けてしまおう。……後のほうが本音かもしれない。

そうと決まれば、幻聴発動。

『何の用だ？』

振り返ると、茶色いブーツが見えた。根《からだ》を反らして上を見る。身長差がありすぎて、顔が見えぬ。

尾行者は左腕の肘から先がなく、柱のように太く高い足の後ろから、猫に似た尻尾が覗いていた。

白と黒の縞《しま》模様から、猫か虎の獣人と推察する。

スラムにいた獣人だな。片手でお椀を持ってパン粥をすする、虎の獣人がいた。髪と髭《ひげ》が鬣《たてがみ》みたいに伸びてるせいで、虎なのかライオンなのか迷ったけれど、尻尾を見て虎だと確信したので覚えている。

私が振り返って問うたのに、虎獣人に動揺する気配はない。たかがマンドラゴラ一匹。容易《たやす》く捕まえられると侮っているのだな。否定はせぬが。

「マンドラゴラが一本……一匹？　で歩いていたら、危ないだろう？　捕まって売り飛ばされるぞ？」

虎獣人が私の前に膝を突いたので、顔が見えた。近くで見ると、野性味のある精悍《せいかん》な顔立ちをしている。髪と髭を整えれば、ハードボイルドな役が似合いそうだ。

眉を寄せて、心配そうな顔をして私を見つめている。どうやら悪意はなく、私のことを思って付いてきてくれたようだ。それなら一言掛けてくれればいいのに。

『心配してくれてありがとう。だが大丈夫だ。たぶん』

「たぶん、か。どこに行くんだ？」

『薬師ギルドかな？』

他に行くあてはないからな。

「ならば連れて行ってやろう。乗れ」

掌《てのひら》を差し出されたので、遠慮なく乗せてもらう。手間を取らせて申し訳ないな。しかし彼もスライムでぼんやり過ごすよりも、気晴らしになるだろう。そう前向きに考えることにした。

『名前を聞いてもいいだろうか？　私はにんじんだ』

「そのままの名前なのだな。俺はガドルだ」

『運んでくれてありがとう、ガドル』

お礼を言うと、ガドルは少し驚いた顔をしてから、ふっと微笑を浮かべた——気がする。目元が優しくなったけど、表情筋があまり動いてないんだよ。

「礼を言うのは俺のほうだ。マンドラゴラの悲鳴を聞けば死ぬと聞いていたが、お前の声は傷を癒やすのだな。本人が瀕死になっていたが」

「わー……」

そこはツッコまないでほしい。私自身も驚いたのだ。

「気を付けろ。今日のことで、お前の価値は跳ねあがったぞ？」

「わー……」

つまり、狙われるってことか。元々希少な薬草という立ち位置だから、今更な気もするけれど。むしろ切り刻まれなくて済む可能性が出たと、喜んでもいいかもしれない。自由を奪われるなんて、ごめんだけどな。

薬師ギルドに着くと、私をカウンターに下ろし、ガドルは何も言わずに戸口へ向かう。

「わー！」

ありがとう！

わっさわっさと葉を揺らして挨拶すると、ちらりと振り返ってから出ていった。無表情ではあるけれど、親切な獣人に出会えたみたいだ。

「わー！」

さて、調薬室を借りよう。根《からだ》の向きを変え、手続きを済ませる。

【上級魔力回復薬（にんじんオリジナル・不良）大瓶】と、【パン粥にラニ草を添えて】をひたすら作っていたら、自動調薬に掛かる時間が短くなっていた。努力が認められたらしい。

「わー」

嬉しくなって作りすぎたけど、まあいいか。

念のため、【上級魔力回復薬（にんじんオリジナル・不良）大瓶】の効果を鑑定しておく。

「わー！」

【上級魔力回復薬（にんじんオリジナル・不良）大瓶】

魔力を全回復させる。生命力を初期値なら全回復させる。

魔力を全回復！　これは今後レベルが上がって魔力量が増えても、使い続けることになりそうだ。

生命力も全回復と書いてあるけれど、初期値ならという前提が付いている。材料がラニ草だから、初級回復薬の扱いなのだろう。とはいえ今は初期値なので、問題ない。

懐具合が頼りなくなっていたので、調薬室を出る前に、小瓶を半分ほど売った。

受付に戻ると、なぜかお爺ちゃんが私をじっと見つめてくる。どうしたのだろう？

「君、毎日のように来ているよね？」

「わー」

そうだね。今日は来るつもりなかったけど、結局来ちゃったものね。素直に頷く。

「それに君、ここまで来るの大変なんじゃない？」

「わー……」

仰《おっしゃ》る通りです。しかし、それがどうしたというのだろう？

訝《いぶか》しく思いながら、お爺ちゃんをじっと見つめ返す。

「中古のコンロがあるんだけど、買うかい？」

「わ？」

コンロ？

私が中古コンロに興味を持ったと察したお爺ちゃんが、説明してくれる。なんでも異界の旅人がやってきて、調薬室の利用が増えたため、今まで使っていた旧式のコンロが幾つか壊れたそうだ。それでまだ使えるコンロも含めて、一斉に取り替えることにしたらしい。

「新品だと五万エソするんだけどね。処分予定だから千エソでいいよ。どうする？」

薬師の多くは自分の工房を持って、そこで調薬をするという。中古のコンロは工房を持つまでの繋ぎに使うといいと、アドバイスされた。

購入する意思を告げると、お爺ちゃんは奥の部屋に下がる。すぐにコンロと鍋を持って戻ってきた。

「これが一番状態がいいね。鍋とナイフも持ってきたけど、どうする？」

「わー！」

ありがとうございます。そして鍋とナイフも買います！

ナイフは包丁の代わりらしい。小さなマンドラゴラの体では、包丁を操れないだろうという気配りだ。ナイフでも大変そうだけどね。

調薬室を使わなくなるのなら、素材を多めに買っておいたほうがいいだろう。そう考えて注文しようとしたら、再びお爺ちゃんに声を掛けられる。

「ラニ草は、Ｆランク冒険者でも採りに行ける薬草だから、さっきの彼にでも頼めばいいよ」

Ｆランクは登録して最初のランクなので、私が自ら採りに行ってもよさそうだ。……行けるのか？ガドルに迷惑を掛けるのは気が進まないけれど、暇なときに手伝ってもらえないか、今度会ったら聞いてみよう。スラムにいたということは、収入や食糧に困っているのだろうし、報酬を出せば頼まれてくれるかな？　とはいえ確実ではないので、ラニ草と純水は買っておいた。

『初級回復薬以外のレシピは、どうすれば知ることができますか？』

ついでなので、気になっていたことを聞いてみる。

「君なら秘伝の調薬レシピを公開するかね？」

逆に聞き返されてしまった。

レシピを公開して誰もが作れるようになったら、薬師は生計が立てられなくなる。つまり初級の薬を作り続けても、新しいレシピは出てこないわけか。自分で探し出すか、薬師に弟子入りして教えてもらう必要がありそうだ。

ならば【上級魔力回復薬（にんじんオリジナル）】のレシピはどう扱われているのだろう？　設定する前にキャンセルされてしまったので、何も覚えてないや。

「君だって、自作のレシピを公開していないだろう？」

疑問に思っていたら、答えが降ってきた。

メニュー画面から確認してみたら、確かに非公開になっている。よかった。私の名前が公開されなくて。

お爺ちゃんにお礼を言って、薬師ギルドを出た。人が来ないだろう狭い路地に入って植木鉢を取り出し、根を張る。ログアウト《おやすみなさい》。


「……わー？」

ログインした私は、混乱していた。私が生える植木鉢を、血まみれのガドルが抱きかかえて寝ているのだ。ログアウト中に、いったい何が起きたのだろうか？　記憶を手繰ってみる。

昨日はスラムでパン粥を配り、その後は薬師ギルドで回復薬とパン粥を作った。それから壁と壁の隙間に潜り込み、取り出した植木鉢に潜ってログアウト。当然だが、その後の記憶はない。

とりあえず、ガドルに【上級魔力回復薬（にんじんオリジナル）】を掛けておくか。それとも【パン粥にラニ草を添えて】を……掛ける？　掛けて回復するのか？　むしろ火傷して怪我が増えそうだ。

ふうむと悩んでいたら、ガドルが起きた。目を開けるなり、ぎろりと睨《にら》まれる。私、彼に何かしたのだろうか？

「わー？」

困惑していると、大きな溜《た》め息《いき》が降ってきた。

「忠告したはずだぞ？　お前の価値は跳ね上がると。……人間たちの欲を甘く見るな」

どうやら眠っていたところを人間に見つかって、攫《さら》われかけたらしい。

『助けてくれたのか？　ありがとう』

「恩を返しただけだ。しかしこれで貸し借りはなしだ」

『むしろ私のほうに借りが出来たようだが？』

「この程度で釣りは出ん」

昨日も思ったけれど、義理堅い男だな。

とりあえず、【上級魔力回復薬（にんじんオリジナル）】を差し出す。微《かす》かに眉を寄せて、私と回復薬を交互に見る。

「わー」

遠慮するなと瓶を押しやると、ガドルはためらいながらも飲んだ。

「ありがとう。お蔭で楽になった」

そう言って口元を緩ませたけれども、体の傷に見て取れる変化はなかった。上級と名に付いているけれど、それは魔力に対して。怪我などに対しては、初級の回復力しかない薬だ。

「わー……」

「気にするな。動く分には支障ない」

落ち込んで萎《しお》れる私の葉を慰めるように撫でた後、ガドルは立ち上がる。

『初級回復薬を大量に飲めば治るだろうか？』

「少しはな」

私を見つめて瞬《またた》いた彼は、片方の口角だけ上げて、皮肉な笑みを浮かべた。彼のレベルは知らないけれど、初級回復薬程度では大した効果がないということか。ならば、これならどうだ？　発動、癒やしの歌。

「わわわわ～♪」

「おい!?」

どうせ魔力は残りわずかだ。昨日、【上級魔力回復薬（にんじんオリジナル）】を浴びたけれど、その後も喋って魔力を消費したからな。生命力も限界まで削ってから大瓶を浴びるほうが効率的だろう。根から力が抜けていき、葉が萎れる。植木鉢に入ったままだったので、移動の手間はない。すぐさま【上級魔力回復薬（にんじんオリジナル）】の大瓶を使う。昨日に引き続き、水も滴るいいマンドラゴラの出来上がりだ。

「無茶をす、る――っ!?」

「わー」

気にしないでくれ。

体調が戻ったので視線を上げると、ガドルが目を見開き口を開けて、自分の体を見ていた。傷がふさがったらしい。

「嘘《うそ》だろう？　古傷まで癒えている」

「わー？」

おや？　昨日スラムで癒やしの歌を使ったときは、そこまでの効果はなかったはずだが？

「俺一人に、集中して使ったからか」

なるほど。大勢に使えば一人当たりの回復量が少なくなるのだろう。今日はガドルだけに使ったから、全快したわけだ。欠損までは治らないようで、左腕は欠けたままだけど。

ガドルの体を観察していたら、増え始めていたはずの私の空腹度マークが減少に転じる。

「わ？」

植木鉢にちゃんと埋まっているのに、なぜだ？　やばい、骨だけに戻った。考えろ私。

「わー！」

分かった！　腐葉土を取り替えるのだ！　植木鉢に入れた腐葉土から栄養を吸収していれば、いずれ栄養のない、枯れた土になってしまうのは必然のこと。

急いで予備の腐葉土と入れ替える。骨マークが半透明になる前に、肉が復活し始めた。

「わー……」

セーフ。後で腐葉土を多めに買っておこう。

「よく分からんが、大変だったみたいだな？」

「わー……」

ちょっとな。

一人で混乱する私を見ていたガドルが戸惑いつつ声を掛けてきたので、苦笑交じりに返す。

「なあ、にんじん？」

「わー？」

「人族が使う一般的な治癒魔法では、付いて間もない傷は治せても、古傷や病は治せない。高位の神官の中には、そういうのも治せる奴がいるそうだがな」

真剣な表情で喋り出したガドルを、真顔で見上げてしまう。

マンドラゴラ、優遇されすぎてません？　他のプレイヤーからのやっかみが怖いな。

「受けた恩は返さなければ、獣人の誇りに関わる。何かしてほしいことはないか？」

「わー？」

真《ま》っ直《す》ぐな眼差《まなざ》しを見つめ返しながら考える。

「わーわー」

今は特にないな。ラニ草もまだ予備があるし。

葉を横に揺らすと、ガドルは摘《つま》むように顎に指を添えて考え始めた。

『気にするな。好きでやっていることだ』

「そういうわけにはいかない。これでも元はAランク冒険者だ。左腕はなくなったが、他の古傷は治ったんだ。そこらの冒険者より役に立つぞ？」

待て待て。なんか凄いのが釣れたぞ？　序盤も序盤でいいのか、これは？

思わず怯《ひる》んでしまっている内に、ガドルに植木鉢ごと持ち上げられた。

「どこか行きたいところはあるか？」

「わー……」

引き下がる気はないようだ。

諦めてスラムのほうを指《ゆび》さし、続いてパン粥を出してみる。幻聴を使って喋ると、魔力の消費が甚だしいからな。回復薬を自前で製造できるとはいえ、なるべく温存せねば。

「分かった」

言いたいことが通じたらしく、ガドルは私を連れてスラムに戻っていった。


「わー！　わー！」

さあ、炊き出しだよ！　パン粥だよ！

昨日と同じく、パン粥を振る舞う。ほとんどの人たちがすでに空腹だったらしく、頭上に骨マークが浮かんでいた。パン粥を食べた人たちの間に、笑顔が広がっていく。うん、いいな。

周囲に溢《あふ》れる笑顔に釣られて、私もふよふよと葉っぱを揺らしてしまう。

「にんじん、お前は変な奴だな」

「わー？」

いきなりなんだ？

呟《つぶや》いたガドルを見上げると、パン粥を片手に私をじっと見つめていた。

「この粥だって、ただではない。こんな所で燻《くすぶ》っている奴らを、身銭を切って助けてどうする？」

「わー……」

あー、そういうことか。

『言ったろ？　好きでやっていることだ。純粋な笑顔ほど心が浮き立つものを、私は知らない。金を払って美味《うま》い料理を食べたり、映画を観たりするのと同じだよ』

困っている相手に何かを贈ると、なぜか特別な行動と捉えられがちだ。でも、そんなことはない。感情というのは、伝染するものだと私は思う。だから笑顔が溢れる場所に行けば、落ち込んでいても次第に笑顔になれる。笑顔が笑顔を呼んで、幸せは膨れ上がるのだ。その輪に加われるのは嬉しい。私の言動が喜びを増やせたら、もっと嬉しい。それは充分すぎる対価ではなかろうか。

「……そうか」

「わー」

ああ、そうさ。

さて、パン粥は配り終えた。そろそろ仕上げに掛かろう。癒やしの歌、発動！

「わわわ、わ？」

不発？　もう一度。癒やしの歌！

「わわ……？　わー？」

どういうことだ？

メニューからギフトの情報を表示。癒やしの歌を選ぶと、説明が浮かび上がる。なになに……。読んでも原因は分からなかった。

だが癒やしの歌と書かれた文字の横に、一秒毎《ごと》に減少していく五桁の数字を見つける。どうやらクールタイムがあったらしい。残っている数字と、ガドルを治してからの経過時間を考えるに、一日一回しか使えなそうだ。

「わー……」

強力すぎるギフトだと思ったんだよ。

期待していたらしき人たちの視線が痛いけど、使えないものは仕方がない。早めに気付けてよかったと、前向きに捉えよう。

「すまん」

私の動きを見て察したらしきガドルが謝ってきた。耳がへにょりと垂れている。

「わーわー」

ガドルのせいじゃないさ。自分が持つ力の詳細を把握していなかった、私が原因だ。

もうパン粥も治癒魔法も出ないと理解した人たちが立ち上がり、離れていく。子供たちが寄ってくるかと思ったけれど、ガドルを恐れてか、ちらちらと見るだけで寄ってこなかった。

私も用は済んだ。ガドルの治療で使った空腹度も回復している。植木鉢から、えっこらしょと抜け出し、スラムの外に向かって歩き出す。すると武骨な手が私を掴《つか》み、肩に乗せた。ガドルだ。

「今日の予定は終わりか？」

「わー」

ああ、特にないな。

「なら町から出て、魔物を倒そう。魔物を倒していると、魔力量が増えることがあるからな。お前は回復薬に頼りすぎだ。あれは飲みすぎると体に不調が出る」

「わー？　わー……」

回復薬の使いすぎに、デメリットがあるとは知らなかった。今後はなるべく控えよう。

しかし、ありがたい申し出ではあるのだけれど、気が引けるな。

『私の戦闘力は、たぶん皆無だぞ？』

「構わん。お前は俺の肩に乗っていればいい」

魔物は全てガドルが倒してくれるということか。だが完全に負んぶに抱っこでのレベル上げは、プレイヤーたちから姫プレイと蔑まれる行為のはずだ。

そしてもう一つ。私がこの話に乗り気でない理由があった。

『なるべく殺しは避けたいのだ』

技術の進歩で、ＶＲ世界は現実世界と見紛《みまが》うほどだ。この世界で殺すことに慣れてしまったら、現実世界でも、なんらかの瞬間に命を軽く考えてしまうときがあるかもしれない。私はそれが怖かった。

影響はないと言う人もいるけれど、私は境界を割り切れる自信がない。

　ＲＰＧの世界に来て、何を言っているのだと叱られそうだけど、私がここにいるのは事故なのだ。

まさか、ＲＰＧをプレイすることになるなど思っていなかったわ！　ジャングルはどこだ⁉

　じっと私を見つめていたガドルが、ふっと目元を緩める。

「やはりお前は、そういう奴なのだな。ではお前の言う『殺し』に、岩も含まれるのか？」

「わ？」

　岩？

「北の山には、魔力が湧き出る魔力溜まりが出現する。その付近の岩が魔物に進化することがあるのだ。そして魔力溜まりの魔力を吸収しつくすと、生物が持つ魔力を奪おうと襲い掛かる」

　だから岩か。そしてその岩は、生き物たちに迷惑を掛けていると。

『そういう存在は、この世界で生き物として認識されているのか？』

「いいや。迷惑な鉱物として討伐対象だな」

『ならば大丈夫だと思う』

　岩を破壊することに慣れて、現実世界で岩を破壊したくなっても——素手では無理だし、特に問題はないはずだ。たぶん。せいぜい目撃者から、凄い眼差しを向けられるくらいだろう。

「そうか。だったら、ギルドカードを出してくれ」

　ガドルがにやりと牙を見せて笑う。

「わ？」

意味が分からないまま、薬師ギルドのカードを出す。出現したカードを間髪を容《い》れずに空中でキャッチしたガドルが、眉を寄せた。

「冒険者ギルドのカードはないのか？」

「わーわー」

葉《くび》を横に振り、否定を示す。そういえば、結局行かないままだな。

ガドルの眉間の谷が深まっていく。とても渋そうな顔だ。

「まずは冒険者ギルドに行って、登録しよう。……マンドラゴラが登録できるのか？」

「わー……」

なんだかすまぬ。

ガドルの肩に乗せられたまま、とうとう冒険者ギルドに向かうこととなった。


冒険者ギルドは、未《いま》だ人で溢れていた。危ないからと、ガドルは私を手に持ち受付に進む。並んでいる間に、周囲の声が自然と聞こえてきた。

「東の草原と北の森は魔物が強すぎないか？　特に北の山は訳が分からん」

「まずは西の森でレベル上げしろよ。弱いフィールドから順番に進めば、倒せるようになるだろ」

「蜘蛛苦手なんだよなあ。でも倒さないと、セカードに入れないからなあ」

聞き流しながら、ギルドの中を見回す。登録用の受付の他に、依頼を受けたり頼んだりする受付もある。壁には依頼表と思われる紙が貼り出されていた。そして賑《にぎ》やかな声が聞こえてくる奥は食堂になっているのか、飲食している人の姿が見える。

きょろきょろとしている間に順番が来た。

「従魔登録ですか？」

「いや、冒険者登録だ」

ガドルが苦い顔で、受付のお姉さんとやり取りする。お蔭で私は簡単な手続きをして登録は終わり。晴れて冒険者ギルドのカードを手に入れた。カードというけれど、見た目はドッグタグのような金属板だ。名前とランクが書いてあり、左側には鎖を通す小さな穴が空いていた。

「わー」

達成感を抱く私を、ガドルが苦笑しながら運んでいく。外に出て人混みから離れると足を止めた。

「冒険者ギルドのカードには、魔法が組み込まれている。パーティ登録をしておくと、倒した魔物から得られる力が分散されて、メンバーへ均等に分けられる。さ、貸してみろ」

「わー！」

リングから出した私のカードを受け取ると、ガドルは自分の首に掛けていた鎖の先に付いたカードと重ねる。ぴこんっと音がしてメッセージが届く。

《ガドルからパーティ申請が届いています。受けますか？　▼ＹＥＳ　ＮＯ》

「わー……」

姫プレイ決定ですね？

とはいえ、ここまで来て断ることはできない。ＹＥＳを選択して、パーティに入る。

「パーティ登録すると、カードの裏にメンバーの名前が表示される。パーティから抜けたいときは、カードを持って『解除』と言えばいい。意識を失ったときも、勝手に解除される」

「わー」

私が頷いたのに頷き返すと、ガドルは私にカードを返し歩き出す。

「北の山には薬草もある。ついでに採ってくるか？」

「わー！」

それはありがたい！　ラニ草の予備はあるけれど、在庫が多くて損はないだろう。

北側の門に向かう途中で屋台を見つけたので、立ち寄ってもらった。怪訝《けげん》な顔をしているガドルに、串肉をプレゼント。パン粥だけで動くのはきついだろうと思ってのことだったけれど、予想以上に喜んでいる。気配りが足らずすまぬ。

『予備も買ったから、腹が減ったら遠慮なく言ってくれ』

買った串肉をリングにしまっていたら、ガドルがじっと見つめていた。どうした？

「あまり大っぴらに使うな。余計に狙われるぞ」

「わー？」

聞くと、多くの物を収納できるアイテムは存在するけれど、高価なのだという。全盛期のガドルですら持っていなかったそうだ。ちなみに食べ物を入れっ放しにしていると腐るらしい。

「わー……」

心配してくれるのは嬉しいが、プレイヤーは皆持っていると思うぞ。

そんなわけで、やってきました北の山。緑生い茂る長閑《のどか》な山は幻想だった。目の前にそびえるのは、切り立った岩山だ。

「わー……」

ロッククライミングまでは必要ないけれど、足場が悪い。ごつごつとした山道は段差が大きく、人間の姿だったとしても、手を突かなければ登れそうになかった。

私一人なら、魔物がいなくても途中で挫折していたな。町から出たかすら怪しいけれど。

そんな岩場を、ガドルは軽快な足取りで登っていく。Aランク冒険者とは凄いものだ。上下左右に揺れるガドルの肩から落ちないよう、二股《あしこし》の根を引き締めバランスを取る。まるでロデオだ。

「わー、わー。わ？」

ちょっと配慮してほしいと思っていたら、ガドルに掴まれた。

「わー？　わーっ!?」

どうした？　って、ぎゃー!?

突然、ガドルが凄い速さで移動する。風にあおられて、葉っぱが横倒しになってしまった。掴んでくれなかったら、振り落とされていただろう。

落ち着いたところで、何事かと先ほどまでいた場所を振り返る。直径が人の背丈ほどもある岩が転がっていた。

「わー？」

落石？

「転落岩だ。岩に擬態していて、獲物が近付くと転がり落ちて潰す」

「わ？」

魔力を奪うって、そういう方法なの？　たしかに迷惑この上ない岩だな。

ガドルは転落岩の後ろに回り込むと、私を肩に乗せ直す。それから右手で転落岩を小突くように軽く殴った。真っ二つに割れる転落岩。

「わ？」

岩だぞ？　ガドルさん、馬鹿力《ばかぢから》にもほどがありませんか？

呆れまじりに感心していると、ぴこんっと音がした。

《転落岩を倒しました。レベルが上がりました。レベルが上がりました》

「わー……」

私のレベルが一とはいえ、一体倒しただけでレベルが二つも上がるとは。初回サービスだろうか？

「魔力が増えたか？　今まで魔物を倒したことがないなら、転落岩から得られる力は多く感じるだろう。俺にとっては容易い相手だが、駆け出し冒険者よりは格上の相手だからな」

初回サービスではなく、討伐した岩のレベルが高かったらしい。ファードの町を出たばかりなのに、転落岩のレベルは問題ないのだろうか？

腑《ふ》に落ちないけれど、視界の端でレベルを表す数字が点滅しているので、そちらに意識を向ける。

生命力などの基礎能力の一覧が表示され、右側に『＋』ボタンが付いていた。レベルアップで手に入れたポイントを、ここで割り振るみたいだ。もちろん全て魔力に振る。これで喋れる回数が増えた。

作業をしている間に、真っ二つとなった岩が粒子となって消えていく。残されたのは、大人の拳ほどに砕けた岩の欠片《かけら》。太陽の光を反射させるように、ちょっと光っていた。

「ほら、にんじんも拾え」

「わ？」

私、何もしていないのだけど？　貰ってもいいのだろうか？

地面に下ろされたので、ガドルにならって欠片の一つに近付く。触れた途端に姿を変えた。大小二つに分かれて現れたのは、小指の先ほどの艶やかな黒い石。そして所々に銀色が覗く、ごつい石。鑑定してみると、転落岩の魔石《ませき》と鉄鉱石だった。

ガドルは大きいほうの石を捨てて、魔石だけをズボンのポケットにしまっている。

『大きいほうは持ち帰らないのか？』

「袋がないからな」

「わー。わー？」

ガドルの分も預かろうか？　そんな意味を込めて、捨てられた鉄鉱石に近寄り彼を見上げる。意図を理解してくれたガドルは、しばし考える素振りを見せてから、私の提案を受け入れた。

「頼む」

「わー！」

お安い御用だ。私も少しは役に立てるようで嬉しいぞ。

「次に行くぞ」

「わー！」

ガドルに持ち上げられて、肩に乗せられる。転がっていたはずの岩の欠片は、いつの間にか消えていた。討伐した人がアイテムを選んだから、残りは消滅したのだろう。

その後も順調に、転落岩を倒しながら山を登っていく。倒したのはガドルだけど。

時々、鉄鉱石以外の鉱石も手に入った。銅鉱石に銀鉱石に重曹……。重曹？　天然の重曹は鉱物から採取できるとはいえ、なぜ重曹？　これはパンケーキを焼けという思し召しか？　それとも掃除洗濯をしろという指摘だろうか。

中には屑石《くずいし》もあるみたいで、ガドルは私が回収する前に放り捨ててしまう。

「わー？」

気になったので、捨てられる前に声を掛けてみる。ガドルが振りかぶっていた手を下げて、褐色混じりの白い石を差し出してくれた。

「脆《もろ》いだけで、役に立たんぞ？　ギルドに持って行っても金にならん」

そう言われたけれど、せっかくなので鑑定をしてみる。

「わー」

鑑定。

【ゼオライト】

ゼオライト。水や臭いを吸着する。

「わー！」

ゼオライト！　根腐れ防止にゼオライト！　植物に嬉しい鉱石ではないか。

私の喜びようを見て、ガドルが怪訝な表情だ。

「欲しいのならやるぞ？」

「わー！」

ありがとう！　いそいそと植木鉢を出し、腐葉土をいったん収納。空いた底にゼオライトを――

「わー……」

ゼオライトが大きすぎた。鉢を占拠するゼオライト。

「砕けばいいのか？」

「わー！」

ガドルがゼオライトの塊を掴んで、握りつぶす。ぱらぱらと植木鉢に降り積もる白い砂利。

「わー……」

ありがたいけれど、怪力に呆然《ぼうぜん》としてしまう。たしかに脆い石ではあるのだが、素手で砕けるほどではないはずだ。

私が何に驚いているのか分からず、うろたえるガドルに礼を言って、余分なゼオライトを収納する。

改めて腐葉土を入れた植木鉢をリングにしまい、ガドルの肩に乗せてもらった。

「屑石だと思っていたが、植物にとっては役立つものだったのか？」

『鉢底に敷いておくと、根腐れ防止に効果があるのだ。あとは脱臭や浄水に使うかな？』

「浄水……」

私の説明を聞いていたガドルが、足を止める。顔は青ざめ、苦しげに歪む。戦慄《わなな》く唇を噛《か》みしめた
彼は、目蓋をきつく閉じた。薄い唇から血が滲《にじ》み出ても動かない。

水に何か嫌な思い出でもあるのだろうか？

声を掛けるのをためらわれて、私は静かに彼の気持ちが落ち付くのを待つ。

「……足を止めてすまない。行こう」

「わー」

気にするな。

目蓋を上げたガドルが歩き出す。その表情には、初めて会ったときに見た陰が落ちていた。

途中から山道を逸れ、道なき道を進む。すると、これまでより赤みが強い転落岩が落ちてきた。

「わ？」

ガドルが私を掴み駆け出す。そして赤い転落岩を蹴った。岩壁にぶつかり爆発する転落岩。

「わー……」

爆発時の風だけで、ダメージを受けてしまう私。

「すまん。大丈夫か？」

「わー」

心配した顔のガドルが覗き込んでくる。大丈夫だと示すと、ほっと表情を緩めた。過保護だな。

行動履歴を確認すると、転落岩ではなく、破裂岩と書かれている。

「破裂岩は、死に際に爆発する。直接止《とど》めは刺さず、岩壁にぶつけたり魔法などの飛び道具で仕留めると安全なのだが……。次からは気を付ける」

ガドルが申し訳なさそうに解説してくれた。こちらこそ貧弱ですまぬ。

手に入ったアイテムは、破裂岩の魔石と火薬。剣と魔法の世界なのに序盤で火薬とは。世界観はどうなっているのだろうか。

二体目からはガドルがきっちり風から護《まも》ってくれたので、ダメージを受けることはなかった。

手に入れたアイテムは火薬の他に、花火もある。花火のほうがレアらしい。ちなみに武器としては、魔物を驚かせるくらいしか使えないそうだ。スラムの子供たちにでもあげよう。

ここまでに得たポイントは、全て魔力に振った。速力に振って素早いマンドラゴラを目指すのも面白そうだけれども、人から貰ったポイントでネタに走るのは罪悪感がある。我慢した。

生命力は、効率的に回復する方法が見つかるまで現状維持だ。増えても回復が追い付かないからな。

攻撃力は増やしても、人並みになるまでかなり必要だろう。そもそも攻撃する意思が私にない。無きものとして扱おう。

そんなふうに岩を破壊しながら山を登っていると、ガドルが足を止めた。

「あそこだ」

「わー？」

岩陰を示されるが、私には岩しか見えない。

ガドルが迷うことなく岩の裏側に向かうと、葉の裏がきらきらと光る低木が生えていた。獣人の嗅覚が優れているからなのか。それとも何度か採りにきて覚えていたのだろうか。どちらにせよ、私一人では見つけられなかったと思う。

それはさておき、ガドルが見つけた低木が、ラニ草ではないことだけは確かである。

「わー？」

これはなんだ？

「薬師なのに、知らないのか？　タタビマだ。回復薬の原料になる。作り方は知らないがな」

「わー！」

おお！　課題だった回復薬を改善できそうだ。

生《な》っている実は二種類で、細長いどんぐりに似た木の実と、ごつごつと歪《いびつ》な形に膨れた木の実がある。これ、木の実と葉っぱだけはマタタビだ。マタタビは蔓性《つるせい》の植物なので、似ていても異なる植物なのだろうけれど。

マタタビの実は本来、どんぐりに似た形をしている。そこに虫が卵を産み付けることで、こぶだらけの歪な外見に変形する。薬草として使うのは、こぶだらけの歪な実だ。ということは、この実も薬が作れるのは、どちらか一方だけなのだろうか。

「このままでも美味いんだがな」

ガドルを見ると、ここまで淡々としていた表情をしていた彼の目が、ギラギラと輝いていた。今にも舌なめずりしそうである。虎の獣人だから、タタビマで酔いかけているのだろう。ここまで真っ直ぐに来られたのは、タタビマの香りに反応していたからかもしれない。

とりあえず、どんぐり型の実を鑑定してみる。

「わー」

鑑定。

【タタビマの実】

タタビマの実。

そのままだな。こぶだらけの実も鑑定してみよう。

【タタビマの実】

タタビマの実。

「わーっ?」

おいっ?　仕事しろ、鑑定!

鑑定の練度が低いからだろうか?　知っている情報しか出してくれない鑑定さん。困ってガドルを見ると、欲望と戦いながらも、私の疑問に答えてくれた。

「こっちのほうが美味い」

指差されたのは、どんぐり型。だが私が知りたいのは味ではなく、薬効だ！

じとりと睨むと、気まずそうに視線を逸らしつつ、二種類の実を一つずつ採ってくれた。

「わー」

差し出された実を、再度鑑定してみる。採ったことで、もしかすると新情報が出てくるかもしれないから、念のためだ。


【タタビマの実】

タタビマの実。ネコ科の獣人や魔物に与えると喜ぶ。


情報が増えた。しかし『喜ぶ』とは、分かりやすいのか分かりにくいのか。どう利用すればいいのだろう？　特にネコ科の魔物に対して。見せた途端に襲われたら嫌だな。

疑問はとりあえず横に置いておき、こぶだらけの実も鑑定してみる。


【タタビマの実（コブ）】

タタビマの実。ネコ科の獣人や魔物に与えると喜ぶ。回復薬の原料となる。

「わー！」

こっちが正解だ！

ガドルの掌に乗せてもらい、こぶのあるタタビマの実に近付けてもらう。そこで問題発生。私、マンドラゴラなのだ。手がないわけだよ。

「わー……」

掌の上で仰向けに寝転がり、二股の根《あし》で挟んで採取する恥辱プレイ。ガドルが興味深そうに私の動きを見ているのが、更に恥ずかしさを底上げする。いっそのこと、笑ってくれたまえ。

そして、もう一つの問題。木にはたくさんの実が生っていたのに、三つ目を採った途端に実が消えた。ゲームだという意識が抜けていた私は、ぎょっと驚いてしまったよ。

「俺が摘んだのも、やろう」

「わー？」

いいのか？

「俺では薬を作ることはできん。それに、このままよりも回復薬のほうが美味い」

「わー……」

後半が本音だな？　このままでも回復効果があるらしいけれど、薬にしたほうが回復力はアップする。そして味もよくなると。

遠慮なく頂いておいた。薬ができたら、今回の礼も込めて贈ろう。

「次の木へ向かうぞ」

「わー！」

ガドルの肩へ戻り、岩山を移動する。数本の木を回って確保したタタビマの実は、予備のマンドラゴラ水に漬けておく。時々一度の採取で二つ採れることもあったので、思ったより多く集まった。

薬師ギルドのお爺ちゃんの話を踏まえるに、薬師ギルドへ行っても、タタビマの実を使った回復薬のレシピは分からないだろう。となると、自分で考えるしかない。

予想できるレシピは、ラニ草やマンドラゴラのように刻んで煎じるか、本来のマタタビ同様、酒に漬けるかだ。しかし酒は持っていない。だからといって水に漬けるだけで薬が出来るとは考えづらい。だから実験的に、マンドラゴラ水に浸けてみることにしたのだ。

漬ける際、どうすれば瓶の中にタタビマを入れられるか考えた末、マンドラゴラ水を装備してからタタビマをリングから取り出した。そのときの、私を見るガドルの何とも言えない目よ。

私も友人が自ら瓶詰めになったら、同じような反応をしただろう。奇妙な友ですまぬ。

いい時間になったところで、ファードの町に戻るため引き返す。

「北の山の魔物は問題なさそうだな？」

「わー！」

岩だからな。しかも襲ってくる。砕かれる姿を見ても、罪悪感の欠片もない。

「次は王都まで連れて行ってやってもいいが……」

王都か。行ってみたい気もするが、ファードの町でも、まだやりたいことがある。一度王都に行ってしまえば、私の二股の根《あし》では戻ってこられまい。

「心配しなくても、連れて行って放置するなんてことはせんさ。ファードの町に戻りたければ、ちゃんと送り届ける。それに神殿へ行って代金を払えば、一瞬でファードの町と王都を移動できるぞ？」

戦えない私でも、行き来は可能ということか。ならばガドルに甘えて、行っておくのもありか？

「王都には図書館がある。薬師なら行きたいのではないか？」

ずいぶんと王都行きを押してくるな。だがその割に、ガドルの表情は冴《さ》えない。

『ガドルは王都へ行きたいのか？』

問うと沈黙が返ってきた。ガドルは無言のまま、降ってきた転落岩を殴り砕く。

「正直に言えば、あまり近付きたくない。だがせっかく体を治してもらったのだ。いつまでも逃げていてはいけないとも思う。……確かめたいこともあるしな」

開いた掌を見つめているけれど、ガドルの脳裏には、違う映像が流れているのだろう。一度目蓋を伏せた彼は、断ち切るように顔を上げる。

「俺と一緒に王都に入れば、にんじんにも不快な思いをさせるかもしれない。王都に辿り着いたら、別れたほうがいいだろう」

『何があったのか知らないが、私の知るガドルは誇れる友だ。不快にならないとは約束できないが、そんな理由で別れるつもりはないぞ？』

負んぶに抱っこの私が言うと、誤解を生みそうな台詞《せりふ》だな。

ガドルは首を回して、肩に乗る私を見つめた。見開かれた目に、美味しそうな人参が映る。しばらくしてから、彼はふっと表情を和らげた。

「そうか。ならば一緒に行ってくれるか？　お前がいてくれれば心強い」

『もちろんだ。行こう、王都へ』

「ああ」

にやりと白い歯を見せて笑うガドルから、不安の色は払拭されている。どこか嬉しそうに見えるのは、自惚《うぬぼ》れではないと思いたい。

どかんっと景気のいい音が、上方で鳴り響く。ガドルが片手間に蹴り上げた破裂岩が爆発し、暴風と石が撒《ま》き散らされた。最初の町周辺だから出てくる魔物が弱いのだろうけれど、あまりに呆気ないな。


翌日、ログインした私を待っていたガドルは、前日と格好が変わっていた。

伸び放題だった髪や髭を整えて、ライオンから虎に戻っている。服も小綺麗なシャツとズボンに着替え、背には麻っぽい布袋を背負う。

「テントや食料も買っておいたから、すぐに行けるぞ？」

北の山で得たアイテムは、昨日の内に冒険者ギルドで換金した。その金を使って、私がログアウトしている間に買い揃えたみたいだ。

実はアイテムを換金する際、私とガドルは揉《も》めた。

北の山で魔物のアイテムを手に入れられたのは、全てガドルのお蔭。私は全部ガドルの取り分にするか、せめて彼の取り分を多くするように提案したのだ。けれどガドルが拒否をする。自分が手に入れたアイテムの分だけでいいと。

だが彼が手に入れたアイテムは、なぜか私が入手した物に比べて価値が低い物が多い。結果として、私のほうが取り分が多くなってしまうのだ。それは私が納得できない。

最終的に、まとめて売った金額を二等分することで話が付いた。それぞれが必要な物を差し引いてからなので、正確な等分ではないけれど。

ガドルは渋ったけれど、リングに収納すると全部私の持ち物扱いになる。だから、どれが私の分でガドルの分だが、さっぱり分からない。――という言い訳をしたら、不承不承ながら了承してくれた。

本当は行動履歴を確認するとか方法はあるのだけれど、それは黙っておく。面倒だしな。

さて、せっかくガドルが行く気になっているところ申し訳ないけれど、まずはタタビマを漬けておいたマンドラゴラ水を確認したい。それにスラムにも寄っておきたい。

断りを入れてから、アイテム一覧でタタビマを漬けておいたマンドラゴラ水を確認する。漬け込みはちゃんと完了していた。食料は出来立てのまま保存するのに、不思議な機能である。

アイテム名は【上級複合回復薬（にんじんオリジナル・劣化）】と表示されている。不良よりも下があったとは、調薬侮りがたし。ちなみに小瓶に分けられることなく、二リットル瓶のままだ。

名前を付けられたので、【友に捧《ささ》げるタタビマの薫り】と命名。鑑定結果はこちら。


【友に捧げるタタビマの薫り（劣化）大瓶】

生命力と魔力をまあまあ回復させる。（ネコ科の獣人や魔物に限り、生命力を全回復させる）

リングにしまったままでも鑑定できるのだな。しかし相変わらず分かりづらい説明だ。

私が使うのならば、【上級魔力回復薬（にんじんオリジナル・不良）】に軍配が上がる。しかしネコ科のガドルには、友に捧げるタタビマの薫りのほうがよさそうだ。

「うまく出来たか？」

傍らに立つガドルが問うてきた。

『ネコ科の獣人に限れば、生命力を全回復させるらしい。……飲んだら腕が治るだろうか？』

ガドルの左腕に視線を向けると、彼は苦く微笑《ほほえ》んで首を横に振る。

「欠損は回復薬では治らない。しかし全回復なんて、滅多にお目に掛かれない高級品だぞ？　にんじんは高名な薬師だったのか？」

「わー？」

驚くガドルに大瓶を見せたら、彼の表情がすんっと抜け落ちた。ガドルでも一気飲みは難しいか。

そう思っていたら、唇の端をちろっと舐《な》めるのが視界に入る。

これ、このまま渡したら、晩酌に使われそうだ。贈ろうと思っていたけれど、私が持っていたほうがよさそうだな。

「わー……」

そっとリングに戻す。ガドルの眉尻が残念そうに下がったけれど、見なかったことにした。

気を取り直してスラムに向かう。今日はパン粥を作り溜めていないので、作りながら配る。ラニ草が尽きた。入ってなくても空腹度は回復するから、まあいいだろう。

連日配給をしたので、次はいつ来られるか分からないことも伝えておく。突然途絶えたら、出稼ぎに行くべきか待つべきか悩んで、動きづらいだろうから。

パン粥を配り終えると、癒やしの歌を発動。

王都に向かう道中で万が一のことがあってはならないから、温存も考えたのだ。でも回復薬の出番さえないだろうと言うガドルの言葉に従って、使わせてもらった。そして倒れる私。魔力が増えても、瀕死になるのは変わらないらしい。

「マンドラゴラってのは、こういうときは軽くていいな」

「わー……」

空腹度が回復するまで、植木鉢に植わったまま運んでもらう。

今後はマンドラゴラ水を作りながら移動するのも有りかもしれない。ガドルには植木鉢より、一升瓶ならぬ二リットル瓶のほうが似合いそうだしな。

考えていることを読み取ったのか、ガドルが嫌そうな顔をして私を見下ろした。

町から出る前に、腐葉土を多めに買っていく。ついでに串肉も追加で購入。これで準備万端だ。

ファードの町から出ると、昨日と同様、ガドルは軽快な足取りで岩山を上っていく。出てきた転落岩と破裂岩は、瞬殺である。真っ直ぐ王都を目指すかと思われたけれど、ガドルはタタビマを見つけるたびに、寄り道をして採取させてくれた。私は一本も見つけられなかったけどな。

「空腹度が回復したら、瓶詰めになったらどうだ？」

「わー？」

いいのか？　来るときは嫌がっていたのに。

「そうすれば、タタビマ水を量産できるんだろ？」

舌なめずりしながら言うな。お前の優しさに胸を打たれかけた、一瞬前の私を返せ。そしてタタビマ水ではなく回復薬だ。

ガドルにとってタタビマで作る回復薬は、生命力を回復させる薬である以上に嗜好品らしい。今酔われると互いの安全が保障できないので我慢してもらうけれど、王都に着いたら少し差し入れしよう。世話になっているからな。

気分は複雑だけど、マンドラゴラ水は、私が薬を作るのに必須の材料である。お言葉に甘えさせてもらう。空腹度が回復して植木鉢から出ると、遠慮なく純水を装備し瓶詰めになった。

更に進んだところで、岩から染み出る湧水を発見。ガドルが歩を緩める。

「休憩にするか」

「わー」

岩に腰かけたガドルが、干し肉を取り出した。私は急ぎ止めに入る。運んでもらうだけの私にできる、数少ない貢献まで奪われてなるものか。

リングから串肉とコッペパン、それにナイフを取り出す。二股の根《あし》で挟んだナイフでコッペパンに切り込みを入れて、そこに串肉を挟んでから串を抜く。……串を引っ張ったら、肉も付いてきた。もう一本、根《あし》が欲しいな。肉をせき止めるため、コッペパンの端にナイフをずぶっと刺す。改めて串を引き抜き、ナイフを収納。肉パンの完成だ。

野菜がないので私の葉っぱを一枚挟もうかと考えたが、どんな効果があるか分からないので保留する。ガドルだって、友の体を使った料理には抵抗があるかもしれないからな。

「わー！」

どうぞ召し上がれ！

根元《かお》を上げると、ガドルが困ったような戸惑ったような顔をしていた。

「……指示をくれれば、パンを切ったり肉を挟むくらい、俺がしたぞ？　だが、ありがとう」

「わ？　わー！」

私が全身を使ってせっせと動く様子を見ていたガドルは、苦笑しながら肉パンを受け取ってくれた。

肉はまだ温かいはずだ。しっかり食べて、英気を養ってくれ。

料理のギフトが欲しいな。私の体で作れる料理は限られるだろうけれど、一度作ってしまえば調薬同様、自動で作れるはずだ。ちょくちょく料理に挑戦していたら、手に入らないだろうか。

ガドルが食事をしている間に、私は景色を楽しむ。

岩に覆われた閑寂な空間。心地よくそよぐ柔らかな風。ちろちろと岩から染み出る水の音。

「わー」

心に沁《し》みるな。

「……。わー？」

岩から染み出る水の音？

「わー!?」

水!?

「どうした？　にんじん」

肉パンを頬張っていたガドルが、腰を浮かせて周囲を険しい眼差しで睨む。危険はないと判断してすぐに緊張を解いたけれど、誤解させてしまった。

『すまない。水があることに気が付いて、興奮してしまった』

「水？」

『ああ。今は純水を買っているのだ。綺麗な湧水なら、利用できるかと思って』

湧水に近付いて、鑑定を発動する。

【北の山の湧水】

北の山で採れる湧水。

相変わらず不親切な鑑定だ。空いている二リットル瓶を取り出して水を採取。改めて鑑定する。

【北の山の湧水】

北の山で採れる湧水。鉱水。飲用可能。鉄分と魔力が多い。

「わー！」

おお！　魔力が多いと出た。北の山には魔力溜まりができるという話だったから、湧水にも魔力が含まれているのだな。そして鉄分。転落岩から鉄鉱石が採れていたから、この山は鉄鉱山なのだろう。

他にも色々と出現しているけれど、そこはゲーム世界。考えたら負けだ。

「使えそうか？」

『魔力が多く含まれていると出た。魔力回復薬の品質を上げられるかもしれない』

「そういうことなら、魔力溜まり近くに行けば、もっと魔力を含む水がありそうだな」

「わー？」

場所が分かるのか？

ガドルを見ると、申し訳なさそうに眉を下げる。

「残念だが、俺に魔力を探知する能力はない。そもそも魔力がほとんどないからな」

なんとなくそんな気はしていたよ。ここまでガドルが魔法を使う所を、一度も見ていないからな。

『ガドルは魔力を増やさなかったのか？』

気になって問うと、目を瞠《みは》ってから苦笑された。

「魔物を倒しても、魔力が増えるかどうかは女神様次第だろう？」

つまりこの世界の人たちは、どの能力を伸ばすか自分で選べないのか。

「お前は増えたのか？」

「わー！」

増えたぞ！

「そうか。よかったな」

「わー！」

柔らかく目尻を下げて、一緒に喜んでくれた。思わず心がほっこりと温まる。

『ここの水で充分だ。水を汲《く》んでいってもいいか？』

「構わん。手伝おう」

「わー」

ありがとう。

勿体《もったい》ない気もしたけれど、純水入りの瓶から中身を出して、北の山の湧水を汲み直す。純水よりも北の山の湧水のほうが、いい回復薬が作れそうだからな。今後は水を見つけたときに汲めるよう、樽か何かを買っておこう。

汲み終わった瓶の一つを装備して、ガドルに運ばれていく。タタビマの実も一緒に漬け込もうとしたけれど、揺れた際にぶつかってダメージが入ったので、リングに戻した。

代わりに汲んだばかりの北の山の湧水に、タタビマの実を漬けておく。これで回復薬が出来れば、マンドラゴラ水は魔力回復薬にのみ使えばいい。私が漬かっていられる時間は限りがあるからな。

新しいマンドラゴラ水が出来ると、残りのタタビマの実を入れておく。そして私は、新しい北の山の湧水を装備。色々と作り比べて、よりよい回復薬を量産するつもりだ。

山頂近くまで登ったところで、日が暮れ始めた。ガドルが野宿の支度を始める。テントは一人分の小さなタイプだけれども、ガドルの横で私も眠るくらいの余裕がある。

『寝ている間に、転落岩が襲ってきたりしないのか？』

「そのためのテントだ。魔物除《まものよ》けが付いているから、中にいる限り襲われることはない。といっても、これはあまり質がよくないから、弱い魔物にしか通用しない。だがこの辺りなら充分だ」

便利なアイテムが存在するみたいだ。

『では、これを出しても大丈夫そうだな。一杯だけだぞ？』

【友に捧げるタタビマの薫り（劣化）】を取り出すと、ガドルの表情が嬉しそうに綻んだ。

「一杯だけか？」

『一応、危険地帯だからな。それに怪我をしたときに必要だろう？』

「この辺りで怪我をするとは思えないがな」

ガドルは少し不服そうな顔をしながら、取り出したコップに、【友に捧げるタタビマの薫り】を注ぐ。

おかわりを催促される前に、残りはリングにしまった。じとりと物欲しげな目が私を見たけれど、すぐに手元のコップに戻る。

一口含んだガドルの頬が緩む。

「美味いな。久々に飲んだ」

不良どころか劣化だし、水に漬けただけだ。美味しいとは思えないけれど、ガドルは嬉しそうに味わってくれる。いつか良を作って飲ませてやろう。

残りを一気に呷《あお》ったガドルは、上機嫌で咽《のど》をゴロゴロ鳴らす。見た目がほぼ人間なので、違和感が凄《すさ》まじい。これは毛に覆われた生き物だから許される行動だった。

『私は起きるのが遅いので、待たせるかもしれない。先に謝っておく』

「異界の旅人とは、そういうものなのだろう？　数日眠り続ける者もいると聞いた。気にするな」

『ありがとう。ではおやすみ』

「ああ、おやすみ」

微笑むガドルに見守られながら、植木鉢に埋まってログアウト《おやすみなさい》。


翌日。ログインした私は混乱していた。知らない場所だ。岩場だから北の山には違いないけれど、ログアウトした場所と景色が違う。

「起きたか？」

「わー！」

きょろきょろと辺りを見回していた私に、気付いたガドルが声を掛けてきた。

『ここはどこ？』

私はだあれ？

違う。そうじゃない。昨日は岩山を登っていたはずなのに、今は下りつつある。

「どこって……。お前が起きるまで待っていたら、いつになるか分からないからな。先に進んでいる。

魔物から得られる力が必要だったか？」

どうやらログアウト中でも、運ばれれば移動できるみたいだ。ただしパーティは組めないらしく、魔物を討伐した際に入る経験値は分配されない。だから私のレベルは変わっていなかった。

『運んでくれてありがとう。魔物のことは気にしないでくれ。私が倒しているわけではないからな』

「なら問題ないな。タタビマの実は採っておいたから、また漬けておいてくれ」

「わー！」

一度地面に下ろしてもらい、植木鉢から出てリングにしまう。続いてギルドカードを取り出して、ガドルとパーティを組んだ。

カードと貰ったタタビマの実をリングにしまうと、北の山の湧水を装備する。

私、基本装備が二リットル瓶になりつつあるのだが、ＲＰＧの装備として有りなのだろうか？　木の棒を装備するゲームもあると聞くし、いいか。

昨日までと同様、ガドルが難なく転落岩と破裂岩を蹴散らしていく。アイテムは増えるけれど、レベルアップには時間が掛かるようになった。あ、重曹。

『重曹って、普通は何に使うんだ？』

「さあ？　冒険者ギルドに持っていけば、買い取ってくれるぞ？」

やはりパンケーキ屋を開こう。どこかに料理のギフトは転がっていませんか？

花火や重曹といった平和的なアイテムを手に入れつつ、北の山を下る。王都を囲む塀が見えた辺りで、これまでの岩と姿が違う魔物が現れた。丸い岩を幾つもくっつけて作った岩人形――いわゆるゴーレムだ。

違うのは姿だけではない。ゴーレムの周囲の地面に、淡い光で円が描かれている。

この特別仕様。きっとあのゴーレムが、北の山ルートのボスなのだろう。ガドルの強さはここまでの道中で理解しているけれど、一人で大丈夫だろうか？

不安が過《よ》ぎり、彼の顔を覗き見る。緊張の欠片もなく、涼しげな顔をしていた。

《北の山のボスと遭遇しました。エリアに入ると王都を解放するためのボス戦が》

この世界の住人であるガドルには、アナウンスは聞こえていない。足を止めることなく薄く光るラインの先へ進み、天の声が最後まで言い終わる前に、一蹴りでゴーレムを倒してしまった。

「わー……」

ガドルが強すぎる……。相手は一応、この山のボスだというのに……。

しかし北の山のボスを名乗るなら、山の頂上にいるべきではないだろうか。王都の手前にいたら、王都にいる騎士や兵が倒しそうだ。しかしその辺はゲーム。ご都合主義である。

地面に下ろされたので、てこてこ歩いて残された石の塊に触れる。岩人形の魔石と金塊に変わった。

さすがボス。鉱石ではなく金塊が手に入るとは贅沢だ。何度も倒せば金持ちになれそうだな。ついでにレベルも上がった。私、何もしていないのに。ちょっぴり心に引っ掛かるものがある。

《北の山のボス岩人形が、ソロで初討伐されました。これにより、王都が解放されます》

ぴこんっという音と共に、ワールドアナウンスが流れた。

「わ!?」

ちょっと待て！　岩人形ということは、私か？

辺りを見回すが、周囲に他のプレイヤーの姿はない。やはり私か！

岩人形を討伐したのはガドルだ。これはいいのか？　頑張っているプレイヤーたちに申し訳ない。

良心がずくずく痛むぞ。報酬も通常のアイテムに加えて、ソロ初討伐の特別報酬だという、『鋼鉄の鎧《よろい》』まで貰ってしまった。私、装備できるのだろうか？　鎧を着こんだマンドラゴラとは斬新な。

「わー……」

赤く染まり始めた空を眺める私を、ガドルが淡々と運んでいく。

とりあえず、ワールドアナウンスで名前を晒《さら》されない設定にしておいてよかったと、根《むね》を撫で下ろしておこう。

アイテム一覧を見たら、鎧は装備不可になっていた。なのでお礼も兼ねてガドルにプレゼント。

「いいのか？　しかしマンドラゴラなのに、なんでこんなものを持っているんだ？」

ガドルが困惑と嬉しさと遠慮をない交ぜにした複雑な顔をする。

私に聞いてくれるな！　運営に聞いてくれ！　……などとは、この世界の住人である彼に言っても通じまい。

『ガドルが岩人形を倒した後に、手に入ったのだ。倒したのはガドルだから、遠慮なく貰ってくれ』

「岩人形から？　そんな話は聞いたことがないぞ？」

初討伐報酬だからな。プレイヤー特権というやつだろう。

いまいち納得しかねている様子のガドルだが、事情を話したことで、戸惑いながらも嬉しそうに装備してくれた。ガドルと組んでいたからこその報酬だったのかもしれない。

鑑定してみると、『魔力を含んだ鋼鉄で出来た鎧』と出た。他のゲームだと、もっと細かく書かれている気がするけれど、最低限の情報だけだな。私が見ても分からないだろうから構わないけれど。

そういえば冒険者ギルドで鉱石を売ったとき、北の山の魔物から採れる鉱石には、魔力が含まれていると説明を受けた。それを元に武器や防具を作ると、普通の金属より性能がよくなるらしい。

きっと鋼鉄の鎧が、ガドルを護ってくれるだろう。

「わー！」

似合っているぞ！　格好いいな。

称賛の声を贈ると、全身鎧をまとったガドルが照れたように苦笑する。最初に会ったときに比べて、表情が豊かになっているな。私が切っ掛けで彼の心の闇が晴れてきたなら嬉しい。

「さ、行くぞ？」

「わー！」

こうして私たちは、王都に向けて踏み出したのだった。

※

【交流掲示板】

マナーを守って楽しく交流しましょう。

〈前略〉

278 スライム選んだら動けないのだが？　他の奴らはどうやって移動してるんだ？

279 は？　どういうこと？

280 ゴミ袋に詰め込まれたみたいな状態で、身動きができん。スライム無双の夢が……。凹

281 ゴ　ミ　袋　ｗｗｗ

282 ばっ！　笑わせるな！　蚊の攻撃避《よ》けそびれたじゃないか！　二重の意味で腹痛《いて》え。

283 人間から離れた姿のアバターを採用するゲームが少ないのは、そういう理由か。

284 ゲームによる。指示して動かすのもある。

285 で、どうすれば動けるんだ？

286 ウサギ跳びの要領で飛べ。

287 転がるんだ。前転ぐるぐる。

288 前転はやめておけ。状態異常が付く。

289 経験者乙ｗ

290 目が回ったわけか。

291 フレいる俺、勝ち組。運んでもらった。

292 魔物系きびしいんだな。ネタで選ばなくてよかった。

293 種族変更できないんだっけ？　試すの怖いよな？

294 一度はできるはず。

〈中略〉

518　薬師ギルドふざけんな！
調薬室レンタル料……五百エソ
初級回復薬素材代……ラニ草＝百エソ（四回分）　純水＝二百エソ（十回分）
買い取り額……不良＝十エソ　並＝百エソ　良＝五百エソ
自動調薬に任せると約八割が不良で残りは並。作るほど赤字じゃねえか！　やってられるか！

519　お、おう……。

520　もう冒険者ギルド以外に行った奴がいるんだな。

521　攻略組は東の草原攻略してるし、生産組はそんなもんなんじゃやね？

522　あの攻略、順番おかしくないか？　西の森がスルーされてる……。

523　だが気持ちは分かる。スライムに蛭《ひる》付けんな気色悪い！　でかい蚊と蜘蛛も気持ち悪い！

524　西の森……スライム蛭、吸血蚊、大蜘蛛（ボス）。東の草原……草原蟻《そうげんあり》、角飛蝗《つのばった》、皇帝蟷螂（ボス）。難易度は西の森＜東の草原＜＜北の山でおｋ？

525　ＯＫ。北の山は異常。気付いたら死んでる。

526　あれ、岩が降ってくるんだよ。そして潰される。どうやって倒せと？

527　西の森から地道にレベルを上げていけば何とかなるだろ。

528　え？　鬼焔……

５２９　あいつらは無視しろ。リアルで何かやってるか、チップ埋めてるんだろ。
５３０　＞＞２７８　人型プレイヤーに蹴られれば進めるぞ。四回目で死に戻ったけどな（泣）
５３１　スライム　ｗｗｗ　もしかして魔物組はスタート地点から動けてない？
５３２　魔物による。ゴブリンはギルド前で討伐されてた。
５３３　どっちも悲惨ｗ
５３４　スライムでもゴブリンでもないけど、種族変えるまでＮＰＣに追いかけられたよ。魔物選べるのバグだろ？
５３５　＞＞５３０　俺踏まれて即死した。凹
５３６　スライムじゃないけど、瓶に入れられて酒漬けにされた。
５３７　どういう状況だよｗ
５３８　＞＞５３５　綺麗なお姉さんになら……。
５３９　中身おっさんです。
５４０　無常。凹
５４１　デスペナルティ酷すぎねえ？　二十三時間プレイ不可とか、正気かよ？
５４２　鯖《さば》への負担軽減措置だろ？　全ＮＰＣにＡＩ積んでるんだ。少しでもプレイヤーの数を減らしたいんじゃないか？
５４３　いいのかそれで。運営……。
５４４　ＮＰＣに存在を忘れられるの、どうにかならない？　仲良くなったのに「〇〇さんはお亡く

545　なりになりましたよ？」って言われるの、ゲームとはいえ絶望するぞ？
546　むしろこの短期間でＮＰＣに覚えられるほど交流した＞＞５４４が凄い件。
547　顔認識どうなってるんだろな？
548　サンプルを選んでいじってない奴は同じ顔だから、顔は関係ないだろ？
549　いきなりＰＫ認定されました。始めたばかりで何もしていないのに、なぜですか？
550　履歴見てみたら？
551　ＰＫ無自覚って……怖
552　履歴を確認したら、スライムを討伐していました。まだ町から出ていないんですけど。
553　は？　なんでスライム討伐してＰＫになるんだ？
554　待て。この流れ……。
555　＞＞５５１　貴様かあああーーっ！！！　＠スライム
　　プロテイン噴いたｗ

〈後略〉

The Carrot Goes!

二章　にんじん、王都へ行く！

名前　にんじん

種族　マンドラゴラ

職業　薬師、治癒師

ギフト　調薬、幻聴、鑑定、癒やしの歌、緑の友

レシピ

NEW

・上級魔力回復薬（にんじんオリジナル・不良）

魔力をちょっと回復させる。

生命力を擦り傷分くらい回復させる

・上級魔力回復薬（にんじんオリジナル・不良）大瓶

魔力を全回復させる。生命力を初期値なら全回復させる。

・パン粥にラニ草を添えて

空腹度が限界のとき：空腹度をまあまあ、

生命力を動ける程度に回復させる

空腹度に余裕があるとき：空腹度をそれなりに、

生命力を気のせいくらい回復させる

・友に捧げるタタビマの薫り（劣化）大瓶

生命力と魔力をまあまあ回復させる

※ネコ科に限り、生命力を全回復させる

王都はぐるっと高い塀に囲まれていて、東西南北に門が設置されていた。他にも小さな門が幾つかあるらしいけれど、一般的に使われているのは四方の門だという。

北の山を越えて辿《たど》り着いたのは、南門。兵士が立ち、王都に入る者をチェックしている。私とガドルも王都に入る人々の列に並ぶ。数えるほどしかいないので、すぐに済みそうだ。

「にんじん。すまんが瓶から出てくれないか？」

「わー？」

ガドルが申し訳なさそうに提案してくる。彼の視線に釣られて周囲を見ると、列に並ぶ人たちの視線が、私とガドルに集まっていた。あまり好ましい視線ではないな。

「人気《ひとけ》のない山道はいいが、人の多い王都で、二リットル瓶を持ち歩くのはな」

どうやらガドルが酒を飲みながらやって来たと、誤解されてしまったみたいだ。彼の名誉のためにも、マンドラゴラ水作りは中止しよう。

瓶装備を外し、ガドルの肩に乗せてもらう。鎧《よろい》を着たガドルの肩は、とてつもなく滑りやすかった。落ちないように、二股の根《あし》に力を込める。

「次」

私たちの番になったので、身分証として冒険者ギルドのカードを差し出す。マンドラゴラな私を胡《う》散臭《さんくさ》そうに見た兵士の目が、ガドルのギルドカードを確認した途端に改まった。

「Aランク冒険者とその……従魔？　ですか。どうぞお通りください」

「わー……」

いいさ。所詮、私は植物だ。採取してきた素材と言われなかっただけ、よしとするさ。

笑いを噛《か》み殺しているガドルを睨《にら》みながら、王都に入る。

北の山で手に入れた鉱石や火薬を売るため、まずは王都の冒険者ギルドに向かう。

『岩人形を倒した報酬は金塊だったが、あんなに簡単に倒せるのなら、ガドルは億万長者になれるのではないか？』

王都を見物しつつガドルに問うと、ぎょっとした目を向けられた。

「金塊は激レアだぞ？　銀塊でも滅多《めった》に出ない。俺は鉄塊だった」

なんと。私の運がよかっただけか。

しかし鉄塊とは。転落岩の報酬が鉄鉱石だから、ランクアップしているのは確かだけれども、微妙な気分になるな。

他愛《たわい》ない会話をしながら、王都の冒険者ギルドに到着。中はそこそこ混んでいた。とはいえファードの冒険者ギルドに比べれば閑散としている。プレイヤーの姿がないからだろうか。

ガドルは慣れた足取りで、買い取りカウンターに向かう。

「頼む」

揃《そろ》ってギルドカードを提示し、リングに入れておいたアイテムを取り出す。重曹とゼオライト、花火、それに金塊と岩人形の魔石《ませき》は残した。売却価格を二等分した代金は、それぞれのギルドカードに入金される。

ふと、こちらに向けられている視線が気になった。

目立つのか？　やはり肩乗りマンドラゴラは目立つのか？

「あれって、ガドルじゃないか？」

私は関係なかったみたいだ。冒険者たちの視線は、ガドルに向けられていた。

ガドルにも声は届いたのだろう。わずかに顔をしかめる。手続きを終えるなり、視線から逃げるようにギルドの出口へ向かって歩き出した。

「あの鎧、かなり質がいいぞ。噂《うわさ》は本当だったんだな」

「恥知らずが」

吐き捨てられた言葉を拾った私は、振り返って睨みつける。

ガドルに向けられた、蔑みの眼差《まなざ》し。ガドルが王都行きをためらっていた理由はこれか。だが彼は、決してそんな目を向けられるような人物ではない。パン粥《がゆ》を振る舞っただけの私を心配して、ぼろぼろになっても護《まも》ってくれる男だ。

「よせ」

言い返そうと幻聴を発動させかけたところで、ガドルから待ったがかかる。

「いいんだ」

「わー？」

何がいいんだ？

不機嫌になる私とは対照的に、ガドルは目尻に優しいしわを刻む。そして私が虚を突かれている間に、ギルドの戸を潜《くぐ》り、外へ出てしまった。

「どうする？　宿を取るか？　それとも図書館に行ってみるか？」

『そんなことより、あれはなんだ？　鋼鉄の鎧に何か問題があったのか？』

当事者であるガドルは平然としているけれど、私は腹の虫が治まらない。冒険者ギルドのほうを、ぎんっと睨みつけたままだ。

「鎧は関係ない。――宿に入るか」

道端で話す内容ではないらしい。哀しげに眉を下げたガドルは、一件の宿に足を向ける。

「ガドルか？　その格好、まさか噂は本当だったのか？」

ガドルを見た宿の親爺《おやじ》が、冒険者と同様にガドルを憎らしげに睨んできた。ここでも『噂』か。

「部屋を頼む」

「よく顔を出せたもんだな」

険のある声を向けられても、ガドルは表情を変えず、いつもと変わらない口調で返す。

「マンドラゴラの料金はどうなる？」

「マンドラゴラ？」

「わー」

宿の親爺の視線が私に移ったので、思うところはあるが挨拶をする。

「マンドラゴラは素材だろう？　素材の持ち込みで宿賃を余分に取るわけないだろうが。からかっているのか？」

「わー……」

ごもっともです。私は所詮、マンドラゴラさ。分かり切ったことなのに、なぜだろうな？　維管束《むね》の辺りがつきりと痛むのは。

ふっと息を吐いた傷心中の私を肩に乗せたまま、ガドルは割り当てられた部屋に向かう。一人用の寝台と小さな机が置かれた、簡素な間取りだ。椅子に座ったガドルが、私を机の上に下ろした。

机に乗るのは気が引ける。しかし植木鉢や花瓶に活《い》けられた花だって、机に載るのだ。だからマンドラゴラは、机に乗ってもいいのだ。さっきも人どころか、生き物扱いもされていなかったしな。それに、ガドルの目線に合わせるには仕方ないことだ。割り切ろう。

「話を聞いてくれるか？」

「わー！」

もちろんだ。

大きく頷《うなず》くと、ガドルの表情が緩む。平然としているように見えていたけれど、悪意を向けられて平気なはずがない。内心は緊張していたのだろう。

「半年ほど前のことだ。それまでに情報のなかった地下迷宮が発見された」

迷宮は謎に包まれた建造物で、突然出現することもあるらしい。中は何層にも及ぶ迷路になっていて、巨大なものだと百層を越えるという。共通点は、魔物が多く潜んでいること。放っておくと魔物が溢《あふ》れ出てくるため、冒険者や兵が潜入し、討伐しながら管理しなければならない。

しかし情報が少ない状態で入るのは危険だ。発見された地下迷宮は内部を確認するため、高ランクの冒険者が派遣された。ガドルも冒険者ギルドからの依頼を受けて、参加したそうだ。

「大した魔物はおらず、地図を作るだけの単純な作業だった。だが罠《わな》が作動してな。下層に落とされた。深く潜る予定ではなかった俺たちの装備は、絶対的に足りていなかった」

様子を見るだけの任務。危険を感じれば、すぐに戻ると決まっていた。順調に進んだ場合も、日帰りで戻る。だからガドルと冒険者たちは、それなりの装備で潜っていた。

「入り口から進んできたのなら、来た道を引き返せばいい。だが罠で移動させられたため、どちらに行けばいいのかも分からない。道に迷っている内に日が経《た》ち、俺たちは衰弱していった」

回復薬も水も食料も、手元にあるのは微々たるもの。飢えと焦りが行動を鈍らせ、不覚を取る。そして冒険者たちは斃《たお》れていった。——ゼオライトに浄水能力があると言ったときに反応したのは、このためか。たぶん、汚水はあったのだろう。ゼオライトにそこまでの浄水能力はない気がするけれど。

ガドルは瀕死《ひんし》の重傷を負いながらも、獣人ゆえの生命力の高さと身体能力を駆使して、なんとか地下迷宮からの脱出に成功する。しかし彼を待っていたのは、彼の帰還を喜ぶ声ではなかった。

「共に地下迷宮へ潜ったパーティを、俺が殺したという噂が流れてな。周囲から責められ自棄《やけ》になった俺は、治療もそこそこに王都から逃げ出した」

ぼろぼろの身と心のまま、ガドルはファードのスラムに流れ着く。

「わー?」

なんだそれ? ガドルだって酷《ひど》い怪我《けが》を負っていたのに。彼の気持ちを思うと、私の維管束《むね》まで締め付けられるようだ。

『だいたい理解した。生き延びてくれてありがとう、ガドル。あなたに会えて、私は嬉《うれ》しい』

「――っ！」

生気を失った虚《うつ》ろな瞳を、涙が覆っていく。訥々《とつとつ》と話していたガドルの表情が歪《ゆが》み、残っている右手が顔を覆う。うつむいた彼の肩は、震えていた。

声を殺して泣く友から視線を逸《そ》らし、私は窓の外を眺める。そろそろログアウトしたい時間だが、この状態で寝落ちするなんてことはしない。私は空気が読めるマンドラゴラなのだ。

しばらく夜景を眺めていたら、落ち着きを取り戻したガドルが顔を上げた。

「すまん。情けない姿を見せた」

『いいってことよ。ほら、危険地帯は抜けたんだ。飲むといい』

どんっと、新製品【北の山づくし（不良）大瓶】を机の上に出す。タタビマの実を、北の山の湧水に漬け込んだものだ。鑑定結果は以下の通り。

【北の山づくし（不良）大瓶】

生命力を全回復させる。魔力をまあまあ回復させる。（ネコ科の獣人や魔物に限り、生命力を回復させすぎる）

味は知らぬ。生命力の回復量が増しているので、きっと美味《うま》くなったのだと思う。回復させすぎるとはどういうことか、運営に問い詰めたいところだけれど。

ガドルはわずかに目を瞠《みは》った後、嬉しそうに飲み始めた。完全に酒扱いである。

ちなみに北の山の湧水で作ったマンドラゴラ水に、タタビマを漬けた回復薬の鑑定結果はこちら。


【友に捧《ささ》げるタタビマの薫り（不良）大瓶】

生命力と魔力を全回復させる。（ネコ科の獣人や魔物に限り、生命力を回復させすぎる）

なんと劣化から不良にアップしたのだ。

どちらも二リットル瓶分の回復量なので、通常の小瓶に分けると回復量も二十分の一に下がる。生命力の回復量は同じだが、私が漬かるか漬からないかで、魔力の回復量が異なる結果となった。

こうなると、【北の山づくし】をガドル用に量産するのがいいだろう。ガドルは魔法を使わないから、魔力の回復は不要だ。それとガドル用は小瓶に移し替えたほうがいいかもしれない。少しずつ回復するほうが使い勝手がいいだろうし、「回復させすぎる」という文面が気になる。

さて、私はそろそろログアウト《ねると》するか。

『先に寝るぞ？』

「ああ、おやすみ」

『おやすみ、友よ』

ちょっとくさかったただろうか？　出した植木鉢にそそくさと上り、土に潜ってログアウト《おやすみなさい》。

さて、ログインしたら見知らぬ場所にいた。昨日も同じ状況だったな。その前もか？　まあいいや。植木鉢に植わったまま移動していた、マンドラゴラな私。

「起きたか？」

「わー」

おはよう。そしてここはどこだ？

正面に座るガドルは、肉を豪快に頬張っている。食堂で食事中だったらしい。

周囲の客から視線とひそひそ声が聞こえてくるけれど、今日はガドルではなく、私が原因みたいだ。

――いや、やはりガドルが原因か。植木鉢を机に載せて、植物に話しかけながら食事する男。私も思わずちら見するな。

「今日はどうする？　俺の用は済んだから、ファードに戻っても構わんが」

「わー？」

そういえばガドルは、王都に何か気になっていることがあると言っていたな。私がログアウトしている間に、用件は済ませたということか。

『ファードに戻る。ファードの町に、商業ギルドのようなものはあるだろうか？』

「おそらくあるだろうが、商業ギルドに用があるなら、王都のギルドのほうがいいと思うぞ？　商売でもするのか？」

「わー」

まあな。

ガドルの気遣いはありがたいけれど、私の用件は、ファードの商業ギルドに行ったほうが早いだろう。私が考えているのは、スラムのことだから。

そんなわけでファードの町に戻るため、食事を終えたガドルに連れられて、王都にある神殿にやってきた。

まずは礼拝堂でお祈りする。神殿を訪れておきながら、挨拶もせずに転移だけさせてもらうというのは、気が引けたのだ。私は結構、信心深いのだよ。

見知らぬ女神様の像の前にある祭壇には、花や食べ物などが供えられている。しかし花は手持ちがない。食べ物は持っているけれど、神様に供えるとなると、やはり酒だろうか。……酒もないな。

「わー？」

少し考えて、昨日作ったばかりの、【友に捧げるタタビマの薫り（不良）】を供える。酒ではないけれど、回復薬は酩酊《めいてい》状態になるというから、代替品になるだろう。

跪《ひざまず》いて祈りを捧げるガドルにならって、私も跪く。……しっくりこないな。というか、バランスを崩して転びそうだ。諦めてもう片根も突き、正座して根元を前に傾ける。

「わー、わー、わー……」

この世界とご縁を頂いたこと、ガドルと出会えたことなどを、一つ一つ感謝していく。

「私は、この世界を守る女神キューギット」

「わー、わー、わー……」

パン粥を作れたことも感謝だな。あれのお蔭《かげ》で、スラムの人たちの空腹を紛らわすことができた。

ガドルと出会う切っ掛けにもなったし。

「異世界から訪れし異界の旅人よ。信心深いあなたに、加護を授けましょう」

「わー、わー、わー……」

マンドラゴラ水が作れたことも感謝せねば。お蔭で色々なことができている。

「……。聞いていますか？」

「わー、わー、わー……」

癒やしの歌を貰《もら》えたことも感謝だな。お蔭で大勢の怪我や病を改善できた。ガドルも元気になったし。

改めて考えてみると、この世界に来てから嬉しいことばかりだ。感謝感謝。

「わー」

思い浮かぶだけのお礼を伝え終わり、視界を開く。

「わ？」

どなた？

とても綺麗《きれい》な女性が、宙に浮かんでいた。そしてなぜか、ガドルが隣で跪いたまま、私に得体の知れないものでも見る目を向けていた。解せぬ。

「ええっと、私はこの世界を守る女神、キューギット。異世界から訪れた異界の旅人であるあなたに、加護を授けますね？」

「わー！」

ありがとうございます。

困った顔で微笑《ほほえ》む女神様が手をかざすと、私の体が光る。

「わー……」

光るマンドラゴラ……。クリスマスに人気が出そうだ。星形に切ってシチューに入れたい。

「……。わー？」

私がピンチだ。助けて、ガドル！

ばかなことを考えている間に、光は収まった。

《【女神の加護】を手に入れました》

能力一覧で確認すると、女神の加護は生命力と魔力を、時間経過で回復してくれるそうだ。即座に回復するわけではないけれども、これからは、ログアウトしている間に全快することだろう。これで回復薬に頼り切らずに生きていける。

『女神様、ありがとうございます』

「異世界から来た異界の旅人よ。この世界を愛してくれてありがとう」

女神様は、にっこりと笑って透けるように消えた。ついでに供えていた【友に捧げるタタビマの薫り（不良）】も消えた。美味《おい》しく飲んでもらえると嬉しいな。

「驚いたな。女神キューギット様が顕現なさるとは」

この世界の住人であるガドルは、いたく感動した様子だ。すでに消えてしまった女神様がいた虚空を、じっと見つめ続けている。

ゲーム世界だから私は平然としているけれど、現実世界で天照大御神様《あまてらすおおみかみ》が顕現したら、似た反応をするだろう。だから何も言わずに、ガドルが落ち着くのを待つことにした。

「……にんじん。お前もしかして、聖人か何かか？」

「わー？」

そんなわけないだろう？

ようやく落ち着いたガドルと共に転移の手続きをして、ファードの町に戻る。

神殿の奥にある白い門を潜ったら、一瞬だった。門の先は、ファードにある神殿だ。ファードにも神殿があったことを、初めて知る私。せっかくなので、こちらでも礼拝堂に向かう。

同じものを供えるのは芸がないかと、少し——いや、かなり惜しく思いつつも、金塊を供えた。

「わー、わー、わー……」

無事にファードに戻してくれてありがとうございます。

「わー、わー、わー……」

いつもこの町に住む人々をお見守りくださいまして、ありがとうございます。

そんなことを祈っていたら、なんだか明るくなる。気になって、ちらりと視界を開くと、供えた金塊が輝いていた。眩《まぶ》しいな。

「また会いましたね。異世界から訪れた異界の旅人よ」

「わー……」

女神様……。祈るたびに出てくるのですね？　ちょっと出すぎではなかろうか。

「貴方には、すでに加護を与えています。だから代わりに、二つの祝福を」

「わ？」

二つ？

疑問に思って女神様を凝視していると、またもや私が光り出した。

「わー……」

しばらくして光が収まり、女神様も消えた。そして残された金塊。しかも私の根下《あしもと》に移動している。

王都の神殿では、お供え物は女神様と一緒に消えたのに、なぜ残っているのだろう？　お気に召さなかったのだろうか？

「わー……」

しょんもりしていると、ガドルが焦った声を掛けてきた。

「おい、にんじん」

「わ？」

隣を見ると、ガドルの顔が引《ひ》き攣《つ》っている。続け様に二度も女神様と遭遇したのだ。然《さ》もありなん。

彼の心情に理解を示していたのだけれども、ガドルの視線は金塊に注がれている。どうした？

「鑑定できるんだろ？　してみろ」

「わー？」

金塊は金塊だろう？　そう訝《いぶか》しく思いながらも、言われた通りに鑑定を発動。

【神金塊】

神の祝福を受けた、神の力が宿る金塊。


「わー……」

もうちょっとネーミングセンスが欲しかった。

つまり女神様が言っていた祝福とは、この神金塊のことなのだろう。だが貰った祝福は二つ。もう一つの祝福はなんだ？

能力一覧を開いて確認しようとしたところで、礼拝堂の扉が開く。慌てた顔をした神官が飛び込んできた。私とガドルは祈っていた体勢のまま、揃って彼を見る。

「何事ですか!?」

「わ!?」

そちらが何事!?

「凄《すさ》まじい神気《しんき》を感じました。何があったのですか？」

「わー……」

待って。王都の神殿でも女神様が顕現したのに、誰も来なかったよ？　王都の神殿に務める神官よりも、ファードの神官のほうが優秀なのだろうか。

困惑している間に、神官は神金塊に気付いた。

「これは、神金塊ではありませんか！　なんと神々しい。どこで手に入れたのですか？　ぜひ、神殿にお譲りください！」

神官に掴《つか》みかかられるガドル。困惑が眉間の深い線となって表れる。

そしてマンドラゴラの私は、見事にスルーされた格好だ。

「わー……」

小さいからね。植物だものね。しょうがないさ。拗《す》ねてはいない。

「ま、待ってください！　それは俺のものではない。持ち主は、そこにいるにんじんだ」

さすがに神官を、物理的に押さえ込むわけにはいかないのだろう。肩を揺すられるままにしていたガドルが、私を目で示した。

神官の目が私に移る。じっと見つめ合う、マンドラゴラ《わたし》と神官。

「……人参《にんじん》、ですね」

「わー！」

はい。にんじんです。

認識してもらえたのは束の間だった。神官はすぐに私を意識から外して、ガドルに詰め寄る。

「人参が神金塊を持っているはずがないでしょう？　誤魔化《ごまか》さずに、真摯な対応をお願いします！」

「いや、本当に神金塊の持ち主はにんじん……そこにいるマンドラゴラなんだ」

「わー」

ガドルを掴んだまま、私を見下ろす神官。これはちゃんと話したほうがよさそうだな。ガドルが困っている。幻聴発動。

『異世界から来た、マンドラゴラのにんじんだ。その神金塊は、たしかに私のものだ。元々女神様にお供えしたものなので、神殿に差し出すことはやぶさかではない。だが可能であれば、話を聞いてくれると感謝する』

目を丸くした神官から、じっと凝視される私。照れるぜ。

「人参が、喋《しゃべ》った？　異界の旅人には奇妙な種族もいましたが、何でもありですね？」

「わー……」

現地の人に駄目出しされる、マンドラゴラな私。

運営よ。いったいどういう世界設定なのか、説明が欲しいぞ。

礼拝堂では一般の人の出入りもあるからということで、私とガドルは奥に通された。ガドルの前には緑茶が湯気を立てている。

別に和風設定というわけではない。その証拠に、緑茶が入っている器はティーカップだ。ヨーロッパは紅茶というイメージが強いけれど、実は紅茶より緑茶のほうが先に伝わっていたらしい。

などと考えている私は、神官を放置しているわけではない。この部屋には現在、私とガドルしかいないのだ。先ほどの神官はドドイルというそうだが、挨拶するなり王都の神殿に行ってしまった。

初めて来た神殿で、お留守番中の私とガドル。帰っていいかな？　帰る所ないけど。

「お待たせいたしました」

戻ってきた神官の後ろには、一見して彼よりも位が上だと分かる、豪華な神官服をまとった神官がいた。他に二名いるけれど、こちらはドドイル神官とあまり変わらない服を着ている。

「こちら、王都からお呼びした、神官長のピグモル様です」

ピグモル神官長はしわしわなお顔の、優しそうな好々爺《こうこうや》だ。軽く挨拶を交わしてから本題に入る。

「さっそくですが、にんじん殿がお持ちだという神金塊を、拝見させていただいてもよろしいですかな?」

「わー」

どうぞ。

しまっていた神金塊を、机の上に取り出す。ピグモル神官長が微《かす》かに目を瞠り、後ろに控えていた神官二人は、はっきりと驚愕《きょうがく》の色を顔に浮かべた。

「わー……」

思った以上に貴重なものだったらしい。ちょっと現実逃避してしまう私。

「これは見事な……。ぜひとも神殿にお譲りいただきたい。とはいえ王侯貴族が知れば、神殿では到底出せない額を提示することでしょう。如何《いかが》なさいますか?」

ピグモル神官長、正直だな。この世界の事情に疎い異界の旅人《プレイヤー》なのだから、適当に言いくるめることもできただろうに。名実共に聖職者なのだろう。

『ドドイル神官にも話しましたが、その神金塊は、元々女神様にお供えしたものです。だから神殿に差し出すことはやぶさかではありません。条件次第では、私への金銭も不要です』

ガドルが微かに驚いた顔を向けたけれど、すぐに苦笑を浮かべた。なんだ?

一方の神官側は、先ほどに続いてはっきりと驚愕の顔を見せている。

「その条件とは？」

ピグモル神官長が表情を引き締めた。顔が強張《こわば》っているのは、私が無理難題を吹っ掛けてくると考えてだろうか？　ただより怖いものはないというからな。

『私が求める条件は二つ。一つはスラムの状況を改善してほしいこと。こちらは幾つかの案を考えていますので、協力できる範囲でお願いしたい』

本当は商業ギルドに持ち込もうと思っていたのだけれども、こうなった以上、神殿に協力を仰いだほうがよさそうだ。慈善活動は、神に仕える者には馴染《なじ》み深い行為。無下に断りはしないだろう。

「それは私どもも心を痛めていたことです。でき得る限りで協力いたしましょう。して、もう一つは？」

予想通り、一つ目は通った。実際にどこまで動いてくれるかは、分からないけれど。

『もう一つは、ここにいるガドルの名誉を回復していただきたい』

「にんじん!?」

今日のガドルは驚いてばかりだな。心臓に負担が掛からなければいいのだが。

ピグモル神官長は、私からガドルへと視線を動かす。他の神官たちもガドルを見つめ、ピグモル神官長の後ろにいた一人が、微かに「あ」と声を上げてから顔をしかめた。

「ポーリック、彼を知っているのですか？」

お年を召していても耳は達者らしいピグモル神官長に聞きとがめられて、ポーリック神官が息を呑《の》む。

「話しなさい」

「はい、神官長様。そちらに座るガドル殿は、半年前に出現した地下迷宮の調査において、共に調査をしていた冒険者たちの命を奪いました」

「違う！」

反射的にガドルが吠《ほ》えた。

「俺は仲間を裏切ったりしていない！　たしかに俺しか生き残れなかった。だけど、違うんです！」

ガドルは彼の罪状を述べたポーリック神官ではなく、ピグモル神官長を真っ直《ます》ぐに見つめる。

日本人には馴染みの薄い感情だが、神に仕える者に疑われることは、その他大勢に疑われる以上に辛《つら》いのかもしれない。

無実を訴えるガドルに、ポーリック神官が疑念の目を向ける。

「しかしガドル殿は見る限り健康そうです。それに多額の慰謝料を遺族に支払ったと聞きますのに、その装備。聞くところによりますと、冒険者の命を奪った理由は、地下迷宮で見つけた宝物を独占するためだったとか」

「そんな宝は見つかっていない！　この体も装備も、全てにんじんが――」

そこでガドルは言葉を切り、神官たちから視線を逸らした。蒼白《そうはく》になって狼狽《うろた》えるガドルを見て、神官たちの疑いが深まっていく。

――本当に、私の友は愚かで好い男だ。

『ガドルの怪我は、私が癒やした。初めてファードの町で出会ったとき、彼はまともに歩くことすら難しい身体《からだ》だったからな。それと彼が装備している鋼鉄の鎧も、私が譲渡したものだ』

「にんじん!?」

ガドルが悲痛な表情で叫ぶ。けれど、私に止《とど》まる気はない。葉《くび》を軽く左右に振って彼を制す。

『構わない。友へ向けられた嫌疑の目を無視できるほど、私は温厚ではない。それに私は異界の旅人。いざとなれば姿を消せる。心配しなくてもいい』

癒やしの歌が神官たちに知られることで、私に降りかかるであろう災難を心配してくれたのだろう。だが、いらぬ気遣いというものだ。

なにせ、すでにスラムで使っているからな！　あれだけ大勢いたのだ。知られるのは時間の問題だろうからな！

きりりと根《ひょうじょう》を引き締める私を、ガドルが感動した眼差しで見つめていた。ついでに神官たちも、無言で私を凝視する。ちょっと照れるぞ。

しかし根を捩《よじ》るわけにはいかない。私は空気の読めるマンドラゴラなのだ。負けじと見つめ返す。

「それはつまり、重傷者を――しかも傷を負って時間が経過した者を、あなたは癒やせるということですか？」

ためらいがちに聞いてきたピグモル神官長の瞳が、困惑で揺れている。私の言葉を疑っているわけではないけれど、信じがたい現象だといったところか。

『使える回数は限りがあるけどな。ついでに病気も癒やせるみたいだぞ？』

「病気まで」

全快させたことはないけれど、スラムの病人たちは、症状が緩和したと言っていた。だからたぶん、治せるのだろう。本当に規格外な魔法だよな。

「にんじん……」

ガドルが頭を抱え込んでしまった。

だがこうなれば、下手に隠すよりも、全部話してしまったほうがいいだろう。ピグモル神官長はいい人っぽいし、神殿を後ろ盾にしたほうが私の安全を確保できそうだ。

もしも聖人参などと崇《あが》められるようになったら、逃げよう。崇められるような趣味はない。そして恥ずかしすぎる。別のマンドラゴラのふりをすれば大丈夫だろう。きっと。たぶん。おそらく。

どこかで野良マンドラゴラを捕まえておきたいな。私の身代わり君用に。

開き直ってふんぞり返っている間に、神官たちがごにょごにょと話し合いを始めた。しばらくして一応の意見がまとまったらしく、私に向き直る。

「分かりました。にんじん様の条件を呑みましょう。ただ、スラムの改善も、ガドル殿の名誉回復も、神殿にできることには限りがあります。そこで、にんじん様のお力をお貸しいただけないでしょうか？　無論、お断りになっても、神殿にできることは為《な》す所存です」

「待ってください！　俺はにんじんを犠牲にしてまで、名誉を回復したいとは思わない。にんじんを利用するのだけはやめてください！」

勢いよく立ち上がったガドルが、右手と額を机に押し当てて懇願した。

「わー……」

本当にいい奴《やつ》だよな。ガドルと出会えただけでも、『ジャングルでぱっくん～蛇が降ってきてギャーッ！～』を諦めた甲斐《かい》があったというものだ。……どこかで蛇か蛙《かえる》の獣人か魔物を、仲間にできないだろうか。

「ガドル殿、誤解されては困ります。にんじん様は貴重な治癒魔法を使うお方。神殿は彼に敬意を表し、大切に持て成すと誓いましょう」

「神殿が約束してくれるとしても、にんじんはこの姿だ。横暴な扱いを受けないとは限らない。それに稀有《けう》な力を持つと知られれば、狙われるだろう？」

ガドルはなおも食い下がる。

まあ、マンドラゴラだからな。無理をさせてもいいと考える人間はいるだろう。

再び協議を始める神官たち。

「では、こういたしましょう。正直に申しまして、にんじん様のお姿はその、人々の混乱を招きそうでして」

「わー……」

ごもっともです。

「こちらで代役を立てますので、その者の陰より治癒魔法を使っていただくというのは如何でしょう？　にんじん様の存在は、一部の者のみにしか知らせません。もしも問題が出た場合は神殿で対応し、ご負担は極力お掛けいたしません。如何でしょうか？」

マンドラゴラなので、代役さんにゆったりとした服を着てもらえば、潜んで隠れることも可能だろう。問題が起こって逃げ出しても、私の姿を知る者は限られるため、捕まる可能性は低い。手配書を描いたところで、マンドラゴラの区別ができる人間がいるとは思えないしな。

無関係のマンドラゴラ諸兄が巻き込まれる可能性は、否定できないけれども。

『問題ない。私も目立たないで済むなら、それに越したことはないからな』

「神官長様、俺も一緒に行かせてください。にんじんの護衛として」

「もちろんです。そのほうが、にんじん様も安心できるでしょう。なにより、あなた様の名誉を回復するには効果的でしょう」

視線を交わして、ほっと一息吐《つ》く私とガドル。私、目はないのだけどね。手があればハイタッチできたのに、残念だ。

「では王都の神殿まで御同行ください。お二方の部屋を用意させますので、どうぞご滞在ください」

「わー」

こうして私とガドルは、王都にとんぼ返りすることが決定した。

せっかくファードに戻ってきたというのに、すぐに戻るのはなんだか癪《しゃく》に障ったので、大鍋を用意してもらう。大量のパン粥を作り、鍋をいっぱいにした。

「わー！」

じゃ、スラムの皆によろしく！　とばかりに、ドドイル神官に託して出発だ。

どうやって大鍋をスラムまで運ぶのかは知らぬ。頑張ってほしい。

再びやってきました、王都の神殿です。

現在、私の代役を選定中。動きが早いなと思ったら、どうやらこの国の要人が重病を患っているらしい。すぐにでも治療してほしいとのことだった。

代役の条件は、口が堅くて信頼できる者。私の存在を広めたくないので、ピグモル神官長と一緒にいた、神官二人が候補に挙がる。しかし問題が上がった。

「私たちが女神様より授けられたギフトは知られています。突然強力な治癒魔法を得たら、無用な詮索をされるのではないでしょうか？」

などとポーリック神官が言い出したため、話が振り出しに戻る。

「ではシスター見習いから、口の堅い娘を選んで」

「すまない。いいだろうか？」

改めて話を進め始めたところで、今度はガドルが待ったを掛けた。

「なんでしょう？　ガドル殿」

「にんじんを服の中に隠すのは、難しいのではないか？」

「わー？」

なぜだ？　袖の下でも隠れられる大きさだぞ？

不思議に思っていたら、ガドルが呆《あき》れた眼差しを向ける。解せぬ。

「にんじん、お前、植木鉢はどうする気だ？」

「わ!?」

言われて気付く私。

癒やしの歌を発動すると、空腹度と魔力が枯渇してしまう。生命力もぎりぎりになってしまうため、植木鉢に埋まって、空腹度を回復する必要があるのだ。それに回復薬も浴びなければならない。生命力と魔力の自動回復機能を手に入れたけれど、到底間に合わないだろう。

服の下でこれは、怪しいこと間違いなしだな。

「植木鉢、ですか?」

「にんじんは癒やしの魔法を使うと、瀕死の状態になる。だから植木鉢で栄養を補給しながら、回復薬を使用する必要がある」

「わー……」

自分のことなのに、すっかり頭から抜けていたよ。お恥ずかしい限りです。

話は三度戻り、ようやく私の代役が決まる。

「神樹の苗です」

「わー……」

なんだか仰々しい木がやってきた。

木自体は小振りで、植木鉢を含めても大人一人で運べる大きさだ。白い幹から伸びる枝は左右に広がり、青々とした葉を揺らしている。しかし名前がね。

「神樹の苗自体は珍しいものではありません。神樹から芽吹いた芽を育てた苗で、神殿はもちろん、王城や貴族の屋敷、公園などにも植えられています」

銀杏《いちょう》や椰《なぎ》の木みたいなものか。

「ほとんどが普通の木に育ちます。しかし稀《まれ》に、神樹へ進化することがあるのです。神樹はごく稀に実を結ぶのですが、その実はどんな傷や病も癒やす特効薬となります」

もし私の力について問われても、この神樹の苗が神樹に進化して実を結んだと言い張れるわけか。

素晴らしき代役。

「わー！」

頑張ってくれたまえ、神樹の苗君。

そんなわけで、私は神樹の苗君と同衾《どうきん》し、さっそく出動することに。文字だとドキドキするのに、白い枝の木と人参が植わる植木鉢という、シュールな絵面よ。

「わー……」

ガドルさん？　顔を背けて笑っても、ばればれだからな？

私の準備が終わると、ガドルも神殿が用意した、聖騎士が身に付ける白銀の鎧をまとうことに。騎士でも聖職者でもない自分が着ていいのかとためらうガドルに、ピグモル神官長は微笑んで答えた。

「聖騎士とは、聖なるお方をお守りするための騎士。にんじん様の騎士であるガドル様に、相応《ふさわ》しくないなどということがありましょうか」

まだ何もしていないのに、ピグモル神官長たちの中で、聖人参と決定づけられている気がする。

神官長の言葉で覚悟を決めたガドルは、表情を引き締めて白銀の鎧を身にまとう。

そうして私は、ガドルに植木鉢ごと抱えられて神殿を出た。話し合いはぐだぐだだったのに、展開が早いな。ゲームゆえのご都合主義かな。それはそれとして、だ。

「わーわー！」

馬車だ。馬車！

用意されていたのは、白い馬に牽《ひ》かれて進む、白い馬車。おもわず腐葉土から飛び出して、窓から景色を眺める。

「わーわー！」

おお、似非《えせ》ヨーロッパの街並み！　花屋見っけ。私の仲間はいないだろうか？　あちらにはパン屋があるな。今度こそ、クリームパンはあるのか⁉

「にんじん、落ち着け」

窓枠にへばり付いていたら、ガドルに引き剥がされた。

「わー？」

「お前は子供か？　……マンドラゴラは何年で大人になるんだ？　そもそもこいつは何年生きているんだ？」

「わー……」

対面を見ると、ピグモル神官長が初孫でも見るような、優しげな眼差しで微笑んでいる。

「わー……」

反省した。大人しく植木鉢に戻って埋まる。ガドルが額を押さえて溜《た》め息《いき》を吐《つ》いているけれど、知らんぷりだ。

「にんじん様は、王都は初めてですか？」

『一度来たが、観光もせずファードに戻ったのだ。ファードと違って店の種類が多いな』

ピグモル神官長の身分を考えれば丁寧語で話すべきなのかもしれないけれど、誰も気にしていないからいいだろう。

「後でゆっくりと観光なされては如何でしょう？　護衛をお付けしますので」

『お心遣い感謝する。けれど護衛は不要だ。私にはガドルがいるからな』

神殿の聖騎士がいたら、緊張して楽しめそうにない。

窓から見える風景を、ピグモル神官長が案内してくれる。

馬車からの観光を楽しんでいる内に、目的の館に着いた。歴史を感じさせる、灰色の渋い洋館だ。どう見てもお貴族様の館である。それも高位と思《おぼ》しき。

「わー……」

これ、失敗したら洒落《しゃれ》にならないのではなかろうか。ガドルも眉をひそめて緊張気味だ。神樹の苗君、よろしく頼むよ。

隣で堂々と植わっている神樹の苗が、凛々《りり》しく見えた。……神樹の苗を凛々しく感じるなんて、私の精神は末期かもしれない。

「お待ちしておりました、神官長様」

出迎えてくれた執事に案内され、館の奥へ進む。観葉植物に擬態している私は、なるべくじっとしている。

「わー」

こっそり根元を覗《のぞ》かせて、屋内を見物。廊下に飾られた美術品は、いずれも落ち着いていていてセンスがいい。

絵画や彫刻にこっそり交じる、緑の妖精たち。モリアオガエル、イエアメガエル、チャコガエル、モリアオガエル……。推しはモリアオガエルですか。鼻先がしゅっと細くなる美形だものな。でもヒキガエルだって、ちょっと抜けてて可愛《かわい》いですよ。

「わー」

私、この館の主《あるじ》と仲良くなれそうだ。きっと、『ジャングルでぱっくん～蛇が降ってきてギャーッ！～』のよさを分かってくれるだろう。

廊下の絵画や彫刻を観察していたら、目的の部屋に着いた。

「旦那様、神官長様がお越しです」

「お入りいただけ」

木製の重厚な扉が開き、中の様子が見えてくる。現実世界の私の居住スペースを丸っと入れても余りそうな広い部屋に、大の字になってごろごろしても落ちそうにない、大きな寝台が置かれていた。

部屋の中に入り、寝台に横たわる人物の姿を確認する。年齢は不明。痩せこけていて、しわだらけで、老人に見えた。けれど目や骨格を見ると、もっと若くも見える。死相が浮かんでいるって、こういう意味なんだなって顔をしていた。

「それは……！　実が、実が生《な》ったのですか？　私は女神キューギット様に見捨てられていなかった……」

私の隣に植わっている神樹の苗君を見て、双眸《そうぼう》を潤ませる年齢不詳の男性。

「閣下、どうかお人払いを」

「皆、下がれ」

閣下と呼ばれた男性の一声で、部屋の中にいた使用人たちが一礼して退室する。

「どうか閣下、これから見聞きすることは、ご内密にお願いいたします」

閣下は微かに戸惑いの色を見せた。それでも理由は聞かず、はっきりと頷く。

「承知しました。決して他言せぬと誓いましょう」

「ではお目をお閉じください」

「うむ」

寝台の上で、閣下が目を閉じる。ピグモル神官長が私に目配せしたのを確認して、癒やしの歌を発動。

「わわわわ～♪」

輝き出す閣下。そして萎《しお》れる私。

「わー……」

すぐさま、【上級魔力回復薬（にんじんオリジナル・不良）】の大瓶を被った。これ、今度また多めに作っておこう。

ふうっと一息吐いて根元《かお》を上げる。すると、ぎょっとして私を凝視していたピグモル神官長と視線が合った。

「わー？」

じっと見つめていると、こほりと咳払《せきばら》いして目を逸らされた。何だったのだろう？

視線をずらすと、一緒に植わっている神樹の苗君が、嬉しそうに葉を煌《きら》めかせている。どうやら【上級魔力回復薬（にんじんオリジナル）】がお気に召したらしい。

「わー」

友よ。存分に味わうがよい。

「閣下、ご気分は如何ですか？」

私が神樹の苗君と語らっている間に、ピグモル神官長は閣下の容体を確認していた。

「本当に治っている！　女神キューギット様、感謝いたします！」

驚きを含んだ声に視線を向けて、私も驚く。

「わ？」

誰？

先ほどまで寝台に横たわっていた、ヒキガエルみたいにしわを刻んだ男性は、どこへ行ったのだろうか。代わりに目尻に涙を浮かべて祈りを捧げる、四十前後のイケオジが出現していた。

「まさか、キャーチャー閣下!?」

驚いた声が葉上から降ってくる。ガドルが目を瞠り、イケオジを凝視していた。

「わー？」

ガドル、知ってるのか？

「王弟殿下だ。一度だけお会いしたことがある」

「わ!?」

王弟!? それも凄《すご》いけど、王族と目通りしたことのあるガドルも、実は凄い人なのではなかろうか。

私、とんでもない友を持ってしまったのかもしれない。

「そちらにいるのは……ガドルか!? 無事であったか！」

ガドルとこそこそ話していたら、こちらへ顔を向けたキャーチャー閣下が、ガドルを見つけて破顔する。

一度会っただけでこの態度って、おかしくないか？ ガドル、私に何か隠してるだろう？

じとりと友を見上げると、ガドルのほうが戸惑っていた。どういうことだ？

「申し訳ない、神官長様。彼と二人で話をさせてもらってもよろしいでしょうか？」

キャーチャー閣下に頼まれたピグモル神官長が、こちらを一瞥《いちべつ》する。ガドルがためらいつつも頷くのを見て取ると、閣下のほうに向き直る。

「承知しました。では外でお待ちしております」

「ありがとうございます」

呼び鈴の音を聞いて現れた執事に案内され、ピグモル神官長が部屋を出ていく。その際に、私が植わる植木鉢をガドルから受け取ろうとしたのだが、ガドルが何食わぬ顔で拒否したため、手ぶらで出ていった。

神官長でさえ追い出されたのに、王弟殿下の寝室に居残る私。当事者であるガドルが許可したのだ。きっといいのだろう。

寝台から下りる素振りを見せたキャーチャー閣下だったけど、実際に下りることはなく、寝台の上で上半身を起こすだけに留《とど》まった。病気が治っても寝たきりだったせいで、体が思うように動かないのだろう。

「そこへ座りたまえ」

「失礼します」

硬い表情で寝台脇の椅子に腰かけたガドルの膝に、植木鉢越しで座る私。可愛い女の子じゃなくてすまんな、ガドル。

「報告によると、地下迷宮の探索で、複数のAランク冒険者が命を落としたと聞いた」

「……はい」

閣下の言葉に、ガドルは食いしばった歯を解《ほぐ》すようにして、声を絞り出す。

「報告には、彼らの命を奪ったのは、お前だともあった」

「俺ではありません！」

腰を浮かせて声を荒らげたガドルの表情は、悲痛に歪む。指先に力がこもり、植木鉢がぴきりと音を立てた。

「わ!?」

ガドル、指、指、指！　植木鉢、私の命綱よ？　テラコッタのマイ植木鉢があるけどさ。

「一緒に入った奴らは、顔見知りばかりだったんですよ!?　固定パーティは組んでいなくても、たまに組んで依頼をこなすことだってあった。夕方に顔を合わせて、一緒に飲みに行ったことだって。それなのに、なんで俺が……」

悔しさ。虚《むな》しさ。やるせなさ……。様々な感情がガドルの瞳を揺らし、声を震えさせる。張り上げられていた声は徐々に力を失っていき、消えていった。

「わー……」

ガドル……。植木鉢ごときで騒いですまん。遠慮なく壊していいぞ。……その前に、神樹の苗君を避難させたほうがいいか？

「やはりお前ではなかったのだな？」

「当たり前です！」

吠えるように答えるガドルを、キャーチャー閣下は咎《とが》めることなくじっと見つめる。彼の表情は、厳しくありながら穏やかだ。

見つめ合うこと数秒。ふうっと息を吐いたキャーチャー閣下の視線は、ガドルの顔から下がり、彼の膝――私に向かった。

「ガドルの怪我を治したのも、君か？」

「わ!?」

ばれてたの!?

「ここで見聞きしたことは内密にすると約束したから、見ぬ振りをしていた。だが、さすがに無視するのも辛くなってきてな。無論、他言はせぬよ」

苦笑するイケオジ。

「わー……」

私の声が漏れていたのだな。

『イセカイ・オンライン』は、脳波を読み取ってアバターを動かす技術を採用している。この技術は、現実の肉体ではできない動作を可能とした。

素晴らしい技術に感じるけれど、脳波を読み取って反映させるため、声にするつもりのない言葉などまで漏れ出すという欠点がある。つまり、独り言が多くなったり、本音がぽろりと零《こぼ》れたり、喜んだときに脳内で踊っていた人は、実際に踊り狂ったりするわけだ。別のゲームの話だが、クールキャラを演じていた仲間が突如踊り出した光景は、なかなか愉快であった。

ゆえに、本性がさらけ出される世界と呼ばれ、脳波読み取りタイプのＶＲを敬遠する人がいる一因にもなっている。

話が逸れた。

気付かれたのなら開き直ろう。幻聴発動。

『マンドラゴラのにんじんだ。ガドルはパン粥一杯の恩を返すために、怪我を押して私を護ろうと戦う誇り高き戦士であり、私の自慢の友だ。閣下が推察した通り、私と出会ったときは酷い有り様で、私の魔法で治療させてもらった。彼が犯人だなんて有り得ないと断言しよう』

「にんじん……」

ガドルが潤んだ目を、短い左腕でぐっと拭った。鎧を着ているせいで、拭けてないけども。

ところで今更だけど私、どうして尊大な言葉遣いなのだろう。これもVRゲームあるあるだな。

「私もそう思うよ。ガドルと直接関わったのは一度だけだが、彼が欲目で人を傷付けるような人物には見えなかった。これでも国の中枢で、魑魅魍魎《ちみもうりょう》共を相手にしているのだ。人を見る目には自信がある。だが疑いがある以上、独断でガドルは無実だと公言するわけにはいかない」

ガドルに話を聞いたのは、彼が無実であることを確認するためということか。

『私はガドルの名誉を回復したい。もしも私が施した治療に少しでも感謝してくれるなら、ぜひ協力してほしい』

「もちろんだ。無実の高ランク冒険者を、むざむざ王都から遠ざけるなど愚の骨頂。そもそも件《くだん》の事件で、我が国は貴重なAランク冒険者を三名も失ってしまった。国政に関わる者としても、ガドルにはぜひ我が国で活躍を続けてほしいからな」

国防のための兵士や、王族を護る騎士は存在する。しかし冒険者もまた、魔物が跋扈《ばっこ》するこの世界には必要なのだと、キャーチャー閣下は説明した。特に高ランクの冒険者が持つ力は侮りがたく、魔物が現れた際の防衛や、他国への牽制《けんせい》に影響が出るのだとか。

ガドルとキャーチャー閣下の話が終わると、ピグモル神官長が戻ってきた。

キャーチャー閣下が執事の肩を借りて、寝台からソファに移る。病み上がりなのだから休んだほうがいいと思うのだが、大丈夫なのだろうか？　そしていつの間にか、寝巻きからシャツとズボン姿に変わっている不思議。忘れそうになるけれど、ここ、ゲーム世界なんだよなあ。

ガドルとピグモル神官長も、それぞれ一人掛けのソファに座る。執事は出て行った。

まだ空腹度が回復途中の私は、植木鉢に植わったままで机の上だ。完全に観葉植物の扱いである。

「スラムの改善が希望ということだが、具体的に何を望む？　炊き出しを毎日続けたところで、減るどころか、どこからともなくやってきて増えるだけだぞ？」

話し合いの内容は、私が出したもう一方の条件、スラムの改善についてだ。ピグモル神官長は、キャーチャー閣下の財力と人脈を利用するつもりらしい。

『炊き出しもしばらくは必要だろうけれど、病人や怪我人の治療と子供の保護、それに職業訓練ができればと考えている』

食料を与え生命線を確保することは重要だ。だけどスラムで暮らすことになった原因が解決しなければ、自立に向かうことは難しい。子供に関しては神殿でも引き取って養育しているらしいけれど、手が回り切らないという。

「医療行為を無償でするとなると、かなりの負担となるぞ？　平民でも治癒師《ちゆし》に診てもらうどころか、薬を得ることすら難しい場合もあると聞く。治療を受けるために、わざとスラムに身を落とす者まで出てきかねない」

『完全な治療は求めない。せめて路上で野垂れ死ぬのは防げればと考えている。病人や子供たちの世話を動ける者たちに任せれば、職業訓練にもなるだろう？　介助や介護、保育などの技能を学び、社会復帰に繋《つな》げられればと思う』

それだけで解決するとは思わない。でも、できるところから改善していかなければ、いつまで経っても変革は成せないだろう。千里の道も一歩よりだ。

「なるほど。医術までは無理でも、傷病人の世話ができるのであれば、働き口が出てくるか」

この世界には魔物がいる。だから怪我人は後を絶たない。医療従事者は常に不足していた。他にも少し裕福な家での在宅介護といった仕事を提案してみる。すると、キャーチャー閣下とピグモル神官長が乗り気になった。

「使用人に世話をさせていたが、初めの頃はこちらの意図が伝わらず、歯痒《はがゆ》かった。慣れている者が世話をしてくれるなら助かるな」

病に臥《ふ》せっていたキャーチャー閣下は、実体験を踏まえて意見を述べる。

とはいえ身分社会。貴族の身体を貧民が世話するのは問題があるという。だから下位貴族で職にあぶれている者たちを教育してみようかと、話が逸れていく。

「一時的な派遣であれば雇用費が安く済みましょう。庶民も利用するやもしれません」

「怪我を負った冒険者は、仲間や知り合いに最低限の用事だけ頼む。療養中の栄養失調や無理が祟《たた》って、回復が遅れるどころか悪化する場合もある。必要なときだけ雇えるなら助かるだろうな」

ピグモル神官長とガドルは、庶民目線での意見だ。ガドルの話は巷《ちまた》で多くある事例ということで、有用だな。他にも怪我で引退した騎士や兵士など、介護を必要とする人は多いだろうと、話は盛り上がっていく。新しい就労先を作れそうだ。

『介護以外でも、少額でいいから収入を得ることで、自信を取り戻してもらうのもいいと思う。普通に生活するだけの賃金は稼げなくても、次へのステップになるだろう』

いきなり働くのは難しくても、ワンクッション置くことで普通に働ける場合もある。要は慣れだ。

「具体的には何か考えているのか？」

『簡単に作れそうな雑貨や食品を作れるようになってもらい、店舗で売れればと思う。裁縫や料理を学んで仕事に繋げてくれてもいいし、販売の仕方を学んで就職してくれてもいいだろう』

食品はパンケーキなど、簡単で美味しいものを考えている。重曹を活用せねば。プレイヤーに馴染みのある食べ物だし、甘いもの系の他に惣菜《そうざい》系やテイクアウト用も作れば、それなりに売れるだろう。

『後は聞き取りしていかなければ、何とも言い難いな。ガドルのように、実は優れた才能がある者もいるかもしれない。そういう者は元の職業に戻れるようにするか、他の者たちにその技術を教える側に回ってもらえればと考えている。教えてもらうのは無料でも、働けるようになったら一部を運営費に収めてもらうか、運営に協力してもらう』

「なるほど。初期投資は大きいが、最終的には支援金を減らしても成り立つようにするわけか」

思いつくことを片っ端から話していった。感心されたり首を捻《ひね》られたりと、反応は様々だ。

とはいえ全て検討してくれるということなので、後は任せていいだろう。神殿と閣下が動いてくれるのだ。私が一人で右往左往するよりも、きっとよい方向に進むはずである。

熱い討論を交わすキャーチャー閣下とピグモル神官長。内容はスラム街の解体や、金銭の調達方法などに移ってきた。ガドルは考えることを放棄して壁を眺めている。私も置いてけぼり気味だ。

「わー」

配給の話になったので、机の上に、そっと【パン粥にラニ草を添えて】を取り出してみる。

「これは？」

『私がファードのスラムで配っていたパン粥だ。空腹度が限界に近い場合は、空腹度をまあまあ回復させ、生命力を動ける程度に回復させる効果がある』

怪訝《けげん》な顔でパン粥を見ていたキャーチャー閣下とピグモル神官長が、私の説明を聞いて、更に困惑した表情となった。どうした？

「空腹度は分かるが、生命力を回復とはどういうことだ？」

「定期的に炊き出しをしていましたが、野菜なども入れてもう少し……いえ、それでも空腹度の回復はともかく、生命力は回復しません」

なるほど、そういうことか。

『初級回復薬のレシピを応用しているのだ。必要ならレシピを提供するぞ？　ちなみに空腹度に余裕がある場合は、気のせいくらいの回復らしい。空腹の者専用の薬膳粥だ』

キャーチャー閣下はパン粥から私へと顔を上げ、感心したように頷く。ピグモル神官長は不思議そうにパン粥をしげしげと観察していた。

「貧民には有用な炊き出しだが、貧民を装う者には利にならぬというわけか。食べてみてもよいか？」

「わー」

勧めると、キャーチャー閣下は器を手に取り、パン粥をゆっくりと一口ずつ、口に運ぶ。

「あまり美味いものではないが、なんというか、仄《ほの》かに落ち着くな」

つい先ほどまで痩せこけていたのだ。彼には最大限の効果が発揮される。

せっかくなので、ピグモル神官長にも勧めてみた。

「あっさりとしていますね。病人や衰弱している者にもよさそうです。あまり腹に溜《た》まる気はしませんが、私が空腹ではないからでしょうか」

それほど空腹ではないピグモル神官長は、首を傾《かし》げながら味わう。

私自身は物を食べられないので、実際に食べたことのあるガドルにも意見を求めてみる。

「満足できるかと聞かれれば、多くの者は足りないと答えるだろう。だが動けるようになるには充分だ。実際に俺はそのパン粥を食べて、久しぶりに生きていると思えた」

「わー」

そう言ってもらえると嬉しいな。ガドルから柔らかな眼差しを向けられて、維管束《むかんそく》がほこほこする。

「それにしましても、にんじん様は本当に奇特なお方ですね。異界の旅人の多くは、この世界に現れるなり、魔物との戦いに熱中していると聞きます。町を観光する者や、製造業に力を入れている者もいるようですが。基本的に自分がしたいことに夢中で、この世界のことまで考える者の話はあまり耳にしません」

「わー……」

なんだかすまぬ。異界の旅人たちにとって、この世界はゲームだからな。自分が楽しむために行動するのは仕方ないことだ。

だがこの世界の住人たちは、自分たちはこの世界で生きていると思っている。プレイヤーたちの行動によって、客人のままでいるか友となれるか変わってきそうだ。とはいえ私も自由に振る舞っているだけなので、褒められると根《せなか》がむず痒い。思わずもぞもぞしてしまう。

「今日はこの辺りにしましょう。閣下は病み上がりです。どうぞお休みください」

「うむ。心遣い感謝する」

ピグモル神官長に窘《たしな》められて、キャーチャー閣下が残念そうな顔をする。どうやらこれでお開きのようだ。

ならば立ち去る前に伝えておこう。相手は王弟殿下。また会えるとは限らないのだから。

『最後に一つ、閣下にご忠告しておきたいことがある』

「なんだろうか？」

私の声から真剣さを感じたのだろう。キャーチャー閣下が表情を引き締めて私を見つめる。

『ヒキガエルの見た目に騙《だま》されてはならぬ。ヒキガエルのおとぼけっぷりは、至高の可愛いさである』

茶系でしわしわのお爺《じい》ちゃん顔だけど、ヒキガエルは懐っこくて愛らしいのだ。

「なん、だと!?」

ピシャーンッと、キャーチャー閣下の背後に落雷が見えた。

色んな蛙グッズが飾ってあったのに、ヒキガエルだけなかったんだよ。

「何の話だ？」

ガドルが呆れ眼《まなこ》で私たちを見てくる。蛙の可愛さが分からぬとは、気の毒な奴よ。

ピグモル神官長は、にこにこ微笑んでいた。頭の上に「？」が浮かんでいるのは気のせいだろう。

愕然《がくぜん》とした表情で固まっていたキャーチャー閣下が、混乱しながらも復活を果たす。

「そうだ。ガドルの名誉回復とスラムの改善では、にんじん殿自身の褒美にはなるまい。何か欲しいものはないのか？」

よろめきながら、そんな話題を振ってきた。話を逸らしたな。

あからさまではあるけれど、空気を読める私は乗って差し上げよう。だがなあ……。

「わー……？」

欲しいもの、ねえ？　特にないかな。

「本当に無欲なのだな。では、私のコレクションを一つ差し上げるとしよう」

閣下がベルを鳴らすと、扉が開き、執事が現れる。

「ホッシュ」

何やら囁《ささや》かれ、とんぼ返りで部屋から出ていく執事。ちょっと主人に向けるべきではない微妙な顔をしていたように見えたけど、気のせいだろうか。

戻ってきた彼の手には、イエアメガエルのぬいぐるみがあった。緑色の艶々ボディ。ほっぺにも見える丸い耳がキュートだ。

大きくなると十センチを超える、人にも懐いてかぷかぷと噛んでくる可愛い蛙である。だが二十年以上も生きることがあるし、診察できる動物病院は稀だ。だから可愛くても安易にお迎えしたりせず、将来設計をしっかり考えてからにしてあげてほしい。

ぬいぐるみの大きさは、キャーチャー閣下の掌《てのひら》に載るくらいだった。閣下に渡すなり、執事はさっさと退室する。忙《せわ》しなくさせて申し訳ない。

「わー？」

で、それはなんだ？　かなり気になるのだが。

「これは以前、池の妖精から貰ったアイテムでな。中は袋になっていて、手足が金属にくっ付くのだ。にんじん殿が入るのに、ちょうどよい大きさではないか？」

「わー？」

イエアメガエルのぬいぐるみを手に取って、口をみよーんっと広げるキャーチャー閣下。よく伸びるな。

空腹度がほとんど回復していた私は、植木鉢から出てぬいぐるみに近付く。ふわもこのぬいぐるみではなく、蛙の皮膚っぽい生地で出来ている。

夢中になって見ていると、閣下にむんずと掴まれて、イエアメガエルのぬいぐるみに入れられた。

「わー……」

もう少し丁寧に扱ってほしい。

それはさておき、だ。

「わー！」

凄いよ、これ。袋というより、着ぐるみと呼んだほうがしっくりくる着心地だ。二股の根をイエアメガエルの後ろ脚にインすれば、着たまま歩ける優れもの。

「わーわー」

思わず歌いながら、軽い根冠取《あし》りで机の上を歩き回ってしまう。

きらりーんっと根元を光らせた私は、ガドルのほうに向かって走り、自慢の跳躍力でジャンプ！

「わー！」

ガドルの鎧にぴとりと貼りつく、イエアメガエルの可愛い手足。私は腕のないマンドラゴラだが、イエアメガエルのぬいぐるみは、手も勝手に鎧へぴとり。素晴らしい。

「おお！　これは想像以上にいいな。私もマンドラゴラが欲しくなってきた」

キャーチャー閣下が、子供みたいに目をきらきらさせていらっしゃる。本音もだだ漏れだ。

逆にガドルは、何とも言い難そうに表情を歪めて私を見下ろしていた。

『ガドル、ちょっと動いてみてくれ』

「ここでか？」

歪んでいた顔を、はっきりとしかめられてしまう。

室内で暴れるわけにはいかぬからな。今のは調子に乗った私が悪かったと反省。貼りついた胸部から右腕に跳躍して移る。鎧に吸い付くようにくっ付くのに、離れるときは抵抗なく剥がれた。

私の考えを察したガドルが、右腕を振り回す。

「わー……」

目が回る……。目も三半規管もないけれど。

しかしイエアメガエルは振り落とされることなく、ぴとりと鎧に貼りついたまま。これはいい。

ガドルは激しく動くとき、私が落ちないよう右手で持ってくれる。すると隻腕の彼は、足だけで戦わなければならない。それに金属製の鎧は滑るので、ガドルが歩いているだけでも滑り落ちそうになって、助けてもらうこともあった。

だけどこの姿なら、ガドルの負担を減らせそうだ。

「わー！」

最高である！

『キャーチャー閣下、これは素晴らしい装備だ。感謝する』

「うむ。私もよいものを見せてもらった。ぜひ貰ってくれ」

私とキャーチャー閣下の視線が絡み合う。同志よ、大切に使わせてもらうぞ。

そろそろ帰りましょうとピグモル神官長に促されて、私はイエアメガエル装備のまま馬車に乗せられたのだった。

「わー！　わー！　わー！」

「ご機嫌だな？　にんじん」

「わー！」

もちろんだ！

キャーチャー閣下の館から神殿に向かう馬車の中で、うっかり感情が声になって出ていた私。ガドルとピグモル神官長から、微笑ましいものを見るような眼差しを向けられてしまう。上機嫌なので気にならないぞ。

「本日はありがとうございました。キャーチャー閣下はこの国に取って必要なお方。お礼を申し上げます」

真面目な顔つきになったピグモル神官長が、真っ直ぐに私を見つめ、そして頭を下げる。

私も浮かれた気分を引き締めて、根筋《せすじ》を伸ばした。

『お役に立てて何よりだ。私も素敵な出会いを頂けたこと、感謝する』

あと少し遅かったら――私に癒やしの力がなければ、大切な同志を失ったかもしれないからな。助けられてよかったよ。

私を見つめるピグモル神官長が、表情を和らげる。目尻にしわが寄って、優しいお爺ちゃんに戻った。

「にんじん様のお力をお借りしたい方は、今のところ他にはおりません。無論、民たちの中には、お力におすがりしたいと思う者がいるでしょう。ですが、にんじん様のお力は有限。それに奇跡は乱用するものではございません。しばらくはご自由にお過ごしください」

癒やしの歌を使えば、明日をも知れぬ命の人も救えるだろう。だけど、使えるのは一日に一回。それに、私は異界の旅人。いつこの世界から姿を消すか分からない。

命の選別は難しい。そして期待させておいて裏切ることは、見ない振りをするより残酷だ。もしも患者を並べられたら、私はこの世界に縛られてしまうだろう。いつか苦痛と感じるかもしれない。

そうならないように、ピグモル神官長は配慮してくれたのだと思う。

「また必要なときは、お力をお貸しくださいますか？」

「わー！」

もちろんだ。

全ての人を癒やすことはできなくても、その一人を助けることで多くの人を助けることに繋がるのなら、いつでも力を貸すとも。

私たちを乗せた馬車は、神殿に戻っていった。


神殿に戻ると、私とガドルの部屋が用意されていた。

「こちらの部屋を、これからご自由に使ってください」

『ありがとう』

神樹の苗君も同室だ。いつの間にか所有権が私になっていたのでリングにしまえるけれど、部屋の隅で休んでもらう。

そうそう。忘れる所だった。ログアウトをする前に、能力一覧を開いて女神様の祝福を確認する。

「わー」

ざっと見てみると、ギフトに『女神の祝福（友に捧げるタタビマの薫り）』が増えていた。

「わー？」

なんだ？

説明を読むと、女神様に捧げたアイテムに限り、品質が上がるらしい。

「わー……？」

えーっと？　女神様に捧げたのは、【友に捧げるタタビマの薫り（不良）】だから、それの品質が上がるということか？　そうすると、どうなるんだ？

考えるだけ時間の無駄になりそうなので、北の山の湧水で作ったマンドラゴラ水を出して、タタビマの実を漬けておく。これで次にログインした時に分かるだろう。ガドルがじいっと見てくるが、生命力を減らしたわけでもないので今夜はお預けだ。昨夜《ゆうべ》のはサービスだったんだ。

「わー……」

くっ。そんな目で見つめても……。

『一杯だけだぞ？』

「ありがとう」

【友に捧げるタタビマの薫り（劣化）】を取り出すと、ガドルは笑顔でコップに注ぐ。

『私は寝るからな』

「ああ、おやすみ」

「わー！」

呑兵衛《のんべえ》に付き合ったりはしないのだ。無論、【友に捧げるタタビマの薫り】はしまっておいた。

神樹の苗君の隣でログアウト。《おやすみなさい》

※

【交流掲示板】

マナーを守って楽しく交流しましょう。

〈前略〉

062　王都にソロで入った奴、誰だったんだろうな？

063　鬼焔《きえん》か中華饅《ちゅうかまん》のメンバーなんじゃね？

064　中華饅はパーティとしては巧《うま》いけど、単独だとそれほどでもないぞ？　つか、あいつら別のゲームでも見たことある気がする。外見違うけど、既視感が……。

065　キャラ濃いよな。あんだけふざけてて強いって、ふざけてるだろ。

066　＞＞062　鬼焔の赤鬼じゃね？

067　赤鬼さん美人だよな。中身男っぽいけど。

068　まじ？　女じゃないの？　すっげー美人なのに……。

069　皮だけ女。隠す気なさすぎ。ちなみに妖精もおっさんくさい。

070　まじか（;□）

071　まじか……。凹

072　お前らｗ　女アバターのほとんどは中身男に決まってるだろうに。

073　ルートから逸れると岩が爆発するの何？∧北の山

074　そっちに行っちゃいけませんのお報《しら》せ。
075　ルートの外は作ってないのかよｗ
076　北の山のボスに負けて死に戻ってきた。あれは無理。硬すぎ。ちなみに岩人形。
077　乙。
078　よくボスまで辿り着けたな。俺なんてようやくセカードに入れた所だぞ。
079　初日から挑戦してるからな。転落岩を避《よ》けるコツはつかんだ。
080　避けてるのかよｗ　……やっぱそれが正解か（真顔）
081　酒瓶持った獣人が一撃で転落岩を破壊してたから、レベルを上げれば破壊できるんじゃね？
082　酒瓶ｗ　……いや、待て。一撃で破壊、だ、と？
083　＞＞０８１　プレイヤー？　ＮＰＣ？
084　たぶんＮＰＣ。
085　ＮＰＣ冒険者にとっては低レベルの山ということか……。
086　さすがに別格だろ？　別格だよな？
087　え？　岩って避けるんじゃなくて、破壊するのが正しい攻略法なの？　マジ？
088　落ち着けお前ら。
089　ＮＰＣの高ランク冒険者をパーティに加えるのが攻略法？
090　それは負けた気がするから嫌だ。
091　誰と戦っているんだｗ

092　けどＮＰＣに話しかけても、あんまり相手にされないんだよな。
093　分かる。ちらっと見るだけで去っていく。
094　返事くらいしてくれるだろう？
095　買い物すればな。
096　普通に話せるだろ？　パーティに誘ったら断られたけど。
097　武器褒めたら酒奢《おご》ってくれたぞ？
098　じゃあ俺は鎧を褒めよう。
099　では私は筋肉を。
100　なら俺は骨格を。
101　だったら俺は眉毛を。
102　何の攻略法だよw

〈中略〉

261　神殿でボスドロップ供えたら、女神の祝福が付いて返ってきた！　性能二倍！
262　!?　供え物が消えただけで、何も貰えなかったぞ？
263　供え物が悪いんじゃないか？
264　神様がそれでいいのかよ。
265　俺は自分で作った剣を供えたら、『女神の祝福（俺の剣）』が貰えた。【俺の剣】を作ったら、初めて良判定が出たぜ！　なお他の剣を作ったら、いつもと変わらなかった（涙）

266　【俺の剣】限定w
267　ランクの高いものを供えると、ドロップ品↓強化。自分で作ったもの↓生産に補正でおk？
268　まだ検証が必要だが、たぶんそんな感じだろうな。
269　生き直してくる。
270　次は真っ当にな。
271　違った。行き直してくる。
272　俺のフレ、何も知らずにコイン備えただけなのに、ギフトに『女神の祝福（生命力）』が加わって、生命力が自動回復するようになったらしい。
273　はあ!?　何だそれ!?　運かよ？
274　行ってきたけど、お供え物が消えるだけで何も起こらなかった。@271
275　俺も二回目はアイテムが消えただけ。ボスドロップが……。凹
〈後略〉

The Carrot Goes!

三章 にんじん、準備に行く！

名前 にんじん

種族 マンドラゴラ

職業 薬師、治癒師

ギフト 調薬、幻聴、鑑定、癒やしの歌、緑の友

女神の加護

NEW 生命力と魔力が時間経過で回復する

レシピ

NEW ・北の山づくし（不良）大瓶

生命力を全回復させる。魔力をまあまあ回復させる。

※ネコ科に限り、生命力を回復させすぎる

・友に捧げるタタビマの薫り（不良）大瓶 ↑

生命力と魔力を全回復させる。

※ネコ科に限り、生命力を回復させすぎる

なんだかんだと、ほぼ毎日のように消費している回復薬。備蓄を用意しておきたいので、今日は調薬だと意気込む私。色々と濃い日々だったので、久しぶりな気がするな。

まずは女神の祝福効果を確かめるために昨夜漬けておいた、【友に捧《ささ》げるタタビマの薫り】を鑑定。

「わー」


【友に捧げるタタビマの薫り（並）大瓶】

生命力と魔力を回復させすぎる。（ネコ科の獣人や魔物に至っては、生命力が漲《みなぎ》りすぎる）

「わっ⁉」

待ってほしい。なんだ？　この鑑定結果は。訳が分からない。

「わー……」

「どうした？　大丈夫か？　にんじん」

黄昏《たそがれ》ていたら、部屋に戻ってきたガドルに心配されてしまった。

「わー？　わー」

ん？　ああ、なんとか？

姿が見えなかったと思ったら、聖騎士の訓練に参加していたそうだ。鈍《なま》った体がどこまで動くか、確かめたかったらしい。北の山は、彼にとって戦いと呼べるほどのものではなかったからな。

『女神様から祝福を貰《もら》っただろう？　そのおかげで【友に捧げるタタビマの薫り】の性能がアップし

たのだが、鑑定すると「回復させすぎる」と出ているのだ』

「でたらめな効果だな」

ガドルも困惑気味に眉を寄せる。

『小瓶に分ければ、効果は落ちると思うのだが』

「じゃあ、これから買いに行くか？　北の山に湧水を汲《く》みに行くなら、樽《たる》も必要だな」

『付き合わせてばかりですまんな』

「構わん。特に用もないからな」

ガドルはそう言うけれども、この世界の住人である彼には、私と違って生活がある。いつも暇ということはないだろう。

考えが表皮《かお》に出ていたのか、ガドルが私の根元《でこ》を指で小突いた。

「心配するな。お前のお蔭《かげ》で、生活の面倒は神殿が見てくれる。俺の仕事はお前の護衛だ。遠慮なく使え」

「わー」

そういうことなら、ありがたく頼らせてもらおう。

本当はさっさと神殿から去りたかったけれど、ガドルのためにも、もう少し居座るか。正直に言うと、神殿は少しばかり居心地が悪い。なにせ――

「お目覚めですか？　にんじん様。沐浴《もくよく》の支度はできておりますが、如何《いかが》なさいましょう？　それとも肥料をお持ちしましょうか？」

「わー……」

ピグモル神官長が、私に対して下にも置かぬ態度で接するのだ。そうすると他の神官たちの態度も丁寧になるわけで……。マンドラゴラに傅《かしず》く神官たち。どうにもむず痒《がゆ》いしシュールだ。

『ピグモル神官長。私はただのマンドラゴラだ。適当に扱ってくれて構わない』

「承知いたしました、にんじん様」

「わー……」

絶対に承知していないだろう。王様待遇を喜ぶ人もいるのだろうけれど、私は苦手なのだ。

こらガドル、笑うんじゃない！

「わー……」

じとりと睨《にら》んでいると、顔を背けて肩を震わせていたガドルが、笑いを引っ込めた。

「すまん。それで、薬師《やくし》ギルドに向かうのか？　それとも商店街を覗《のぞ》いてみるか？」

『薬用の小瓶だから、薬師ギルドで買うのではないか？』

「特に決まりはないと思うが。……念のため覗いてみるか」

ということで、薬師ギルドに向かうことに決定。ピグモル神官長に見送られて神殿を出る。

ガドルは鎧《よろい》を脱いで、ラフなシャツとズボン姿だ。彼が鎧姿ではないため、私もイエアメガエルの着ぐるみは着ていない。布にはくっ付けないのだ。肩に乗せてもらい、落ちないようバランスを取る。

今日は調薬する予定だったのに、結局一本も作らずお出かけしている私。

ほどなくして薬師ギルドに到着。王都の受け付けもお爺《じい》ちゃんだった。もちろん別の人だけど。ギルドカードを見せて、小瓶について質問する。

「商店街で売っている瓶でも構わないよ？　薬師ギルドで買えば、割引が利いて安くなるけどね」

薬師によっては、自分が調薬した薬だと分かるように瓶を特注するらしい。ブランド志向だな。

「調薬室を使うなら、サービスされるから買う必要はないけどね」

「わー……」

言われてみれば、瓶を買わなくても出来上がった薬は小瓶に入っていた。

新事実が発覚したところで小瓶を購入する。

『九十九本ください』

「中途半端な数を欲しがるんだね？　一箱十二本入りだから、八箱と三本だね」

「わー？」

箱買いができるのか？　だったら――

『九十九箱ください』

実はキャーチャー閣下から御礼として結構な額を貰ったので、懐に余裕があるのだよ。よほど大きな買い物をしない限り、金銭面で悩むことはなくなった。

「三十箱でもいいかな？　他の人も使うからね。大量に買うときは、事前に注文してくれないと」

「わー」

突然ですみません。三十箱でいいです。

お爺ちゃんが運んでくるのかと心配していたら、カウンターの上に箱の山が現れた。そのままリングヘイン。ついでに漏斗も一つ購入。これで大瓶から小分けできる。

薬師ギルドでの用は済んだので、商店街に移動して樽を買う。

『ガドルは欲しいものはないのか？』

「そうだな」

考える素振りを見せたガドルの視線は、飯屋に向かっていた。店からは肉の匂いが漂ってくる。神殿の食事は穀物と野菜が中心だ。肉食である虎の獣人には物足りなかったのだろう。

さっそく飯屋に入る。肉汁が滴るステーキを、嬉《うれ》しそうに頬張るガドル。口に合ったみたいだ。

ガドルが食事をしている間に、店員を呼んでテイクアウト用の肉料理を頼む。店員は私が話すのを見てちょっと驚いた顔をしたけれど、ガドルを見てなぜか納得した顔した。解せぬ。私はガドルの従魔ではないぞ。

用意してもらった料理は、リングにしまう。これでいつでもガドルに美味《うま》い飯を食べさせられる。

「にんじん……」

運ばれてくる料理を次々収納していく私を見たガドルが、眉を下げてステーキを食べる手を止めてしまった。見つからないよう、こっそり入手するべきだったか。しかし私が動けば、やっぱりガドルは気付いただろう。

「あのなあ。お前が俺にしてくれたことは、一生働いたって返せないほどの恩なんだぞ？　これ以上、俺に恩を売ってどうするつもりだ？　せめて代金は俺に払わせろ」

『そんな顔をするな。そもそもガドルに会っていなければ、私はファードの町で燻《くすぶ》っていただろう。

捕まって売られていた可能性だってあるのだ』

実際に、初日に捕まって売られかけたしな。その後もガドルが護《まも》ってくれなければ、ログアウト中に売られていたっぽいし。……私、ガドルと出会っていなかったら詰んでいたな。

『恩というのなら、私のほうこそガドルに助けられている。さらわれそうになったときも、北の山でも。普段の生活でもな』

「にんじん……」

ガドルは完全に食べる手を止めて、フォークを皿に置いた。そして、私を真《ま》っ直《す》ぐに見つめる。

「俺はお前のことを相棒だと思ってる。お前は違うのか？」

「わー？」

恥ずかしいことを聞いてくる。

『嬉しいぞ、友よ。無論、相棒だとも。だから私は、私たちの冒険に必要な物資を揃《そろ》えているだけだ』

ガドルから溜《た》め息《いき》が降ってきた。

「よし。その内に、強い魔物が出る場所へ行こう。回復が必要ない所しか行っていないから、お前が自分の力を過小評価するんだ。お前は優れた回復職だと、分からせてやる」

「わー？」

どこへ行く気だ？

『あまり無茶はしてくれるなよ？　相棒』

「任せろ」

「わー……」

にやりと笑われると、余計に不安になるのだが。

食事を終えた私たちは、北の山へ向かった。南門の手前でガドルの装備が鋼鉄の鎧に変わったので、私もイエアメガエルの着ぐるみを装備。ガドルの左肩の後ろ側に、ぴとりとくっ付く。

しかし鋼鉄の鎧は、どこにしまっていたのだろう？　ガドルは麻袋を持っているけれど、入る大きさではない。ゲーム世界ならではの不思議だな。

門を潜《くぐ》り北の山へ入る。王都に来るときにいた岩人形は現れなかった。

「走るぞ？」

「わ？　わー！」

ガドルは湧水を目指し、転落岩や破裂岩を蹴散らしながら、道なき道を進んでいく。

「瓶詰めにならないのか？」

『せっかくイエアメガエルの着ぐるみを貰ったのだ。着ねばな』

きらりーんっと根元を光らせてアピールする私。

「そんなに気に入ったのか？　だが水も必要だろう？」

『まあそうなのだが』

ということで、装備を二リットル瓶にチェンジ。

「わー……」

顔を逸《そ》らして笑うガドルは、確信犯だと思う。

買ってきた樽に北の山の湧水を汲み終わったところで、再度ガドルが提案してきた。

「樽に浸かっておけば、一気にお前の水が出来るんじゃないのか?」

「わー?」

たしかに理屈ではそうだが、そうだが……。

濃度が薄すぎて失敗するのではなかろうかとは思いつつ、好奇心に負けて樽漬けになる私。

「わー……」

樽の中は、瓶と違って外が見えない。真っ暗な水の中。ガドルが走る揺れで体が浮くため、上下の感覚さえなくなっていく。

タタビマを見つけるとガドルが樽を叩《たた》いてくれるので、外に出て採取。そして再び樽へ。そんなことを繰り返し、適当な時間で切り上げて王都に戻ることに。

「わー……」

樽でもマンドラゴラ水が出来ることは確認できたけれど、瓶より長い時間浸かる必要がある。それに暗いし上下左右は分からないしで、精神を病みそうだ。もう樽漬けにはならんぞ。

イエアメガエルになって鎧にくっ付いた私を見て、ガドルが引《ひ》き攣《つ》った顔をした。顔がなくてもグロッキーになっているのが分かったらしい。

山を下りると、王都を出るときはいなかった岩人形が待ち構えていた。王都に入るとき限定で現れるみたいだ。ガドルが呆気《あっけ》なく倒し、揃って鉄塊を入手。やはり金塊はレアだったらしい。

転落岩と破裂岩から出たアイテムは、必要な物を残して冒険者ギルドで売った。ガドルに嫌な目を向ける者もいたけれど、彼が気にしていないので私も気にしないことにする。

そんな一日を過ごして神殿に帰った。

マンドラゴラ水となった樽に、採ってきたタタビマの実を漬けてからログアウト《おやすみなさい》。


「わー……」

ログインした私、ちょっと途方に暮れています。

昨日、タタビマの実を漬けておいたマンドラゴラ水入りの樽は、ちゃんと【友に捧げるタタビマの薫り（並）】になっていた。

《小瓶に分けますか？》

という選択画面がログイン直後に出ていて、小分けを選択したまではよかったのだ。床に並ぶ空の樽と、二百本の小瓶。

「わー……」

壮観である。

とりあえず、鑑定。

「わー」

【友に捧げるタタビマの薫り（並）】

生命力と魔力をまあまあ回復させる。（ネコ科の獣人や魔物に限り、生命力をかなり回復させる）

分かりにくい説明だが、とりあえず「回復させすぎる」ことはなくなった。これ、容量の違う瓶を買い揃えて、一本ずつ鑑定したほうがいいのだろうか？

「起きたか？　にんじん」

「わー」

振り返ると、ガドルが部屋に入ろうと戸を開けた状態で固まる。回復薬二百本は引くよな。と思っていたら、ガドルの口元から舌がちらりと覗き、唇を湿らせた。

そこのネコ科！　どれだけタタビマ好きなんだ？

【友に捧げるタタビマの薫り】から目を逸らさないガドルを、じとりと見てしまう。……さっさとしまってしまおう。

このままだと九十九本までしかリングに収納できないので、まずは箱詰めだ。箱を二つ並べ、一方の上に乗り、もう一方の蓋を二股の根《あし》先で蹴り上げて外す。そして小瓶を二股の根《あし》で挟んで持ち上げ、箱の中へ。

「わー。わー。わー」

ガドルの顔が面白い感じに歪《ゆが》んでいくけれど、無視だ無視。

「なあ、にんじん」

「わー？」

声を掛けられたので根《あし》を止めて見上げる。部屋の中に入って戸を閉めたガドルが、真剣な表情になって私を見ていた。

空気を読んだ私は、セクシーポーズを切り上げて箱の上に座り直す。

「その回復薬、売ってくれないか？　すぐには払えないが、必ず稼いで返す」

私と少しでも目線の高さを合わせるため、ガドルは片膝を突いて跪《ひざまず》く。彼の真っ直ぐな瞳から、嗜好品《しこうひん》に対する欲は感じない。純粋に、回復薬が欲しいのだろう。

『金は不要だ。私はお前の相棒で、回復職なのだろう？　回復職は仲間を回復するたびに、対価を要求するのか？』

「しないな。だがそれを必要とする場所に、お前を連れていくわけにはいかない」

ガドルが行こうとしている場所は、なんとなく想像が付いた。彼の運命を狂わせた、地下迷宮に向かうつもりなのだろう。目的までは分からないけれど。

『付いていくとは言わんさ。二百本で足りるか？』

戦闘力のない私が行ったところで、彼の助けにはならない。むしろ足手まといだ。

それに魔物を倒した際に得る経験値は、パーティを組んでいると等分される。つまり私が共に行くと、ガドルが地下迷宮で得るはずの経験値を私が半分奪ってしまう。

野暮《やぼ》な話だけれども、ゲームというものは、先に進むほど敵が強化される。弱い敵から順番に倒していくことでプレイヤーは強くなり、後に出てくる強敵とも渡り合えるようになるのだ。

そのルールを当てはめれば、地下迷宮を進むに従って、敵はどんどん強くなるだろう。彼が生きて戻ってくるためには、少しでも強くなる道を選んだほうがいい。

しかし確認しておきたいことがある。

『荷物持ちはいるか？』

回復薬二百本はそれなりの量だ。他にも食料なども必要だろう。収納できるアイテムがあるのなら私など不要だが、そうでないのなら、私《プレイヤー》のリングは有用だ。

「回復薬を融通してくれるだけで大丈夫だ。荷物は冒険者ギルドで収納袋を借りる」

ならば問題ないか。ちょっと寂しく感じるのは、私のエゴだろう。

しんみりしてしまう私とは逆に、ガドルは相好を崩す。

「というわけで、にんじんに行きたい所がないなら、俺は冒険者ギルドと商店街に行ってこようと思う。地下迷宮に入る許可と、装備が必要だからな」

『地下迷宮に入るのに許可がいるのか？』

問うとガドルは唸《うな》るようにして眉をひそめた。

「事故の後、封鎖されているらしい」

『それならキャーチャー閣下に頼んだほうが確実ではないか？』

「そうかもしれんな」

ガドルが頷《うなず》いたので、作った薬の箱詰めを手伝ってもらい、リングにしまっていく。それから神官に頼み、キャーチャー閣下に連絡をつけてもらった。相手は公爵。返事が来るまで待たねばならない。

待つ間に、町へ出かけることにした。私は特に用はないけれど、観光も兼ねて付いていく。

『よし、パン屋に行くぞ！　クリームパンをゲットするのだ！』

「にんじん、お前は食べられないよな？」

『手元にあるだけでも、気分は違うだろう？』

いつでも食べられる状態なのと、どこにもないのとでは、心の余裕に差が出る。

意気込む私を肩に乗せたガドルは、町を歩いていく。そして、華麗にパン屋をスルーした。

「わー……」

私のクリームパンが……。

遠ざかっていくパン屋。クリームパンよ。いつか必ず迎えに行くからな。

哀愁漂う私を連れてガドルがまず向かったのは、武器屋だった。いつも素手で戦っていたガドルだが、武器も使うらしい。彼なら剣よりも、拳に装備する武器が似合いそうだ。

何を選ぶのかと見学していると、クローが並ぶ一角で立ち止まる。拳ほどの長さをした金属製の棒から、鎌を細くしたような刃が三本生える、獣の爪みたいな武器だ。刃と刃の間に指を入れ、根元の棒を握り込んで使う。

ガドルはクローの一つを手に取ると、握り込んで手首を振り、状態を確かめる。

「悪いがガドル。お前に俺の店の武器は売れないぞ？　他を当たってくれ」

奥から出てきた店主と思わしきスキンヘッドの男が、ガドルを睨む。

「わー？」

不機嫌な声と共に、ぎっと睨みつけてしまった。だが反省はしていない。ガドルには売らないとは、どういう了見だ？　噂《うわさ》か？　噂がここにも流れているのか？

一瞬だけ苦しげに顔を歪めたガドルは、何も言わずに試着していたクローを戻して店を出る。

「わー！」

なんだ、あの親爺《おやじ》！　失礼な！

私はガドルの肩で後ろを向き、武器屋に悪態を吐《つ》いた。

「怒るな、にんじん。武器屋の店主は悪くない。問題を起こした奴《やつ》に武器を売らないのは、むしろ好感が持てると思わないか？」

酷《ひど》い対応をされたのに、ガドルは穏やかな口調で私を窘《たしな》める。

「わー……」

その問題とやらは、冤罪《えんざい》だけどな。

しかしガドルの言うことにも一理あるのは確かだ。人を傷付けた前歴のある者にも金さえ払えば武器を売る店より、売らない選択をする店のほうが好感は持てる。納得はいかないけどな！

「お前がいてくれてよかった。俺の代わりに怒ってくれるから、俺は冷静でいられる」

「わー……」

もやもやは残るけれど、役に立てたなら嬉しいよ。

とはいえ武器が買えなくては、ガドルが困るだろうに。どうするつもりだろうか。

「素手でもある程度は潜れる。行ける所まで行ってみるさ」

寂しげに笑うガドルは、他に必要なものを買い込んでいく。主に食料《にく》。テントもランクの高い物を買い直す。今持っている物は、地下迷宮の下層では役に立たないらしい。買った物はとりあえず、全て私のリングにイン。

私も店先で見つけた朱豆を買った。小豆に似た豆で、ちょっと気になったのだ。

必要なものを一通り揃えると、薬師ギルドへ向かい二リットル瓶と小瓶を追加購入する。

小腹を空《す》かせたガドルが買い食いする様子を見ながら、神殿に戻った。


「お帰りなさいませ、にんじん様、ガドル殿」

ポーリック神官に出迎えられる私とガドル。同じ台詞《せりふ》と黒服でも、神官とメイドさんでは印象がまったく違うな。

「キャーチャー閣下から、いつでもお会いできるとのお返事がありました。神官長様は予定があり今日は同行できないそうですが、どうなさいますか？」

『これから向かわせてもらう』

「承知しました」

馬車が用意され、キャーチャー閣下の館に向かう。人目がないので、北の山の湧水（大瓶）を装備した。樽？　透明な樽が見つかれば浸かるさ。

館に着いたところで、大瓶からイエアメガエルの着ぐるみに変更。贈り主に会うのだ。感謝を込めて、着ている姿を見せねば。

「よく来てくれたな、にんじん殿。似合っているぞ」

応接室で出迎えてくれたキャーチャー閣下は、人払いを済ませるなり、ガドルの左肩にぴとりとくっ付くイエアメガエル姿の私を見てご満悦だ。

『ありがとう。とても気に入っている』

「それはよかった。コレクションは観賞するのもよいが、使われているところを見るのは格別だな」

ガドルの目の焦点が、どこか遠くに行ってしまっているのは気のせいだろう。

「それで、用件はなんだね？」

ソファに腰かけるキャーチャー閣下が笑みを消す。私とガドルも表情を引き締めて、本題に入る。

「実は……」

ガドルが封鎖されている地下迷宮に潜りたい旨を申し出た。

キャーチャー閣下の眼光が、厳しさを増す。そして低く渋い声で問うてきた。

「地下迷宮を攻略するつもりか？」

息を詰めたガドルが、静かに息を吐き出す。キャーチャー閣下を迎え撃つ彼の瞳に迷いはない。

「攻略できるかは分かりません。落ちたのは三十階層でしたが、装備さえ揃えておけば、まだ先へ進めると思います」

キャーチャー閣下は真意を探ろうと、ガドルをじっと窺《うかが》う。しばらく見つめ合ってから、目を閉じ、思考の海に沈んだ。私とガドルは、黙って閣下が動き出すのを待つ。

ところで、地下迷宮を攻略して、どうするんだ？

小根元《こくび》を捻《ひね》ったり、上を向いたり、下を向いたりして考えていたら、ガドルの眉間に縦皺《たてじわ》が出来ていた。困った子を見るような表情なのは、きっと気のせいだ。

「迷宮の最奥には、迷宮に挑んだ者たちの記録が残っているという。それがあれば、ガドルの無実は証明できるだろう」

いつの間にか目を開けていたキャーチャー閣下が、苦笑しながら教えてくれた。

「わー！」

ならば行こう！　ガドルの汚名を晴らしに！

盛り上がる私。だがキャーチャー閣下は浮かない顔をする。なぜだ？

「迷宮の管理は原則として、その地を預かる領主が管理する。だがあまりに危険だと判断されると、国が管理を担う。当然、領主が得られる利益は激減することになる」

迷宮は危険な魔物で溢《あふ》れている。だが同時に、数多《あまた》のアイテムをもたらす財産となる。領地に迷宮があれば、それだけで収入に困らない場合もあるのだとか。

「今回発見された地下迷宮は、入り口のある地を所有する、デッポー・ル・ラートー男爵が管理している。しかし国が運営すべきではないかとの意見がある。理由は分かるな？」

「わー」

私とガドルは揃って頷いた。Aランク冒険者が複数亡くなっているのだ。危険性が高い迷宮だと判断されるのは妥当だろう。

領地に地下迷宮が出現して、利益が出ると思っていたデッドボール男爵としては、糠喜《ぬかよろこ》びもいいところ……って、あれ？　もしかして……。

「わー？」

「どうした？　にんじん？」

ガドルが私を訝《いぶか》しそうに見るけれど、考えがまとまるまで待ってほしい。

迷宮は、領主に莫大《ばくだい》な利益をもたらす。だけど危険が大きい場合は、国が管理する。

調査に入ったAランク冒険者の中で、戻ってきたのは一人だけ。普通に考えれば、高難易度の迷宮だと判断されるだろう。つまり国に召し上げられ、デッドボール男爵は地下迷宮の利権を失う。

デッドボール男爵が地下迷宮の利権を保持し続けるためには、地下迷宮の危険性は低いと、国に証明する必要がある。例えば、冒険者たちが命を落とした原因は、迷宮ではなく他にあったのだとか。

「わー……」

「ふむ。にんじん殿は気付いたか」

思い至って苦く呻《うめ》いた私に対して、キャーチャー閣下が肯定を示した。

「わー？」

やはりそうなのか。

「何をですか？」

分かり合う私とキャーチャー閣下に、置いてけぼりにされたガドルが眉をひそめる。

『ガドルの不名誉な噂を流した黒幕は、おそらくデッドボール男爵だ』

「何っ⁉」

「……デッボー男爵だ」

私の推理にガドルが目を丸くし、キャーチャー閣下が冷静にツッコんだ。それはいい。

「にんじん殿の推察通りだ。デッボーは地下迷宮の利権を王家に奪われないため、死亡した冒険者たちはガドルに殺されたという噂を流したと、私の手の者から報告が上がった。……物証はないし、噂を流しただけでは、結局罪には問えぬがな」

「わー……」

私がガドルの汚名を雪《そそ》いでほしいと頼んだから、早々に調べてくれていたらしい。

ガドルの瞳が揺れ、強く握られた右の拳が膝の上で震える。権力者の欲のせいで誇りを奪われ、王都を追われたなんて、遣《や》る瀬《せ》なさすぎるよな。私も維《む》管《》束《ね》が苦しいよ。

「地下迷宮は封鎖されたまま。攻略どころか調査もされていない。王家からは献上するか、再調査を受けるように申し付けているそうだ。けれどデッボー男爵は拒んでいる」

再調査を受ければ危険性が高いと確定し、国に取り上げられると危惧したのだろう。しかし王家の命令を拒めるのか？

疑問の視線を向けると、キャーチャー閣下がちらりとガドルを見た。なるほどね。

ガドルが行方不明だったから、地下迷宮にガドルが潜伏しているとでも、でっち上げたのだろう。再調査に冒険者や兵士が入れば、ガドルに襲われるかもしれない。そんな戯《ざ》れ言《ごと》で、再調査を先延ばしにしたというところか。

「わー！」

我が友をどこまでも貶《おとし》めおって！　許すまじ、デッドボールめ！

「しかもデッボー男爵は、地下迷宮の魔物たちを間引いていない。真相を知る彼は、地下迷宮が危険だと考えているだろう。自分が所有する私兵を投入すれば失ってしまう。かといって冒険者たちに頼もうにも、Aランク冒険者が調査で命を落としたと知っていれば二の足を踏む」

冒険者たちはガドルを悪しざまに言っているのに、地下迷宮への恐怖も抱いているのか。

「このままだと魔物たちが増加しすぎて、地下迷宮から溢れかねない。そうなれば無辜《むこ》の民たちが犠牲になり、国も被害を被る」

「わー……」

顔を上げたガドルの瞳が、強い意志を宿して燃えていた。自分の境遇を嘆くよりも、戦う力を持たない人たちを護ることに意識を向けるのか。彼らしいな。

「無理に攻略せずともいい。こちらもお前の濡《ぬ》れ衣《ぎぬ》を晴らすために動いているのだから。だが魔物を間引いてくれるのは助かる。単独で潜るのは許可しかねるがな。回復職の冒険者は連れて行け」

キャーチャー閣下の言い分はもっともだ。だけど、私とガドルは顔を見合わせてしまう。

冒険者たちは噂を鵜呑《うの》みにして、ガドルを嫌悪している。とても付いてきてくれるとは思えない。

仮に同行してくれる者がいても、安心して背中を預けることは難しいだろう。

「回復薬を持ち込むつもりです」

「ガドルほどの手練《てだ》れとなると、一度に使う回復薬の量はかなりのものになるだろう？　確保できまい」

「わー」

そこで取り出してみる、【友に捧げるタタビマの薫り（並）】小瓶二百本。キャーチャー閣下から表情が抜け落ち、硬直した。よし。

内心でガッツポーズしていると、動き出したキャーチャー閣下が一本手に取って凝視する。

「上級回復薬だな。しかも生命力と魔力を同時回復とは。私が臥《ふ》せっている間に、このような回復薬が開発されていたのか。しかし、いったいどうやって掻《か》き集めたのだ？」

動揺するキャーチャー閣下を、ガドルが気の毒そうに見ていた。

『私が作ったものだ』

胸《むね》を反らして自白すると、顔を上げたキャーチャー閣下の目が私を捉えた。見つめ合うこと数秒。

「そういえば、奇妙なパン粥《がゆ》を作っていたな。君は薬学にも通じているのか。薬草《マンドラゴラ》だけに」

「わー」

薬草だけにな。

「回復手段があることは分かった。だがやはり、一人で挑むことは許可しかねる」

一人でなければいいのだろうか？　私が付いていくと言えば、許可をくれるだろうか？

『地下迷宮にいる魔物は、どんな種類なんだ？』

「死霊系だ。三十階層は骨型。二十階層はゾンビ。十階層は食えるタイプで、浅層は雑多だったな」

思い出してしまったのか、苦い表情になってしまうガドル。すまぬ。

しかし死霊系ならば、忌諱感《きいかん》は少なそうだ。お亡くなりになったのに成仏できず、この世に留《とど》まる悲しい魂。討伐するということは、強制的ではあるけれど、成仏させているようなものだろう。むしろ、ウェルカムだな。

『ガドル、私が付いていってもいいだろうか？　戦えないが、荷物持ちくらいはできるぞ？』

「にんじん？　無理しなくていいのだぞ？」

「わーわー」

心配そうな表情で眉間に谷を作るガドルに対して、私は葉《くび》を横に振る。

『死霊系なら平気だ。無論、ガドルが他の者と組みたいと言うのなら、私は引き下がろう』

共に戦える者と組んだほうが、楽に決まっているからな。

ガドルは虚を突かれたとばかりに目を瞠《みは》ると、首をゆっくりと左右に動かした。

「正直に言えば、付いてきてほしい。迷宮は日帰りなら一人で赴くことも珍しくない。だが長く潜る場合は、複数人で向かうことが推奨されている。危険から身を護るためだけではない。迷宮は孤独を感じやすいのだ。にんじんがいてくれれば、どれほど救いになるか」

プレイヤーと違い、この世界の人たちは迷宮探索の途中でログアウトするなんてことはできない。目的を達成するか、諦めて引き返すまで、延々と魔物が徘徊《はいかい》する空間を進み続けることになる。それを一人で何日も続けるのは、確かに精神的に辛《つら》そうだ。

どうやら私でも、彼の役に立てることがあるらしい。

ガドルは柔らかな笑みを浮かべて、私を見つめる。しかしすぐに表情を引き締めた。

「だがにんじん、お前の優しさはよく知っている。気持ちは嬉しい。だからこそ、お前を巻き込みたくない」

毅然《きぜん》とした口調で拒絶する彼に、私はすかさず反論する。

『水臭いことを言うな。安易に戦いへ身を投じたくはないが、友と天秤《てんびん》に掛けるなら、私は友を選ぶ。それともやはり、足手まといになる私と組むのは嫌か？』

「ばかを言うな！　瀕死《ひんし》の状態から回復させられる奴なんて、滅多《めった》にいない。それに地下迷宮に潜るのに、荷物持ちは重要な仕事だ。にんじんは充分に頼れる相棒だ！」

軽く煽《あお》ってみれば、ガドルは顔に怒りを湛《たた》えて猛然と抗議してきた。

『だったら、決まりだな』

さわりと葉を揺らすと、きょとんと瞬《またた》いたガドルの顔が破顔していく。

「お前という奴は」

「わー」

呆《あき》れ交じりに苦笑するガドルに小突かれて、私はわずかによろめいた。

とはいえリュックになるだけというのは、私の沽券《こけん》に関わる。少しでも役に立てるよう、神官の誰かに相談してみるか。死霊系なら、神官の得意分野のはずだからな。

意気込んでいると、ぽたりと水滴が降ってきた。

「わー？」

訝しく思ってガドルを見上げると、悔しげに唇を噛《か》みしてめている。

「あのパーティで倒せない敵はいなかった。ただ、装備が不充分だっただけだ。せめてもっと早く食える魔物が出ていれば、誰も飢えることなく戻ってこられた」

握りしめられているガドルの拳が震え、双眸《そうぼう》から涙が溢れていた。

「……わ？」

ちょっと待って、ガドルさん。さっきは気になりつつスルーしたけど、さすがに二度は聞き逃せない。死霊系ってあれだよな？　ゾンビとか、グールとか、スケルトンとか……。え？　食べるの？　肉食動物は、腐りかけの肉を好むと聞いたことがある。けれど……。え？　え？　ええ？

「わー……」

深刻な雰囲気なのに、友の種族特性を知ってしまい、ちょっと複雑な気分の私。

どうしよう？　一緒に地下迷宮に潜ったら、美味《おい》しそうにゾンビを食べる友の姿を見なければならないのだろうか？　違う意味で、地下迷宮行きを考え直したくなってきた。獣人であるガドルだけが生還した理由が、分かった気がする。人間は、死霊系の魔物を食べたりはしない。……たぶん。

アンニュイな気持ちになって、天井を見上げてしまった。

話はまとまったので、改めてキャーチャー閣下のほうに向き直る。閣下は渋い表情をしていた。

「にんじん殿の治癒魔法は素晴らしいが、制限があるのだろう？　それに隻腕のガドルが植木鉢を抱えて戦うのは無謀だ。人数がいればいいという問題ではない。最低でも自身の身は護れる者でなければ、探索の難易度が増すだけだ」

誰かを守りながら戦うのは、一人で戦うよりもずっと大変だ。でも、そんなことは承知の上。

私は小さく軽い。そしてイエアメガエルの着ぐるみがある。ガドルの負担は最小限に抑えられるだろう。それでもガドルの負担になるのなら、奥の手を使えばいい。私はプレイヤーなのだから。

『最悪、私は見捨ててもらって構わない』

「にんじん!?」

ガドルが驚愕《きょうがく》の表情で私を見た。だから誤解しないでほしいと、首《くび》を左右に振る。

『私はこの世界で本当に死ぬことはない。すぐに蘇《よみがえ》られる』

プレイヤーは開始地点に戻るだけだ。

「何を言っているんだ？　死んだ者が生き返るはずがないだろう？」

「わー？」

あれ？　たしかに現実世界なら生き返ることはないけれど、ここはゲームの世界。一度死んだら二度とプレイできないなんて仕様になったら、プレイヤーからの苦情が殺到してしまう。――のだけれども、この世界の人たちには認識されていないのだろうか。

「わー？」

根元《かお》を上向けて、考えてしまう。

「いや。異界の旅人が蘇ったという文献は残っている。正確には、亡くなった異界の旅人の記憶を継ぐ者が現れる場合があると」

どう説明するかと悩んでいたら、キャーチャー閣下が助け舟を出してくれた。同一人物とは認識されていないみたいだけど。

「そんなことがあり得るのですか？」

問い返したガドルの視線が私に落ちる。信じ難いと言わんばかりの表情だ。

「仮に事実だとしても、記憶を引き継いだだけの別人だろう？　それに代償があるのではないか？」

『いや。同じ人物だと思うぞ？　代償がないとは言えぬが、大したことではない』

そういえば、開始地点に戻される以外のデメリットを知らないな。所持品が減るとか、一定時間能力値が減少するとか、その程度だろうと思っていたのだけれど、調べたほうがいいか？

「蘇るのが本当だとしても、命を粗末にするな！　俺は最後までお前を護り抜くからな！」

「わー……」

ガドルに怒られてしまった。私を心配してくれる、いい相棒だ。

そんな彼の気持ちは嬉しいけれど、やはり私ではガドルの足手まといになってしまうのか。悔しい思いが葉を萎《しお》れさせる。

「ガドル、本当にお前とにんじん殿だけで平気か？」

私とガドルのやり取りを見守っていたキャーチャー閣下が、重い口を開く。

「攻略は約束できません。でもにんじんが同行してくれるなら、最低でも落ちた層までは行けます」

「そうか」

キャーチャー閣下は背もたれに深く寄りかかり、目を閉じた。行けるか？

「王城に行って話を進めてみる。少し時間をくれ」

「ありがとうございます！　よろしくお願いします」

「わー！」

ガドルと私は、揃って頭を下げる。

「確約はできんぞ？」

「構いません」

「わー！」

とはいえ、ガドルのお荷物になり続けたくはない。少しでも役に立てるよう、与えられた時間の中で、できることをやっていこう。

予定が決まったら連絡を貰う約束をして、私たちはキャーチャー閣下の館を後にした。


無言で馬車に揺られる私とガドル。

「にんじん、相談がある」

「わー？」

改まって何だ？

「しばらく別行動をさせてもらってもいいだろうか？　お前は神殿にいれば安全だろう」

『構わんが、無茶をするつもりではあるまいな？』

ガドルの行動を制限するつもりは更々ない。だけどちょっとばかり不安を感じて、確かめる。

「ばかな真似《まね》はせんさ。装備を整えたくてな。知り合いの所に行ってみようと思う」

『分かった。ちゃんと帰って来いよ？』

「無論だ」

冗談めかして言うと、ガドルも苦笑を返す。その顔を見て、大丈夫だと思った。彼はちゃんと、前を向いている。

馬車が神殿に戻るなり、ガドルはどこかへ行ってしまった。見送った私は、出迎えてくれたポーリック神官に向き直る。

『ポーリック神官。死霊系の魔物に効果的な攻撃方法をご存知なら、教えてもらえないだろうか？』

死霊といえば神官だ。そう考えて頼んだら、なぜかポーリック神官が満面の笑みになった。

「もちろん存じております。死霊系には、神官たちが作る聖水や、聖魔法が効果的です。神官に転職なさいますか？　私どもは歓迎いたしますよ？」

神官にならなければ、教えてもらえないというわけか。もしくは転職することで、新たなギフトが貰えるのかもしれない。

『転職すると、何か影響はないだろうか？　治癒魔法が使えなくなるのは困る』

治癒師《ちゆし》を辞めれば、治癒師関連のギフトを失うかもしれない。そんな不安を抱く私に、ポーリック神官はにこにこと勧めてくる。

「転職でギフトを失うことはございません。そもそも治癒魔法は神官が学ぶ魔法の一つです。ご安心ください」

「わー？」

あれ？　もしかして最初から神官を選んでおけば、治癒魔法と聖魔法を使えたということか？　知りたくなかった真実。後悔はしていないけれど、損した気分になってしまう。

「誤解なきよう申しておきますと、神官だからといって、必ずしも治癒魔法が使えるわけではありません。また、治癒師としての経験がない者は、使えてもその力は微々たるものです」

「わー……」

神官とはいったい……。

その後の説明により、神官は死霊系の魔物に対する攻撃力が高く、応急処置——わずかだか生命力を回復させる——などができると知った。種族など他の要素でも変わってくるため、必ずできるとは限らないそうだけど。なににせよ、私にデメリットはない。

『では、神官に転職させてもらえるだろうか？』

私がそう言ったとたん、ポーリック神官が歓喜に震える。両手を組んで祈りのポーズになった彼の後ろに、天使が見えた。気のせいではなく、天使のエフェクトが現れたのだ。

「わー……」

ちょっとどころではなく引く私。信者を増やせたことが、それほど嬉しいのか。

「すぐに神官長様にお伝えしてきます！」

今にも駆け出そうとするポーリック神官を、慌てて引き留める。

『そこまで急がなくても……というか、神官長は忙しいのではなかったか？』

「にんじん様が神官に転職なさると聞けば、国王陛下のお相手など放ってお戻りになられるでしょう」

『いや、国王陛下を優先してくれ。私の転職は、神官長がお帰りになってからでいい』

「そうですか……」

しょんぼりと肩を落とすポーリック神官。彼を見ていると、こっちが間違っている気がしてきた。

しかしマンドラゴラより、国王陛下を優先するのは当然だよな？

居たたまれない空気が重い。こういうときは、話題を変えるに限る。

『そ、そうだ。薬を作りたいのだが、コンロは部屋で使ってもいいだろうか？　あと飲用可能な水を分けてもらえるとありがたい』

「でしたら、神殿の調薬室をお使いください。水は祈りの泉で汲まれるとよろしいでしょう」

思惑通り、ポーリック神官が復活した。

『ありがとう。使わせてもらう』

そうして祈りの泉の水で朱豆を煎じて出来たのが、こちら。


【酔《よ》い醒《ざ》まし（良）】

酩酊《めいてい》に効く。


注目すべき点は品質ですよ。初の良である。素晴らしい。思わず小躍りしてしまった。おそらく祈りの泉の水効果だろう。さすがは神殿だ。

そろそろログアウトする時間になっていたので、部屋に戻る。

「わー……」

ガドルが留守だと、部屋が広く感じるな。

神樹の苗君の隣に埋まり、ログアウトしようとしてふと思い立つ。余っていた【友に捧げるタタビマの薫り（劣化）】を、小瓶分だけ植木鉢に掛けた。嬉しそうに、若葉をぷるりと揺らす神樹の苗君。

「わー」

立派な木に育つのだぞ。

神樹の苗君を葉で撫《な》でてから、ログアウトする。

そして翌日。ガドルはいないし、出かける用事もないので、調薬室に籠った。

調薬のギフトで【酔い醒まし】を作ると、十本中、良が二本、並が六本、不良が二本できた。並はまあまあ、不良はたまに効くらしい。引きの悪いガドルには、良以外は使えそうにないな。

【酔い醒まし】を量産しつつ、【友に捧げるタタビマの薫り】の製造にも勤《いそ》しむ。こちらは鍋が不要なので、同時進行が可能だ。しかしタタビマが足りぬ。ガドルが戻ってきたら、地下迷宮へ向かう前にもう一度、北の山に連れて行ってもらえると助かるな。

調薬に明け暮れた翌日。ログインしたら、腕を組み、気難しい表情で椅子に座るガドルがいた。

「わー？」

どうした？　まさか訪ねた知り合いまで、ガドルのつまらぬ噂を信じていたのだろうか？

心配していたら、ガドルが私に気付いて顔を向ける。

「起きたか。……今日の予定はあるのか？」

『特にないな。薬を作るか、図書館に行ってみるかと考えていた。もし暇なら、北の山に連れて行ってほしい。タタビマが尽きたのでな』

地下迷宮行きという雪辱戦を控えているのだ。他にすることがあるのなら、そちらを優先してもらいたい。そんな意味を含んで伝えると、ガドルはわずかに表情を輝かせた後で、気まずそうに頬を掻く。

「実は知り合いから、装備を作るのに必要な素材を集めてくるよう言われてな。岩人形の銀塊が必要なんだ。付き合ってほしい」

ガドルだけだと、レアアイテムが出てこないのだな。

『構わんぞ？　私のほうに銀塊が出たら、ガドルに譲ればいいのだな？』

「助かる」

あからさまに、ほっと安心した顔つきになるガドル。気難しい顔をしていたのは、レアアイテムを譲ってほしいと言い出すのに気が引けていたからか。

『戦闘も移動もガドルに任せきりなのだ。今までに得たアイテムを全てガドルに譲るように言われても、私は従うぞ？』

「ばかを言うな！　それらはにんじんの物に決まっているだろうが」

『気を悪くさせたならすまぬ。だが私は本心で言っているよ？　遠慮するな』

「お前は……」

イエアメガエルの着ぐるみを装備して、竦《すく》められたガドルの肩に飛び乗り準備は完了だ。いざ行かん、北の山！

『必要なのは、岩人形の銀塊だけか？　隠し事はなしだぞ？』

「鉄塊と岩人形の魔石《ませき》も必要だが、銀塊が出るまでに必要量は集まるだろう。あとは西の森で大蜘蛛《おおぐも》の撚糸《ねんし》を採取だな」

『そっちもレアか？』

「ああ」

『ならばそちらも付き合おう』

私が付いていけば、私とガドル、それぞれにアイテムがドロップされる。つまりレアを引く確率が倍になるからな。

「いいのか？」

『虫はまあ、耐えられる』

現実世界では、見つけても逃がすけど。蜘蛛は益虫だし、ハエトリちゃんなんて可愛いから、むしろ接待に勤しんでしまう。軍曹《あしだかぐも》も頑張っていただきたいので敬礼！　とはいえ殺す人間を見ても、非難するつもりはない。

「お前の許容範囲がよく分からんな」

『哺乳類はお断りしたい。鳥類や爬虫類《はちゅうるい》、両生類もだな』

「……死霊系は？」

『すでにお亡くなりになっているのなら、むしろ弔ってさしあげるのが優しさだと思う』

天国に行って、幸せに暮らしてほしい。心残りがあろうとも、この世に留まるのはお薦めせぬ。

しかしガドルめ。まだ気にしていたのか。……きちんと説明しておかなかった私のミスだな。すまぬ。

「なるほどなぁ」

納得した様子のガドルと共に、王都の南門を潜って北の山へ向かう。王都から見ると南の山だけど、名前は『北の山』のままだ。

一度山に入ってすぐに引き返し、現れた岩人形を倒す。一度倒した魔物が再出現するまでは、一定の時間が掛かる。この辺はゲームだと感じるな。

待ち時間を利用して、タタビマ採りだ。今日の目的は岩人形なので、駆け足で移動する。

人の気配がなくなったところで、装備を北の山の湧水入りの大瓶に変更。右手にマンドラゴラ《わたし》漬けの大瓶を持って、転落岩や破裂岩を蹴散らしながら岩山を登っていくガドル。瓶に入っているお蔭で風に煽られることはないけれど、揺れる揺れる。

「わー……」

思わず【酔い醒まし】を使用してしまった。

タタビマの実を採って下山。岩人形を倒すと、再びタタビマの実を採りに行く。途中で空腹度回復のために休憩した以外は、ほぼ移動と採取と討伐だ。現実ならば、へばること間違いなしである。

しかし聞いた話では、ＭＭＯＲＰＧにおいてレベル上げや目的のアイテムを手に入れるために、何度も同じ敵に挑む行為は普通らしい。なんて過酷な作業だろう。

「わーっ！」

銀塊キターッ！

幾度目の挑戦だっただろうか？　岩人形を倒して手に入れたアイテムを見て、思わず叫んでしまったよ。ちょっと涙が出そう。マンドラゴラなので泣けないけれど。

ちなみに途中で金塊が二回出ている。銀塊のほうがレア度が低いって、嘘《うそ》だろう？

「にんじんを連れてきて正解だった」

しみじみと呟《つぶや》く当事者。ガドルは鉄塊と銅塊しか出なかったそうだ。……ちょっと待て。銅塊？

私は一度も出てないぞ？　引きが悪すぎて、逆に激レアを引いている疑惑。

『次は大蜘蛛だな。付き合うからな』

「……頼む」

ガドル一人だと、何日掛けても大蜘蛛の撚糸は手に入らない気がする。

「タタビマはまだいるか？」

『とりあえずは充分確保したと思う』

「ならば、水を汲んでセカードへ向かうか」

『ありがとう。助かる』

岩山を登り、北の山の湧水を空いていた樽に汲む。そこから来た道を戻れば王都。南に進めばファードの町に辿《たど》り着く。しかし今日は西へ進む。

山の麓へ近付くにつれ、岩と岩の隙間にタタビマではない低木がちらほらと現れてきた。次第に草木の数も種類も増し、比例して岩が減っていく。視界から岩が消えたところで、木々の間から塀と門が見えた。セカードの町だ。

町に近付くとボスの存在を示すサークルが現れ、名前通りの大きな蜘蛛が襲ってきた。そしてやはりと言うべきか、呆気《あっけ》なくガドルに瞬殺される。

手に入ったアイテムは、大蜘蛛の魔石と大蜘蛛の糸。大蜘蛛の撚糸は出なかった。残念。

「大丈夫か？　にんじん」

「わー……」

ガドルが心配そうに私を見る。葉が萎れているせいで、隠せない。

ＶＲの蜘蛛なら大丈夫かと思っていたけれど、やっぱり心にダメージを負ってしまった。大きすぎたのと、リアルすぎる姿が原因だな。ガドルが一撃で倒してくれたし、すぐに消滅したからなんとか耐えられたけど、やっぱり可哀《かわい》そうだと感じてしまう。

「神殿に戻ろう。大蜘蛛は俺一人でなんとかする」

『ばかを言うな。何度挑戦するつもりだ？』

「……急ぐわけではない」

視線を逸らされた。運のなさは自覚済みらしい。

『付き合うからな』

「にんじん……」

背負われてばかりでいるつもりはない。ガドルの相棒を自認するのであれば、彼の力になれることはやり遂げたいのだ。

『明日までには気持ちを切り替える』

「……分かった」

溜め息を吐きながら、ガドルはセカードの町に入った。

まず冒険者ギルドに行き、手に入れたアイテムを換金。それからセカードの神殿へ。

礼拝堂に行き、拝む私。お供え物は、女神様のお蔭でパワーアップした、【友に捧げるタタビマの薫り（並）】だ。

「わー、わー、わー……」

【友に捧げるタタビマの薫り】に女神の祝福を付けてくださり、ありがとうございます。お蔭様で品質が並になりパワーアップしました。本当にありがとうございます。

「わー、わー、わー……」

ガドルに会わせてくれてありがとうございます。ガドルを生きて地下迷宮から帰してくださり、ありがとうございます。今度地下迷宮に潜りますが、無事に戻ってこられますよう、お見守りください。

「わー、わー、わー……」

それから……。

「また会いましたね。敬虔《けいけん》なる異界の旅人よ」

「わー……」

微笑《ほほえ》みかけてくる女神様。本当に、また会いましたね。俗世に来すぎではありませんか？

「さて、すでに祝福を与えている者に、重ねて祝福を与えることはできません。どうしましょう？」

女神様が困ったように小首を傾《かし》げる。でも彼女の目は、期待するように私を見ていた。これは祝福を与える対象を、私が選べるということだろうか？

『叶《かな》うならば、ガドルに祝福を頂けないでしょうか？』

「にんじん!?」

ガドルが驚きを含んだ声で窘めてくる。だけど私よりも、これから危険に飛び込むガドルにこそ、祝福が必要なはずだ。彼のことは一顧だにせず、私は女神様を見つめる。

「本当にいいの？　もう私と会えないかもしれないわよ？」

『構いません』

「それは、あなたのため？」

女神様が眇《すが》めた目で、真意を確かめるように私を探り見ていた。

『無論です。友の命は、何ものにも代えがたいですから』

「にんじん……」

私の名を呼ぶガドルの声が震えていた。感動しやすい男である。

それにしても、大して信仰心も持たず、立ち寄ったついでに祈る程度のプレイヤー《わたし》に祝福を与えるよりも、この世界の住人たちに祝福を与えればいいのに。

そんなことを思っていたら、女神様が動き出す。

「いいわ。でもこの世界の人に、祝福を与えることはできないの。この世界に生まれた時点で、すでに与えているみたいなものだから。だから――」

ガドルが装備していた鋼鉄の鎧が光る。そちらに目を奪われている隙に、女神様は姿を消した。

「信じられない……」

ぽつりと零れたガドルの声は、驚愕で満ちている。彼の鎧は白さが増して、白銀色に輝く。しかし、色が変わっただけということはあるまい。

「わー」

鑑定。


【神鉄《しんてつ》の鎧】

女神の祝福を受けた、女神の力が宿る鋼鉄で出来た鎧。


予想通りだった。だがどう凄《すご》いのかは、私の鑑定ではさっぱり分からん。神金塊を見た神官たちが騒いでいたから、これも同じく凄いのだろう。鉄だから、金より価値は低そうだけど。

「聖騎士の鎧より性能が高い。というより、こんなばかげた性能の鎧、初めて見るぞ？　にんじんに返したほうがいいのではないか？」

「わ？」

待て。私の鑑定では見えない何かが、ガドルには見えているのか？　まあ見えたところで、私には必要な情報ではなさそうなのでいいけれど。

『ばかを言うな。返されても、私に着れると思うのか？　それに女神様はお前に祝福を与えたのであって、私にではない』

「しかしな……」

ぐだぐだ言うガドルの鎧を這《は》い上がり、肩に乗る。本当に便利だな、イエアメガエルの着ぐるみ。

『ほら、宿に行くぞ。部屋を取り損ねたら野宿になる』

「はぐらかすな、にんじん」

やいのやいのと騒ぎながら神殿を出て、宿に向かう。

途中ですれ違ったプレイヤー《異界の旅人》たちが、私とガドルを見て何やら囁《ささや》いていた。おそらくガドルの鎧か虎耳《とらみみ》に目が行ったのだろう。鎧は格好いいし、異界の旅人が選べる種族に、虎の獣人はなかったからな。それとも、私の装備が気になったのだろうか？　ふふん。再現度抜群なイエアメガエルの着ぐるみだ。羨ましかろう。

「わーわーわー！」

「どうした？　ご機嫌だな？　にんじん」

「わー！」

つい歌が零《こぼ》れていたようだ。ガドルが不思議そうに眉を寄せた。

適当な宿に入ると、採ってきたタタビマの実をマンドラゴラ水に漬けておく。それから神樹の苗君をリングから取り出して、【友に捧げるタタビマの薫り（劣化）】をプレゼント。

「にんじん……」

物欲しそうな視線を感じたので、ガドルにも差し出す。生命力は削れていないはずなのだが、タタビマの誘惑に勝てないらしい。回復薬とはなんであろうか。

喜んで飲み干すガドルをじと目で眺めてから、改めて【友に捧げるタタビマの薫り】を吸収した神樹の苗君を見る。今夜も葉を艶やかに煌《きら》めかせて、嬉しそうだ。

「わー！」

元気に育てよ。

「植物同士、会話ができるのか？」

コップから顔を上げたガドルが、興味ありげに聞いてきた。

『いいや？　だが感情は分かるだろう？』

「さっぱり分からんな」

「わー……」

こんなに嬉しそうに煌めいているというのに、鈍い男め。

『私は先に寝るぞ？　おやすみ』

「おやすみ」

ガドルに挨拶をして、ログアウト《おやすみなさい》。

いつもの時間にログインしたら、森の中にいた。森林浴万歳。

後ろを見ると、木の幹に背を預けたガドルが、神樹の苗君ごと私を抱えた状態で干し肉を齧《かじ》っている。どうやら朝になって起きた彼は、私を連れて西の森に入っていたみたいだ。

この世界の住人であるガドルと、現実世界の生活の合間にやってくる私とでは、どうしても生活時間にずれが出てしまう。だから私と共に行動するガドルが、私の生活リズムに合わせられないことは理解している。理解しているが、ログアウト中に話が進んでいるのは、ずるをしている気がしてしまう。ガドルに頼りっぱなしな時点で、今さらかもしれないけれど。

「起きたか？　にんじん」

「わー」

土から出てイエアメガエルの着ぐるみを装備。ガドルの鎧に移ってから、神樹の苗君をリングにしまった。そのタイミングで送られてくる、パーティ申請。

「わー！」

承諾っと。

「よし。じゃあ早速だが、大蜘蛛に挑みに行っても大丈夫か？」

『問題ない。ところで、何回目だ？』

無言で目を逸らされた。いったいどれだけ挑んだんだ？　待たせてしまったことを詫《わ》びるべきか、ガドルの引きの悪さに同情するべきか、少々悩む所である。

ガドルが移動を開始した途端、聞き慣れた音が聴覚を刺激してきた。夏の夜に睡眠を妨害する、あの不愉快な音だ。

「わー……」

言わずもがな、蚊である。しかも五十センチ超えの巨大な蚊だ。口もストロー並に太い。刺されたら痛そうだな。そして草汁《ち》を吸われたら痒いどころでは済まず、干からびそうだ。

巨大な蚊も、ガドルは難なく処理する。突き出された長い口を目も向けずに掴《つか》む。そして手首の力だけでぶん投げた。

「わー……」

放物線を描いて飛んでいく巨大蚊を眺めていると、ガドルの呟きが聴覚に触れる。

「吸血蚊は容易《たやす》い相手だが、進化すると吸血鬼になる。これだけいると、一匹くらい進化しているかもな」

「わっ⁉」

吸血鬼って、人間か蝙蝠《こうもり》が進化してなるものじゃないの？　蚊から進化するの？　服は縞々《しましま》なのか？　羽はもしかして透明？　……それって妖精なのでは？

混乱してきた。

でも血を吸う蝙蝠って少数派なんだよな。虫を食べたり、果物を食べたりと、人間に危害を加えない種類のほうが多い。農耕を営んできたアジアの国々では、害虫を駆除してくれるので大切にされていたほどだ。西洋文化が入ってきてから、嫌われるようになったけどね。

なんてどうでもいいことを考えてしまったのは、木の枝から、ぼとりと落ちてきた物体のせいだ。ぷるぷると揺れる瑞々《みずみず》しい体。ＲＰＧでお馴染《なじ》みのスライム——ではなく、たぶんでっかい蛭《ひる》だ。もうね、スライムでいいじゃん。いいじゃん……。

「わー……」

正直に言おう。グロいわ！　見た目もきついが、討伐したときの描写がグロいわ！　何をとは言わぬが、撒《ま》き散らすな！

ガドルは掴んで投げ飛ばしてくれたけど、遠くにいたプレイヤーが倒すところを見てしまったのだ。頭から浴びて悲鳴を上げていた。何をとは言わぬけれども。

「わー……」

「大丈夫か？」

「わー」

気合を入れ直して、ガドルの背中から肩へと移動する。森が終わりに近付き、木々の間からセカードの町を囲む塀が見えてきた。ようやく大蜘蛛戦だ。

北の山でもそうだったが、ボス戦が行われるエリアから離れて一定時間経過しないと、ボスは出現しない。だからガドルは、森の中で時間を潰していたというわけである。

今度は目的の品が早く出るといいな。などと考えていたら、ガドルが歩みを止めた。

「わー？」

行く手を遮るのは、赤いストレートなさらさらロングヘアーを風になびかせる、綺麗《きれい》なお姉さん。美人さんなのに、白い歯を覗かせた獰猛《どうもう》な笑みを見せていて、ちょっと怖い。

「一手指南してくれよ」

「断る」

お姉さんからの申し込みに、にべもなく即答するガドル。まったく興味がなさそうだ。

「そう冷たいこと言うなって」

「わっ⁉」

赤いドレスを翻して間合いを詰め、大剣を振り下ろすお姉さん。一瞬前までガドルが立っていた場所には大剣がめり込み、土塊《つちくれ》が飛び散っている。

「なんのつもりだ？」

ガドルは眉を吊り上げて問いつつも、涼しい顔でお姉さんが繰り出す攻撃を躱《かわ》し続ける。

「はっ！　やっぱり思った通りだ！　お前、強いな？」

満面の笑みならぬ狂気の笑みを浮かべるお姉さん。彼女の頭上には、『サラダ』と文字が浮かぶ。

この世界の人たちの頭上に、名前は浮かんでいない。つまり、彼女はプレイヤーである。これは返り討ちにしても大丈夫なのだろうか？　たしか、プレイヤーがプレイヤーを倒すのは、ＰＫと呼ばれてよくない行為だ。

どうしたらいいのかと考えていると、サラダが煽ってきた。

「反撃しねえのか？　掛かって来いよっ！」

「わー？　わーわー！」

なんなんだ？　こいつは？　私の友に攻撃する悪い子には、にんじんを提供しませんよ！　キャベツオンリーの、緑一色サラダに落ち込むがいい。

「にんじん……」

なぜかガドルから、残念な子を見る眼差《まなざ》しを向けられた。解せぬ。

「はっ、よそ見とは余裕だな！」

サラダが大剣を振りかざす。どうしたものかと困惑していたら、新手が来た。

「この、ど阿呆《あほう》がああああーっ！」

横手から現れた青髪のお兄さんが、サラダに飛び蹴りを喰《く》らわせる。サラダは吹っ飛んでいった。

「わー……」

わけが分からぬ。

吹っ飛んだサラダに流れるように追いつき踏んづける、青髪のお兄さんこと陽炎《かげろう》。お兄さんがお姉さんを足蹴にするという、明治の絵面よ。誰かこの状況を説明してほしい。

さすがのガドルも、今度ばかりは戸惑い気味だ。眉間の谷が深い。

「うちのばかがすまんな。怪我《けが》は……なさそうだな」

こちらを振り向いた陽炎が、サラダを踏んづけたまま謝罪してきた。言葉を聞く限り常識人に思えるが、油断はできぬ。一瞬前の出来事を、私は忘れたりしないのだ。

「俺よりも、足蹴にされている女のほうが瀕死に見えるが？」

「気にしなくていい。我々は死んでもすぐに生き返る。残念ながら、な！」

「待っ!?」

気合を込めて、サラダの頭を踏みつける陽炎。並々ならぬ恨みがこもっているように見えるのは気のせいだろうか？

「回復薬！　回復薬をください！　点滅してる！　瀕死！」

「お前も持っているだろう？　自分でどうにかしろ」

「瀕死状態になると、まともに動けないって知ってるだろう？　出しても飲めねえんだって」

「知らぬ」

繰り広げられるは謎の痴話喧嘩《ちわげんか》。これ、もう行ってもいいだろうか？

ちらりとガドルを見ると、不愉快そうに陽炎を睨んでいた。攻撃してきたサラダは分かるけれど、陽炎のほうに嫌悪の感情を向けているのはなぜだ？

混沌《こんとん》とした現場に、更なる声が交じる。

「また問題起こしたの？」

「陽炎ー、回収しに行くの面倒だから、助けてあげなよー」

根を捻《くび》ると、肩に妖精らしき少女を乗せた、赤毛の短髪マッチョが歩いてきた。

短髪マッチョの頭上には犬耳が生えており、その上には『シジミ』の表記。妖精のほうは金髪で可愛らしい姿をしている。彼女も頭上に文字が浮かんでいるが、小さくて読めぬ。体のサイズによって、プレイヤー名のフォントサイズも変わるのだ。

舌打ちをもらした陽炎が回復薬を取り出して、仰向《あおむ》けにしたサラダの口に突っ込む。現実でやったら、咽《のど》に詰まってとどめになりそうだ。

「ふう、生き返った」

復活したらしく、上半身を起こして座り込むサラダ。そんな彼女を、陽炎が不満そうに睨む。

「ごめんねー。この子、酔うと強い人に挑みたがる悪癖があってさー。怪我は……してないねー」

飛んできた妖精が、ガドルに謝る。どうやらサラダは、回復薬の飲みすぎで酩酊状態になっていたらしい。陽炎もサラダから視線を切り、ガドルに頭を下げた。

「仲間が攻撃を仕掛けてすまなかった。お詫びに」

「詫びなど不要だ。それより、仲間の命を何だと思っているのだ？　異界の旅人は蘇るという話は聞いたが、それにしても命を軽く扱いすぎだ」

陽炎の言葉を遮ったガドルが、憤りをぶつける。

なるほど。ガドルはそこに怒っていたのか。先日叱られたばかりだというのに、頭の中から抜けていた。私も反省せねばならぬな。

などと思っていたら、陽炎は違う意見を口にした。

「身内がばかをやらかせば、それを止めるのは当然のことだろう？」

言っていることはもっともに聞こえるけれど、あなた、身内の命を取ろうとしていましたよね？

現実世界でそんなことしませんよね？　ね？　……え？

「陽炎は真面目だからねー。ほら、サラダも。さっさと謝る」

腰に手を当てた妖精に叱られて、サラダがガドルに頭を下げる。

「すまん。強そうだったから、つい挑みかかった。またやろうぜ」

顔を上げたサラダは、爽やかスマイルだった。

「ちゃんと反省しろ！」

陽炎がサラダの頭を叩くと、ばたんと倒れて再び瀕死になるサラダ。そしてガドルの視線が鋭さを増していく。

「わー……」

ゲーム世界って、現実世界より強くて頑丈になるものではないのか？　マンドラゴラだけでなく人型も、現実より脆《もろ》くなっている疑惑。これはゲームとして大丈夫なのか？

シジミに回復薬を飲まされて復活したサラダは、笑いながら陽炎に絡み始めた。どうやら酩酊状態が悪化したらしい。屑《くず》を見るようにサラダを見下ろす陽炎の眼差しが、冷たすぎる。

「初級回復薬一本じゃ、あんまり回復しないんだよねー。だからって飲ませすぎるとあの状態だし」

「わー？」

左を見ると、妖精が隣を飛んでいた。私と視線が合うと、にっこりと微笑む。

「ハッカだよー。にんじんは人参《にんじん》？　そんな種族あったっけ？」

『マンドラゴラだ』

「マンドラゴラ!?　不遇種族って聞くけど、大丈夫なの？」

「わー？」

驚いた顔をしたハッカが詰め寄ってきた。

しかし、マンドラゴラが不遇種族とはどういうことだ？　厚遇種族の間違いだろう？　自分で魔力回復薬を作れるし、強力な治癒魔法まで持っている。他の種族を選んだプレイヤーから羨ましがられるのではないかと心配していたのに、どういうことだ？

「だってほら、移動も大変だし、戦闘なんてもっての外って聞くよ？」

「わー」

たしかにマンドラゴラの根冠《あし》は遅い。戦闘力も皆無だな。魔物と戦いたいプレイヤーにとっては、使い勝手の悪い種族かもしれない。

「どうした？　ハッカ」

根《くび》を傾げて考え込んでいると、陽炎たちもやってきた。

「この子！　マンドラゴラ！」

ハッカが私を指差したので、注目が私に集まる。

「ハッカ以外にも、人外《じんがい》を選ぶ人間がいたんだな」

「その姿で戦えるのか？　せめて腕は必要だろ？」

酔っ払いサラダが伸ばしてきた手を、ガドルが掴んで止めた。とたんにサラダが狂気の笑みを浮かべたが、直後に陽炎に殴られ瀕死の状態に。そして口に突っ込まれる初級回復薬。

「わー……」

私だけでなくガドルまで、何とも言えない気持ちで二人を眺めてしまう。

「わー」

ああ、そうだ。

リングから【酔い醒まし（並）】を一本取り出す。空中で受け取めたガドルが、サラダに放り投げてくれた。酔いが醒めないことには、話が進みそうにないからな。

「なんだぁ？」

「飲め」

小瓶を訝しげに凝視していたサラダだが、ガドルに促されて小瓶を呷《あお》る。

「あー、酔いが醒めてしまったか」

一本目で当たりを引いたサラダは、残念そうに顔をしかめた。

わざとか？　わざと酔っぱらっていたのか⁉　お前も呑兵衛《のんべえ》か！

「ちょっと⁉　待って。今の何？」

酔いから醒めたサラダを見て、驚くハッカたち。揃って首を回し、私を見る。

「わ？」

思わぬ反応に、こっちまで驚いてしまう。

「どこで手に入るんだ？」

「わー？」

陽炎に問われて、戸惑う私。

もしかして、プレイヤーの間では出回っていないのだろうか？　だが作ったときに告げられたアイテム名は『酔い醒まし』。命名権は貰えなかった。だからすでに作られているはずなのだが。

「情報料は払う」

真摯な眼差しを向ける陽炎。一方――

「ね・えぇ、にんじんちゃぁん？　もしかしてぇ、他にも薬の情報をぉ、持っていたりするのかしらぁ？　いい回復薬の情報があるのなら、買・う・んだけどぉ？」

サラダがガドルにしなだれかかってくる。そして私の根《むね》を、指先でつうっと撫でた。

「わ⁉」

お前、たぶん中身男だよな⁉　なんでそんなに色気があるんだ⁉

ガドルもたじたじで、身を引いている。

「対価はぁ、何がいいかしらぁ？　ちょぉっとだけならぁ、遊んであげてもい・い・わ・よ？」

「お前は少し目を離した隙に、何をしておるのだ⁉　これ以上、恥を晒《さら》すな！」

陽炎に殴られ、吹っ飛んでいくサラダ。そして臨死体験再び。

これ、あれだ。様式美というやつなのだろう。

『ガドル、私は陽炎は無罪でよいと思うのだが？　ここまでのやり取りを見るに、サラダのほうに問題がある気がする』

「知り合いだったのか？」

眉を跳ね上げて私を見詰めるガドルを見て、きょとんとしてしまう。……ああ、そうか。

『異界の旅人は、他の異界の旅人の名前が見えるのだ。青髪の男が陽炎で、赤毛の女がサラダだ』

「そうか。……たしかに、あの女の面倒をみるのは大変そうだ」

ガドルも渋面ではあるものの、今度は陽炎に対して怒りではなく、同情の眼差しを向けた。


「重ね重ねすまない」

代表して謝る陽炎。背後には、正座させられてハッカとシジミに見張られるサラダがいた。

「改めて相談だが、先ほどの薬の入手方法を教えてもらえないだろうか？」

柔らかな物腰からは、彼が暴力的な人物には見えない。やはりサラダが彼らを振り回しているのだろう。強く生きろ、陽炎。

「先ほどの件もある。情報料は大蜘蛛や皇帝蟷螂のアイテムでも構わない」

「わー！」

大蜘蛛！

ガドルを窺うと、目が彷徨《さまよ》っている。朝からずっと戦い続けていたのに、目的のアイテムが一度も出ていないのだ。誘惑に負けそうなのだろう。

『私は構わぬぞ』

小声で囁くと、ガドルが間違えて骨でも呑《の》んだかのように息を詰まらせ、私を見た。しばし考え込んでから、私にだけ聞こえる声で問う。

「予備はどのくらいある？」

「わー？」

とりあえず、【酔い醒まし（並）】を一箱出してみる。良も持っているけれど、あれはガドルのために作ったのだ。一見《いちげん》さんにはやらぬ。

空中に現れた箱を、ガドルが危なげなく受け取る。その際に何か言いかけたが、彼より先に陽炎が口を開いた。

「入手方法は言えないというわけか。……いいだろう。現物で構わない。そちらの希望は？」

どうやら一箱で交換してくれるみたいだ。しかし【酔い醒まし】は材料の入手も作り方も容易い。

買い取り価格も初級回復薬より安いぞ？　いいのか？

『大蜘蛛の撚糸を頼む』

「分かった」

戸惑いつつも言ってみたら、とんとん拍子で話が決まった。たぶん陽炎としては、先ほどの迷惑料も込みなのだろう。ありがたいけれど申し訳もなくて、なんだか維管束《むね》がちくちく痛むな。

「わー……」

良心に負けて、不良を二箱おまけでプレゼント。

「にんじん……」

箱を落とすことなく右手に積み上げたガドルが、小声で私の名を呼びながら睨んでくる。

「わー？」

別に善意だけというわけではないぞ？　不良の買い取り価格は五エソ。どう処分するか悩んでいたから丁度いい。

ハッカが鑑定して【酔い醒まし】であることを確かめてから、大蜘蛛の撚糸とのトレードが成立する。

「は？　まあまあ効くとか、たまに効くって何？　戦闘中に博打《ばくち》しろってか？」

改めて鑑定したハッカから、怒気交じりの罵声が放たれた。所有権を得たことで、詳細が見えたのだろう。しかし可愛《かわい》い少女型の妖精だったのに、イメージ崩壊だよ。

「にんじん……」

そしてガドルから私に向けられる、何とも言い難い視線。先ほどは私を窘めたくせに、不用品を押し付けたと知ったときの、この落差よ。

おまけだからな。品質が悪くても、彼らが欲していた【酔い醒まし】に違いない。きっと役立ててくれることだろう。私は悪くないのだ。

「大丈夫だろう。サラダは無駄に引きがいいからな」

「それって、全部外れを引くんじゃない？」

「……戦闘中は素面《しらふ》で戦いたいだろう」

淡々と受け入れた陽炎が、ハッカの指摘を受けて視線を泳がせた。サラダに対する信頼のなさよ。

一周回って逆に信頼されているのか？　分からぬ。

ひとしきり騒いでから、陽炎が【酔い醒まし】をリングにしまう。

「俺たちはもう行くぞ？」

「ああ。迷惑を掛けてすまなかった」

ガドルが歩き出すと、陽炎たちが会話を切り上げてこちらを見た。

「……冒険者ギルドのランクを上げろ。高ランクになれば、手に入る薬の種類が増える」

すれ違いざま、ガドルがぼそりと呟く。

はっと顔を上げた陽炎が目を瞠ってガドルを見た後、微《かす》かに表情を緩めた。

「ありがとう」

ずっと不愛想だったけれど、私たちへの申し訳なさや警戒とか、サラダへの苛立《いらだ》ちとかで、強張《こわば》っていただけなのかもしれないな。

「わー！」

後ろを振り向いて葉《て》を振って、陽炎たちと別れる。

『格好いいな、ガドル』

咳払《せきばら》いをした彼の首がちょっと赤くなっていたのは、私の維管束《むね》の内に留めよう。

「まだ在庫があるのなら、ギルドで売っておけ。出回ればお前を狙う者は現れないだろう」

「わー」

大蜘蛛との戦いは、キャンセルを選んで回避する。一度勝利しているから、二度目からは戦わなくてもセカードに入れるのだ。神殿の転移装置を使ってファードへ移動する。

ファードの薬師ギルドで【酔い覚まし】を卸し、冒険者ギルドで不用品を売ってから王都の神殿へ移動。王都のギルドでも売れるけれど、心情的にね。


王都に戻った私を、ピグモル神官長とポーリック神官が出迎えてくれた。二人はいつもより豪華な衣装をまとっている。

「お帰りなさいませ、にんじん様、ガドル殿」

「わー」

ただいま。

「わー？」

反射的に挨拶を返した後で違和感を覚えた。見ると、二人が笑顔のまま固まっている。なぜだ？

「ガドル様。失礼ですが、そちらの鎧を拝見させていただいてもよろしいでしょうか？」

咳払いをして動き出した神官長。ガドルへの敬称が、なぜか『殿』から『様』に変わっていた。

「構わない」

ガドルが許可を出すなり、ガドルの胸辺りをじっと凝視するピグモル神官長。隣のポーリック神官もなんだか緊張した面持ちだ。

しばらく無言で見つめていたと思ったら、神官長がぷるぷると震え出す。

「ガドル様！　この鎧はどうなされたのですか⁉　まさか、ガドル様も女神様から祝福を頂いたのですか？」

そういえば、ガドルの鎧はセカードの神殿で、鋼鉄の鎧から神鉄の鎧に進化していたっけ？

「いいや、俺ではない。にんじんが女神様に願って、俺の鎧に祝福を頂いてくれたのだ」

「わー」

同意すると、神官二人の顔がぐりっと私に向かう。ちょっと怖い。

「ガドル様が身に着けている神鉄の鎧は、かつて女神様の寵愛《ちょうあい》を受けた聖女セリー様をお護りした、聖騎士の祖パリー様が身に着けていたといわれる、伝説の鎧と同じものです。やはりにんじん様は、聖人様なのでは？」

「わー……」

違うと思うぞ？

それよりも、ここは他のプレイヤーも転移してくる場所だ。見られたら恥ずかしいので解放してほしい。まだ王都に到達しているプレイヤーは少ないのか、今のところは転移装置を使って移動してきた者はいない。しかし、いつ現れるかとひやひやしてしまう。

『すまぬ。場所を変えて話さないか？』

「申し訳ありません。そうそう、転職の準備が整いましたので、どうぞこちらへ」

謝罪するピグモル神官長に促されて、神殿の奥へ。途中で警備に当たっていた聖騎士たちが、ガドルを見てぎょっとした顔をしていた。いつもは無表情なのに、神鉄の鎧に目が釘付《くぎづ》けだ。聖騎士の憧れなのかもしれない。

案内されて辿り着いたのは、奥庭にある祈りの泉。いつも水を汲ませてもらっている場所だ。

「まずはこちらで身を清めていただきます」

「わーい」

ピグモル神官長に促されるまま、私は泉に入る。深いな。

沈んでいく私を、慌てたガドルが手を伸ばして救出してくれた。

「わー……」

「にんじん……」

呆れた顔をしながらも、底に根冠《あし》が届かない私をすくいあげ、器用に片手だけで根《からだ》や葉《あたま》を洗ってくれる。くすぐったい。

白い布で水気を取り、ピグモル神官長が差し出した白いミニ座布団に座らされる。ふわっふわだ。このまま床の間にでも飾られそうだと、ぼんやり考える。……現実逃避だ。

そして向かったのは、更に奥にある厳かな部屋。私も入るのは初めてである。

真っ白な空間にあるのは、女神様を模《かたど》った白い石像のみ。私は女神像と対面する部屋の中央に下ろされた。少し離れた後ろで、ガドルと神官長たちが跪く。私も倣って跪いた。

「女神キューギット様。どうぞこの者に加護をお与えください。神官となり、女神キューギット様に仕えることをお許しください」

ピグモル神官長が祈ると、女神像が輝き出す。幽体離脱のように浮き出てくる、色付きの女神様。

こうやって現れていたのか。初めて見たぞ。いつも祈っている間に出現していたからな。

「あら？　ふふ。また会ったわね」

「わー」

「でも困ったわね。あなたにはすでに加護を与えているし、どうしましょう？」

頬に手を当てて、困った顔をする女神様。しばし考え込んでから、ちらりと私を見た。――違うな。

私ではなく、私を透かして何かを見ている。

「ギフトに祝福を与えてもいいけれど、あなたのギフトに今以上の力を与えては、世界のバランスを崩しかねないわね」

「わー？」

「ふふ。治癒のギフトを持っているでしょう？」

「わー！」

癒やしの歌か！　たしかに一瞬で病気も怪我も治せる、規格外の魔法だ。今以上の性能となると、一日に何度も使えるか、死人も蘇らせるとかになるだろう。私には過ぎたる力だな。

「更なる力を得ることで、富も栄誉も地位も手に入るかもしれないわよ？」

『不要です。今でも根の丈《み》に合っていないのではと思うほどですから』

「ふふ。やっぱり欲がないのね。いいわ。あなたには特別に、私の寵愛をあげる。この世界を楽しんでちょうだい」

「わー？」

きらきらと瞬《またた》く星が、私に降り注ぐ。こういうのは暗い夜に見るから綺麗なのであって、明るく白い空間で見ると惜しい気がする。

「ふふ」

笑い声を残して、女神様が消えていく。現れるときは女神像から出てきたのに、去るときは霧に隠れるように消えた。

『ありがとうございます、女神様』

お礼を言ってから能力一覧を確認しようとして、ふと違和感を覚え振り返る。

「わ？」

ぽかんっと目と口を開いて、女神像を見上げるピグモル神官長とポーリック神官。二人の様子を眺めていると、視線が私に下がってきた。ちょっと怖い。

「わ？」

場の空気を解《ほぐ》そうと、小根元《こくび》を可愛らしく傾げてみる。どうだ？　呆れて正気に戻ったか？

「に、にんじん様！　聖人――いえ、聖人参様《せいにんじん》に選ばれましたこと、謹んでお祝い申し上げます！」

我に返ったとたん、滂沱《ぼうだ》の涙を流して私を拝みだすピグモル神官長とポーリック神官。

「わーっ⁉」

私だけでなく、ガドルもぎょっと目を瞠った。

そういえば、女神キューギットの寵愛を頂いた者は、聖人に列せられるのだったか。

「わー……」

ピグモル神官長とポーリック神官から視線を逸らし、慌てて能力一覧を確認する。

神官長たちに失礼？　ご年配の神官方が私を拝む姿など、直視していられるか！

職業欄を確認すると、「治癒師」が「聖人参」に変わっていた。

運営！　なんだ聖人参って！　『にんじん』は私の名前であって、種族はマンドラゴラだ！

いや、もしかすると『聖・人参』ではなく、『聖人・参《さん》』の可能性も。三人目の聖人とかそういう偶然が……。神官に転職するつもりが、聖人参に転職してしまった件。

とりあえず考えるのは放棄して、その他を確認。今まで持っていたギフトはきちんと残っている。よかった。

変わっていたのは、『女神の加護』。『女神の寵愛』に上書きされていた。生命力と魔力の回復率が格段にアップだ。私、回復薬が必要ないのではなかろうか？　いや、癒やしの歌を使った直後は、生命力と魔力を回復する必要があるか。それでも回復薬の使用量は減るだろう。これはよいギフトを頂いた。

「わー……」

拝まれる辱め付きだけれども。

能力一覧を確認し終わっても、神官長たちの様子は変わっていない。それどころか、天を仰いで女神様に感謝の言葉を述べ始める始末。放っておいて、退室してもいいだろうか？

ガドルのほうに視線を向けると、彼もどうすればいいか分からない様子で狼狽《ろうばい》している。

結局、なかなか現実に戻ってこない神官長たちは放っておいて、祈りの間から出ることにした。

声は掛けたのだ。でも興奮して感涙している神官長たちは、私が話しかけたことで余計に感動してしまい、抱き合って大泣きし出してしまった。

『今日も濃い一日だったたな』

「……そうだな」

率直な感想を述べたら、なぜかガドルにじとりと睨まれる。私のせいではないぞ？

神殿内に用意されている部屋に戻り、神樹の苗君を取り出す。隣に潜り、ログアウト《おやすみなさい》。

※

【交流掲示板】

マナーを守って楽しく交流しましょう。

〈前略〉

731　北の山の位置、変えてくれないかな？　サースドとセカードの間にあるから、移動するには山越えするか、ファードに戻らないといけないいんだよ。

732　神殿で飛ぶという方法もある。

733　金がない。

734　稼げないよな。そこはリアルでなくていいんだっての。

735　まだセカードも解放できてない俺には無用な心配だな。

736　それよりいい加減に回復薬どうにかしてくれ。まだ初級回復薬しか出回ってないのかよ？

737　レベルが上がると回復が追い付かなくなるって、運営分かってないのか？

738　回復量が少ないのはまだいい。問題は腹がたぷたぷになって、動くと吐きそうになる所。そこはリアルに再現しなくていいんだっての！

739　飲みすぎると酩酊が付くのも改善してほしい。視界がぐるぐるして酔いそう。

740　すでに酩酊なのに酔うとは？　だが気持ちは分かる。あれは気持ち悪い。

741　気分が高揚して気持ちよくない？

742　え？　そんな酔い方する奴もいるの？　これ規制が必要じゃね？

743　>>739　酩酊に量は関係ないだろ？　ランダムだと思う。

744　たぷたぷも酩酊も我慢するから、誰か魔力回復薬作ってくれ！

745　初日は魔力回復薬があったって噂、どうなった？

746　幻です。

747　回復職の需要が凄いことになってるな。ギルドの募集掲示板、回復職募集ばっかりじゃん。
748　神官のくせに足元見やがって！　回復量も使える回数も少ないくせに、ぼったくんな！　生臭坊主どもが！
749　だがパーティには必須。ゆえに争奪戦。
750　回復職はなあ。魔力尽きたらキルで回復だから、次々辞めていく。もう絶滅危惧職だろ。
751　【朗報！】初級回復薬以外の薬の入手方法発見！　冒険者ギルドのランクを上げると、買える薬の種類が増えるらしい。
752　どこ情報？
753　高ランクっぽいNPC冒険者から聞いた。@751
754　まじか！　レベル上げよりランク上げ優先が正解か。
755　ランクって、レベル上げれば上がる？
756　レベルだけじゃ無理。依頼を受けて達成する必要がある。
757　草原蟻《そうげんあり》が美味いぞ。常設だから事前手続きなしでも、討伐してからギルドに行って手続きすれば依頼達成になる。群れを討伐すれば経験値もかなりになると思う。
758　群れっていっても二、三匹だろ？
759　サースドから王都に向かう街道から草原に入れば、数十匹で出てくる。
760　それ、パーティ壊滅じゃね？
761　複数パーティで共闘すればいけるだろ？　募集掛けてくる。

762　>>761　乙。入った。よろノ
763　>>761　乙。だがしかし、サースドに到着してない（涙）
764　>>761　乙。よろ。　>>763　草
765　サースドから王都に入れるの？
766　無理。門番に門前払い食らう。
767　ファードの薬師ギルドで酔い醒まし売ってた！
768　は？　デマ書くな。薬師ギルドでも売ってないのは確認済み。
769　>>767　感謝。近くにいたから飛び込んで買えた。たまに効くらしい。
770　まじで売ってんの？
771　急げー！
772　残念だが売り切れた。お爺ちゃんに「さっき売り切れたよ」って言われた。凹
773　>>769　たまに効くってどういうこと？
774　鑑定したら、「酩酊にたまに効く」って出た。＠769
775　それは使えるのかw
776　もしかしてさ、初日に出回っていたっていう魔力回復薬も、幻じゃなくて限定だったとか？
777　なん、だと？
778　薬師ギルド張るか。
〈後略〉

The Carrot Goes!

四章

にんじん、地下迷宮へ行く！

名前　にんじん

種族　マンドラゴラ

職業　薬師、治癒師

ギフト　調薬、幻聴、鑑定、癒やしの歌、緑の友、女神の寵愛

レシピ

NEW

・友に捧げるタタビマの薫り（並）大瓶↑

生命力と魔力を回復させすぎる。

※ネコ科に至っては、生命力が漲りすぎる

・友に捧げるタタビマの薫り（並）

生命力と魔力をまあまあ回復させる。

※ネコ科に限り、生命力をかなり回復させる

・酔い醒まし（良）

酩酊に効く

・酔い醒まし（並）

酩酊にまあまあ効く

・酔い醒まし（不良）

酩酊にたまに効く

ログインしたら、キャーチャー閣下からお呼び出しが掛かっていた。というわけで、ガドルと共に馬車へ乗り込み公爵邸へ。

「よく来たな、にんじん殿。それにガドル」

「わー」

応接室で迎えてくれたキャーチャー閣下。勧められるまま、ソファに座る。キャーチャー閣下が対面に腰を下ろし、テーブルの上にお茶が並ぶと、使用人たちは部屋から出て行った。

「地下迷宮の再調査を申し込んだが、断られた。王家の威光を振りかざして強行する手もあるが、他の貴族まで王家に疑心を抱きかねない」

迷宮から得られる利益は莫大《ばくだい》。王家が地下迷宮を取り上げて、利益を独占しようとしていると誤解される恐れがあるということか。そうなれば、他の迷宮を持つ領主たちまで警戒してしまう。

「わー……」

肩を落とす私とガドル。しかしキャーチャー閣下は、にやりと口角を上げる。なんだ、なんだ？

「そこでだ。私から一つ提案がある」

「わー？」

意地悪気な笑みを浮かべるキャーチャー閣下。根筋《せすじ》がぞわりとした。

「ホッシュ」

「はい、旦那様」

扉が開き、執事が入ってくる。小瓶が載った盆を机の上に置くと、すぐに部屋から出ていった。小瓶の中には、光の加減で虹色に変化する、不思議な花弁が詰まっている。

「これは風の妖精から貰《もら》った幻想華《げんそうか》の花弁だ。幻羽衣《まぼろしはごろも》を仕立てようと溜《た》めていたのだが、まだ足りない。しかし、だ」

「わ？」

期待に満ちたキャーチャー閣下の瞳には、マンドラゴラ《わたし》が映っていた。

「この世界にはもう一つ、優れた幻覚作用を持つ存在がある」

あ、分かった。幻想花の花弁だけだと足りないけれど、マンドラゴラと掛け合わせることで、人の姿を消す薬が作れるわけだな。

「自由に使ってくれて構わん。ただし、残った薬を私にくれたまえ。兄上の部屋に忍び込んで、驚かせてやりたいのでな」

「わー……」

なんてしょうもない使い道だ。国王陛下、困った弟をお持ちですね。心中お察しいたします。

『レシピはあるのか？』

「ないな。しかし君はすでに、この世界にはなかった薬を自力で作り出している。期待しているよ？」

「わー……」

閣下に【友に捧《ささ》げるタタビマの薫り】を見せたことが、こんな所に繋《つな》がるとは。

幻想華の花弁を貰った私とガドルは、笑顔のキャーチャー閣下に失礼して館を後にした。

馬車の中で、幻想華の花弁をどう使えばよいか考える。花弁を使った薬は、基本的には煎じるか湯を注いで飲むかだ。けれど本当にそれだけでいいのだろうか。

そしてもう一つの問題はマンドラゴラだな。本来は刻んで煎じる。なのに私は、水に浸かっているだけなのだ。今までマンドラゴラ水を使って作った薬は、よくて不良。酷《ひど》いと劣化になってしまった。今回は材料が限られる。慎重に作らねばな。

「妖精は、簡単に姿を現す存在ではないはずだ。さすがはキャーチャー閣下だな」

「わー？」

妖精なら、先日、見た気がするのだが？

ガドルも思い出したのだろう。難しい顔をして視線を泳がせてから、軽く咳払《せきばら》いをした。

「この世界の妖精は、滅多《めった》に現れない。ましてや何かを贈られるなど、妖精の愛《いと》し子《ご》でもない限り有り得ないだろう」

あれは異界の妖精ということで、カウントしないことにしたらしい。

ということは、キャーチャー閣下は妖精の愛し子なのだろうか？　いい年したおじ様だが、昔は悪戯《いた》好《ずら》きの美少年だった時期もあったのだろう。年齢が関係しているのか知らないけれど。

神殿に戻った私は、さっそく調薬室を借りる。地下迷宮に潜れるかどうかは、私が薬を作り上げられるかに懸かっているのだ。最優先で行わなければ。

そしてガドルも、武器を作ってもらうために出かけた。

問題の材料だが、北の山の湧水で作ったマンドラゴラ水を使用することにする。北の山の湧水には魔力があるし、北の山に生息する魔物は擬態能力が高かった。きっと相性がいいはずだ。

意気込む私の前には、私でも使いやすそうな小振りの鍋。これで小瓶一本分の薬が作れる。

いつの間に用意したかって？　調薬室に入ったら、あったんだよ。私サイズの道具が一式。どうやら私が調薬に苦労しているのを見て、特注してくれたらしい。後で神官長にお礼を言わねば。

鍋にマンドラゴラ水を注ぎ、千切った幻想華の花弁を一欠片《かけら》落とす。分量が少なくても、材料があっていれば不良か劣化が出来上がる。まずは材料が合っているかの確認からだ。

鍋でふつふつと煮込んでいき、水の量が半分になったところで火を止めた。

「わー？」

薬液に変化は見られない。完成のお報《しら》せもない。やはりそう簡単には作れないか。

「わー……」

考えろ、私。キャーチャー閣下は、風の妖精から幻想華の花弁を貰ったと言っていた。妖精は悪戯好き。そして、甘いものが好きというのが定番だ。

花弁で作れる菓子か。砂糖漬けや、ジャムくらいしか思いつかんな。ジャムといえば、人参《にんじん》ジャムがある。人参をすり下ろすか、茹《ゆ》でてからすり潰して作る。

「わー……」

根先《つまさき》を少しなら……。回復薬を使えば、きっと治るだろうし。い、いけるか？

「わ、わ……」

卸し金を取り出したものの、勇気が出ない。だがここはゲーム世界。痛くはないはず……。

「わーっ!?」

無理。ちょっと刃が刺さっただけで、激痛でした。戦闘メインのプレイヤーは、よく耐えられるな。

「わー……」

卸し金と見つめ合うこと数分。すまぬ、ガドル。私には無理だ。

さて、どうしたものか。

「わー?」

待てよ？　飴《あめ》ならどうだ？　このまま煮詰めて液体の濃度を上げてから砂糖を溶かし、型に入れて冷やす。完璧ではなかろうか？

そう思い付いたものの、砂糖がなかった。調薬室を出て、砂糖を分けてもらいに行く。

「わー……」

調薬室の扉を開けたところで、ポーリック神官と鉢合わせた。偶然か？　必然か？　おそらく後者だろう。ずっといたのか？

『すまないが、砂糖を分けてもらえないだろうか？』

「承知しました。神殿には黒糖しかございませんが、よろしいですか？」

飴作りにはグラニュー糖が適している。黒糖は固まりにくくて失敗しやすい。でも材料が合っているか判断する分には問題ないだろう。

「わー」

頷《うなず》くと、ポーリック神官が恭しくお辞儀してくる。

「すぐにお持ちしますので、調薬室の中でお待ちいただけますか？」

『ありがとう。それと、私用の器具を揃《そろ》えてくれたこともありがとう。感謝する』

「お役に立ちましたのならば、望外の喜びでございます」

ポーリック神官を見送ってから調薬室に戻ろうと思ったのだけれど、私が調薬室に入るまでポーリック神官が動きそうになかったので、中に入って扉を閉めた。神官が過保護な件。

待っている間に薬液を煮詰めていく。ふつふつと軽い音を立てながら、湯気を昇らせる。

しばらくしてポーリック神官が戻ってきたので、調薬室の中に入ってもらう。ちらりと鍋に目を向けたポーリック神官は、きょとりと瞬《しばた》いてから鍋の中を凝視した。

なんだ？　何か異変があるのか？　もしかして、焦げてる？

「わー？」

根伸びして私も中を覗《のぞ》く。私の根丈《せたけ》では、鍋の底のほうはよく見えないな。

「にんじん様、よろしければ、私の手をお使いください」

『ありがとう』

私の努力に胸を打たれたのか、ポーリック神官が手を差し出してくれた。ありがたく乗らせてもらう。

「おお！　聖人参様が私の手に……！　女神様、ありがとうございます！」

雄叫《おたけ》びを上げながら泣いているが、たぶん気のせいだ。

ポーリック神官のお蔭《かげ》で鍋の底を確かめることができた私も、思わず驚いて凝視してしまう。

「わ⁉」

鍋の底が虹色になっていた。たとえるならばシャボン玉。夢いっぱいのファンシーな色である。

確認を終えたので、机の上に下ろしてもらった。なんだか残念そうな顔をされた気がするけど、気のせいだ。認めたら負けである。

焦げたわけではなかったので、もう少し煮詰めていく。飴玉一個分まで減らすのだ。

「にんじん様、他にお手伝いすることはありますでしょうか？」

「わー？」

手伝ってほしいことか。ポーリック神官は本当に親切だな。

『私は鍋を持ち上げることができないので、砂糖を入れて火を止めても鍋に変化がない場合、中の薬液を型に移してもらえると助かる』

手がないからな。

「承知しました。それで、型はどちらに？」

「わー？」

きょろきょろと辺りを見回す私。リングの中も確認してみる。

「わー……」

型がなかった。

私の動きを見ていたポーリック神官が、幼い孫を見るような温かい眼差《まなざ》しを注ぐ。

やめて！　恥ずかしさが増すから！

「どのような型が必要でしょうか？」

『熱湯を入れても大丈夫な材質で、一口サイズの大きさかな？　飴を作りたいのだ』

考える素振りを見せたポーリック神官は、思い当たる物があったらしく目尻を下げる。

「幾つか持ってきましょう」

『ありがとう。助かるよ』

調薬室を出ていったポーリック神官が持ってきたのは、杯のような平たい器と、お猪口《ちょこ》っぽい器だった。お猪口のほうは固まってから取り出しにくそうなので、杯のほうを借りる。

薬液が充分に減ったので火を止め、黒糖を入れて軽く溶かす。そして今度は弱火でじわじわ煮詰める。煮詰めすぎて鍋を焦がさぬよう、タイミングに注意だ。

『すまないが、鍋の中を確認したい。持ち上げてもらえるだろうか？』

「もちろんでございます！」

『ありがとう』

食い付きのよいポーリック神官に若干引きながら、手に乗せてもらった。落ちないように注意しながら、鍋の中を覗き込む。

砂糖水は摂氏百度より熱くなるし、体に付くと取れにくい。落ちたら大火傷《おおやけど》では済まないだろう。

それはそれでマンドラゴラ飴が出来上がりそうだけど、ガドルは食べてくれないと思うし、私も嫌だ。

たとえ復活できると伝えてあっても、彼は悲しむだろうから。

それはさておき。黒糖が黒いせいで、色の変化が分からないな。虹色が更に邪魔をしてくる。

「わー！」

今だ！　……たぶん。

ポーリック神官の手から飛び下り、コンロの火を消す。ほぼ勘である。

飴の素《もと》はポーリック神官によって、鍋から杯へ注がれた。後は冷えて固まるのを待つだけだ。

冷めるまでの時間を有効活用するため、ポーリック神官に聖魔法の使い方を教えてもらう。

「にんじん様は、戦闘に不向きなご様子。ガドル様に戦っていただくのであれば、聖水のほうが役に立つかと思います。如何《いかが》でしょうか？」

『では聖水の作り方から頼めるだろうか？』

「承知しました。まずは祈りの泉の水を用意します」

「わー」

樽《たる》に入った水をどんどんっと出すと、ポーリック神官が真顔になった。自由に使っていいと言われていたけれど、さすがに遠慮がなさすぎたか？

「わー……」

視線を逸《そ》らす私。目がないから、意味はないけどな！

こほりと咳払いをして、ポーリック神官がいつもの微笑《ほほえ》みを取り戻す。大人だ。

「通常は複数名で行うのですが、とりあえず私が見本を見せます。よく見ておいてください」

「わー」

よろしくお願いします。

お辞儀をすると、にっこり微笑んでくれたポーリック神官が、動きを説明しながら華麗な足捌《あしさば》きを披露してくれた。

「足を交差するように、右足を前から左足の向こうへ。それから左足を横へ動かして自然な体勢に戻します。今度は右足を後ろから左足の向こうへ。軽く跳ねて足を戻すと同時に、両手を肩の横で水平にし顔を左へ。再び前横後ろ跳ねながら手を肩の横、顔は右へ。これをもう一度繰り返します」

「わー……」

「そうしましたら、前に進みながら手を天に高く掲げて、女神様に祈りを捧げます。祈りの言葉に決まりはありません。それぞれが思いのままに祈ります」

「わー……」

私、その動きに見覚えがあるのだが、気のせいだろうか？　呪文染みた言葉と共に皆で両手を上げる、フォークなダンスだ。両手を肩の横まで上げたり、首を左右に動かしたりした記憶はないけれど。

「では、にんじん様。ご一緒にどうぞ」

「わー……」

教えてほしいと頼んだ手前、断り辛《づら》い。水が入った樽を挟んでポーリック神官の対面に立ち、ステップを踏む。頭の中で勝手に流れ始める、例の音楽。

「さすがは聖人参様！　一度見ただけでお覚えになるとは！」

何も知らないポーリック神官が感動しているけれど、おそらく異界の旅人の中には、すぐに踊れる者が少なくないと思うぞ。

そして両手を――手がないので葉を逸らして――

「わー！」

マイム・ベッサソン！

間違えた。つい、あの言葉を叫んでしまった。水を得た歓《よろこ》びを表す言葉だったはずなので、聖水を作るにあたって的外れな選択ではないだろう。きっとセーフだ。

内心で言い訳をしていると、樽の中の水が光り出す。

「なんと！　さすがでございます！　一株《ひとり》で聖水を作り出すとは！」

「わー……」

褒められているのに、なんだか釈然としない私。……ん？　一株《ひとり》？

『ポーリック神官も、共に踊っただろう？』

「私は祈っておりませんので」

「わー……」

祈らなければ発動しなかったらしい。

まあいいや。祈りの泉の水が聖水に進化したので、ありがたく頂いておく。

『死霊系の魔物には、聖水を掛ければいいのか？』

「直接掛けてもいいですが、基本的には聖騎士たちの武器や防具を清めるのに使います。聖水の質によって威力や維持できる時間は変わりますけれど、武器に掛ければ死霊系へのダメージが強化されます。防具や本人に掛けることで、防御力を上げることもできます」

『聖騎士以外の――例えば冒険者たちなどにも有効だろうか？』

「もちろんでございます。死霊系の討伐依頼を受けた冒険者は、神殿で聖水を求めてから討伐に赴きますから。ただし、聖水を掛けた後の祈りがないため、死霊系の魔物に対する攻撃力は、神官に清めてもらう聖騎士の剣より劣るそうです」

なるほど。聖騎士でなくても使えるのだな。そして聖水を掛けた後に、神官が祈りを捧げたほうが効果的っと。

……私、迷宮で踊らなければならないのか？　祈るだけでいいんだよな？　今回はガドルと二人だからまだいいけれど、他のプレイヤーもいる場所だと抵抗があるな。というか、神官は皆踊るのか？

一応、確認しておこう。

『祈りというのは、先ほどの踊りであろうか？』

「然様《さよう》でございます」

「わー……」

運営……。

「せっかくですから、聖魔法もお教えしましょうか？」

『頼む』

ぺこりとお辞儀する。聖水で懲りておけばよかったと後悔するまで、一分と掛からなかった。

「さ、ご一緒に」

「わー……」

二人で盆踊り大会を開催する、ポーリック神官と私。ご先祖様ではないけれど、あの世の人を送るのだから、間違ってはいないのだろう。たぶん。踊っている間に襲われそうだけれども。

そんなふうに死霊系の魔物に対する講習を受けている間に、【幻影の菓子（にんじんオリジナル・劣化）】が完成した。黒糖の茶色をベースにした平べったい飴は、光の加減で虹色に輝く。そして触れると、ぼろりと崩れた。やはりグラニュー糖が必要だ。

講習を切り上げる理由が出来て、やったーなどとは思っていないぞ。

まずは名前を付ける。今回は……。

「わー！」

妖精の悪戯な飴玉でどうだ！

【妖精の悪戯な飴玉（劣化）】

舐《な》めている間は姿を消すことができる。〈効果時間〉最大1秒。

「わー……」

一秒……。さすがに短すぎではないか？

しかし『にんじんオリジナル』の表記が付いていたということは、正しい作り方は他にあるのだろう。念のためレシピを表示してみると、作り方は私のやり方と大差なかった。ただし材料が、

・水×大さじ1
・砂糖×大さじ3
・幻想華の花弁×1
・マンドラゴラ×1

と、なっている。幻想華の花弁は一枚でいいみたいだ。マンドラゴラ《わたし》は丸ごと使うみたいだけど。

「わー……」

これ、マンドラゴラ水だけで、ちゃんと役に立つ状態になるのだろうか？

元の名前が【幻影の菓子】だから、飴以外が正解という可能性もあるな。マンドラゴラ水に花弁を浮かべたゼリーはどうだろう？　花弁のジャムを使ったパウンドケーキも美味《おい》しそうだ。

とはいえ何種類ものお菓子を試作してみるほど、幻想華の花弁に余裕はない。それに『舐めている間』という文言があるので、なるべく口の中に残るものがいいのではなかろうか。ならばやはり、飴が正解だろう。たぶん。

まあいい。姿は消せるのだ。材料を吟味して、性能を上げる方向で進めよう。

一通り確認したので、リングに【妖精の悪戯な飴玉】をしまう。それからポーリック神官にお礼を言って部屋に戻った。

神樹の苗君の隣に潜り、いつもの【友に捧げるタタビマの薫り】をプレゼント。きらきらと葉を煌《きら》めかせる神樹の苗君の隣で、ログアウト《おやすみなさい》。

さて、ログインっと。

部屋の中には誰もいない。ガドルはまだ帰ってきていないのだろうか。

「わー……」

聖騎士たちへの訓練を頼まれていると言っていたな。行ってみるか。

ぽてぽてと歩いて鍛錬場に向かう。

「わー」

鍛錬場の中を覗いてみるが、ガドルの姿はなかった。やはりまだ帰っていないのか。それとも私がログアウトしている間に出かけたのか。

「わー……」

無意識にガドルを当てにしているな。反省。私だけで砂糖を買いに行くとするか。

出口に向かっていたら、記憶にある顔を発見。陽炎《かげろう》たちだ。声を掛けようか迷っていたら、ハッカも気付いてこちらにやってきた。

「にんじん！　やっぱり最初に王都を解放したの、にんじんだったんだー？」

うりうりと、ハッカが肘で突いてくる。

「わー」

なぜばれた？　恥ずかしいではないか。

「王都に到達している異界の旅人《プレイヤー》は少ないからねー。それに、以前一緒にいた彼。噂《うわさ》の酒瓶持った獣人でしょー？」

「わ？　わー……」

酒瓶持った獣人……。私のせいで、ガドルに不名誉な二つ名が付いてしまっていた。酒瓶ではなく、マンドラゴラ瓶だ。

「今日は一緒じゃないんだね？　神殿にいるってことは、これから他の町に転移するの？」

『いや、ここに住んでいるだけだ』

「住んでるって……。え？　にんじんの職業ってもしかして……」

『せ……神官だ』

危ない。ばか正直に、聖人参と言いそうになった。知られてなるものか！

「神官!?　キル必至の？　大丈夫なの？」

「わー？」

なんだ？　それは？

驚愕《きょうがく》した表情のハッカに、唖然《あぜん》としてしまう。

「ほら、魔力の回復方法って、見つかってないでしょ？　だから魔法系の職業だと、ログアウト前にわざと魔物にやられて魔力を回復してるんだよ」

「わっ？」

なんだ？　その物騒な方法は。

「あれ？　にんじんは魔力回復してないの？」

きょとんと瞬いて見つめてくるハッカ。その視線が探るように厳しいものとなってきた。

だが魔力回復薬を使用しているとは、表皮《くち》が裂けても言えぬ。マンドラゴラが材料だと知られたら、私が刻まれてしまうからな！　……別の魔力回復薬を、本気で探す必要があるかもしれぬ。

じとりとした眼差しを受けて、根《み》を引いてしまう。だが待てよ？

『神殿で祈りを捧げればよいのではないか？』

「もちろん試したよ？　でも生命力の自動回復は手に入るみたいだけど、魔力の回復は……って、あれ？　にんじんはもしかして、魔力の自動回復を手に入れた？」

「わー」

頷くと、ハッカが目を見開く。後から来たシジミもちょっと驚いた顔をしている。陽炎とサラダは興味がないのか、こちらの様子を見ているだけだ。

「うわー、再挑戦してえーっ！」

「やり直してもアイテムが消えるだけで、一度しか挑戦できないみたいだからねえ」

天井に向かって叫ぶハッカに、苦笑するシジミ。

たしかに同じ神殿だと、一度目以降は何度祈っても女神様は出てこなかった。けれど、ハッカたちの言い方には違和感を覚える。

『ファード、セカード、王都のそれぞれで祝福が貰えたが、全ての町で祈ったのか？』

一つは加護だったか。まあ些細《ささい》な違いだ。放っておこう。

指摘してみると、二人が狐《きつね》に摘《つま》まれたような顔で私を凝視した。

「町を変えれば、再チャレンジ有りなの？」

「運営！　罵倒してごめん！」

シジミが驚きの声を上げ、ハッカは天に向かって叫ぶ。仲良しだな。

「ちなみにだけど、にんじんは何を捧げたか聞いていい？　持ち物の中で一番価値のあるアイテムを捧げれば、確率が高くなるって噂なんだけど」

『私が作ったアイテムやボスドロップだな。一番価値があるとは限らないと思う』

金塊は一番だったかもしれないけれど、セカードで捧げた【友に捧げるタタビマの薫り】に比べれば、イエアメガエルの着ぐるみのほうが価値は高いと思う。

目を輝かせて聞いてきたハッカは、思った情報が得られず、肩を落として残念そうだ。

「じゃあ運かー。運で三連引いたの？　凄《すご》いね、にんじん」

「わー？」

運だったのか？　出すぎだとか思ってすまぬ、女神様。

「さっそく拝んでこよーよー」

「そうだね」

ハッカに促されて、礼拝堂のほうへ意識を向けるシジミ。

「情報ありがとーねー！」

「わー」

手を振りながら、嬉《うれ》しそうに去っていくハッカたちに、私も葉《て》を振り返す。だがなぜか陽炎だけその場に残り、私を見つめていた。無表情なので、何を考えているのか分かり辛いな。

「わー？」

どうした？

「何か必要な物はあるか？」

「わー？」

不思議な質問に戸惑い、呆《ほう》けた声が出る。

「情報料だ。やはりボスアイテムがいいか？」

「わーわー！」

陽炎がまた何か取り出そうとするので、慌てて首《くび》を横に振った。見返りが欲しくて話したわけではないぞ？

「そうか。……では、もしも他のプレイヤーに絡まれたら、私の名前を出してくれて構わない」

私が断ったからか、しばし悩んだ素振りを見せた彼は、そんなことを言い出す。

「わー？」

それこそ、なんでだ？

「私が言えた義理ではないけれど、酔《よ》い醒《ざ》ましを持っていると知られれば、譲るように強要してくる者もいるかもしれない。私は有名らしいから、抑止力になるだろう」

なるほど。珍しいアイテムを持っているから、欲しがる人がいるというわけか。しかし有名って、陽炎は強いのだろうか？　それとも、サラダが他でもやらかしまくっているのか？

「わー……」

苦労人なのだな。頑張れ。

温かい眼差しをプレゼントしていると、サラダが陽炎を呼ぶ声が聞こえた。

「今行く。……それでは失礼する」

「わー」

陽炎は軽く礼をして、仲間のもとへ戻っていく。

「よっしゃあー！『女神の祝福』（魔力）ゲットだぜー！」

私も歩き出そうとしたら、ハッカの叫び声が響いてきた。目当てのギフトを手に入れたらしい。おめでとう。


神殿を出て街の中を歩く。

ハッカが言っていた通り、まだ王都に辿《たど》り着いたプレイヤーは少ないのだろう。行き交う人はこの世界の人たちばかりだ。……強かったんだな、岩人形。ガドルは一撃で倒していたけれども。

スタート地点みたいな混雑はないので、踏まれる危険は少ない。とはいえ油断は禁物だ。周囲に警戒しながら、ぽてぽてと進む。

『砂糖はありますか？』

香辛料を売る店を発見したので、声を掛けてみる。

「うちはそんなの売ってないよ？」

「わー……」

他にも売ってそうな店を当たったけれど、全滅である。やはりガドルが帰ってくるまで待つべきだったか。せめてポーリック神官にどこで売っているか聞いてくるのだった。

待てよ？　白砂糖は出回っていない可能性もあるのではないか？　文明的に、まだ精製方法が開発されていないとか、お金持ちじゃないと手に入らない可能性がある。

「わー……」

思わず黄昏《たそがれ》てしまう。帰ろうかな。

根冠《きびす》を返そうとしたところで、立派な筋肉を発見。違う。マッチョなプレイヤーだ。男性っぽいけれど、チャイナドレスを着ている。頭には猫耳。現実なら女性として対応するけれど、VRでこういうアバターを使っている場合、精神はどちらなのだろう？

悩んでいたら、視線が合った。

「あらあら、こんな所に人参さんが。今日はカレーにしましょうか？」

左の頬に手を添えて、こちらにやってくる。声は鈴を鳴らしたように愛らしい。

「わー……」

私を食べると言うのか。せめて美味しいカレーを作ってくれ。

だが私はまだ、やらなければならないことがある。カレーになるわけにはいかない。

どうやって逃げ切るかと葉《あたま》を悩ませていたら、近くの店からお連れさんが溜《た》め息《いき》を吐《つ》きながら出てきた。エルフ族のショタだ。片眼鏡を付けたインテリ風。

「よく見てくださいよ、豚。プレイヤーです」

豚!?　ショタエルフがチャイナなマッチョに呆《あき》れ眼《まなこ》を向けているが、私はショタエルフにどん引きだ。豚は可愛《かわい》いと思うけれど、女性に使っていい呼び方ではないぞ？

しかしチャイナなマッチョは平然とした様子。

「あらあら、本当。にんじんさんと仰《おっしゃ》るのね？」

私の名前を見るためか、私の前に屈《かが》みこんだ。

「わっ!?　わわーっ!?」

ちょっ!?　見える！　私、根丈《せたけ》が低いから、屈まれたら見え……ないな。ブラックホールが施されていた。安心だな。色々な意味で。

「はじめまして。豚です」

「わー……」

チャイナなマッチョの頭上には、確かに『豚』の一文字。

なぜそんな名前にした!?　彼女の自由だけど！　自由だけど……。アバターといい、ちょっと関わりたくないぞ？

とはいえ挨拶を無視するわけにもいかないので幻聴発動。

『マンドラゴラのにんじんだ』

「まあまあ。マンドラゴラさんだったのね。じゃあ、カレーに入れるのは無理かしら」

「わ!?」

プレイヤーだと知ってもカレーに入れるのか⁉　ついに私は刻まれてしまうのか？

「わー……」

「豚、いい加減にしなさい。連れが申し訳ありません、にんじんさん。僕は丹紅《にく》と申します」

豚を窘《たしな》め、眉を八の字に下げて丁寧な口調で謝ってくれる、ショタエルフこと丹紅。こっちも凄い名前だな。

『にんじんだ。襲わないなら気にしなくていい』

「そう言っていただけると助かります。では失礼しますね。……行きますよ、豚」

去っていく二人を呆然《ぼうぜん》としたまま見送る。なかなか濃いキャラだった。

さて、私も神殿に帰ろうかと動き出したところで、根冠《あし》が止まった。振り返り、先ほど豚と丹紅が出てきた店を確認する。看板に描かれているのは、クッキーの絵柄。

「わー！」

甘味処《あまみどころ》！　ここなら砂糖を売っていなくても、入手方法は知っているのではなかろうか。

いそいそと店に入る私。まずはクッキーを幾つか購入。

『すみません。砂糖ってどこで手に入りますか？　できれば妖精が好む砂糖をご存知でしたら教えてほしいのですけれど』

「妖精？　それなら砂糖茸《さとうたけ》ね。でも滅多に出回らないわ」

『砂糖茸？　どこで採れますか？』

「東門を出て、街道から逸れて東に向かった先よ。詳しい場所は知らないわ」

『ありがとうございます』

情報のお礼にパウンドケーキも追加で購入。

ガドルは甘党だったかな？　まあガドルが食べないなら、スラムの子供たちにあげればいいか。

砂糖の情報が手に入ったので、意気揚々と神殿に引き上げることにした。


神殿の部屋に戻ると、ガドルが待っていた。どうやら用事は終わったらしい。

『武器は出来たのか？』

「この通りだ」

ガドルの失われた左腕には、金属製の義手が嵌《は》まっていた。熊手を思わせる金属製の指が伸び、日常生活よりも戦闘に重きを置いた造りになっている。正直格好いい。もっとよく見てみたくて、イエアメガエルの着ぐるみを装備して腕に飛びつこうとしたら避《よ》けられた。

「わー？」

触れられるのは嫌か？

「気を付けろよ？　指は切れ味のいい刃物だ。うっかり触るとお前を刻みかねん」

「わー……」

握り潰されるリンゴならぬ、握り切られるマンドラゴラ。一瞬でマンドラゴラの輪切りが出来てしまうのだな。

「にんじんのほうはどうだ？」

『そのことなのだが……』

黒糖で作った【妖精の悪戯な飴玉】を取り出し、ガドルに見せる。効果を聞いたガドルは難しい顔だ。一秒だからな。

『原因は、黒糖だと思うのだ。飴を作るには適していないからな。それと……』

もう一つの懸念点。

『私はこれを食べられない』

「……そうだな」

頷くガドルは、間違えて骨を呑《の》み込んでしまったように無表情だ。

どうしたものかと悩む私の前に、ガドルが腕を差し出した。

「鎧《よろい》にくっ付いていれば、共に消えられるかもしれん」

「わー？」

そんな都合のいい話があるのか？

「気を悪くするかもしれないが、見た目に影響を与える魔法というのは、身に着けている物にも及ぶ。だから、な……」

歯切れの悪いガドル。

ガドルの従魔どころか、アクセサリーとして世界に認識されているかもしれないということか。

「わー……」

壁を見つめる私を、居たたまれなさそうに見守るガドル。

だが考えてみれば、特に問題はないどころか、メリットのほうが大きいのではなかろうか？

迷宮で罠《わな》に掛かったとき、全員が違う場所に転移することもあると聞いた。迷宮で私が一人になったら、確実に詰む。しかし彼の一部と認識されるなら、離れ離れになることはないだろう。

思ったことをガドルに話したら、虚を突かれた顔をした。それから【妖精の悪戯な飴玉】に真剣な眼差しを注ぐ。

「これは試しに使っても大丈夫なのか？」

「わー」

構わないぞ。失敗作だからな。

「なら、ちょっと待っててくれ」

部屋から出て行こうとしたガドルが、戸を開けたところで動きを止めた。廊下に声を掛け、すぐに戻ってくる。後ろにはポーリック神官の姿があった。

呼びに行こうとしたら、戸の前にいたんだな。私、見張られている説。

「すまないが、俺とにんじんが消えたか確認してほしい」

「分かりました」

誰かが見てないと、本当に消えたのか分からない。だから呼びに行ってくれたみたいだ。

『効果は一秒だ。よろしく頼む』

「……承知しました」

少しばかり笑顔が引き攣《つ》ったポーリック神官だけど、頷いてくれた。

さっそくガドルにぴとり。見えやすいように、今日は胸に止まる。

「では、行くぞ？」

「わー！」

「どうぞ」

私とポーリック神官の返事を聞いて、ガドルが【妖精の悪戯な飴玉（劣化）】を口に運ぶ。

「わー？」

どうだ？

後ろを向いてポーリック神官を見ると、驚いた顔をしていた。どうやら成功したみたいだ。

「本当に消えるのですね。ええ、にんじん様もガドル様も、お姿が見えませんでした」

「にんじんの声は聞こえたか？」

「ええ。何もない場所から、天使のようなお声が」

「わー……」

そこは普通に、私の声と言ってほしい。

ガドルが顔を逸らして笑いを堪《こら》える。言いたいことはあるけれど、このまま品質を上げれば使えることが分かったので、よしとしよう。音は聞こえることも分かったので、この点には注意が必要だな。

「あとは黒くない砂糖だったな。さっそく買い出しに行くか？」

『どこに売っているか知っているのか？』

ポーリック神官の前で、噴き出さないよう耐えているのが辛くなったらしい。ガドルは早々に私を連れて出かけようとする。

「薬師《やくし》ギルドで扱っているやつではないか？　白いやつだろう？」

「わ？」

なんだと？

言われてみれば、白砂糖が出回り始めた当初は、甘味料ではなく、薬として使われていたと聞いたことがある。今では薬ではなく、毒に近い扱いをされているけれど。

『では足りない分は、白砂糖で補うとしよう』

「白砂糖以外にも必要なのか？」

『町で、妖精は砂糖茸が好きだと聞いたのだ。できればそちらを使いたい』

そう提案したら、ガドルが顔をしかめた。

「わー？」

どうした？

「俺が採ってこよう。にんじんは神殿で待っていろ」

「わー？」

なぜだ？

「……砂糖茸は草原蟻《そうげんあり》の巣から採れると聞く。手に入れるには、草原蟻を殲滅《せんめつ》することになるぞ？」

「わー……」

コロニーにいる草原蟻を、全滅させなければならないパターンか。それは可哀《かわい》そうだな。だが私がここで大人しく待っている間に、ガドルだけに手を汚させるのは、もっと許せない。

「わー……」

どうしたものか……。蜂なら煙で追い出せると聞くが、蟻はどうなのだろうか？

決めかねていると、ガドルが苦笑する。

「見に行くだけ行ってみるか？　運がよければ、放棄された巣が見つかるかもしれない」

『友よ、ありがとう』

「気にするな」

ガドルにばかり負担を掛けているというのに、嫌な素振り一つせず白い歯を見せて笑う。本当にいい男だな。件《くだん》の騒動がなければ、モテモテだったのではなかろうか？

「決まったなら行こう」

「わー！」

ポーリック神官に見送られて、私たちは東の草原に向かった。


東門から王都を出ると、草原が広がっていた。門からは北の山を回り込むように、一本の街道が延びる。その先にあるのはサースドの町だ。

甘味処で教えてもらった通りに、街道から外れて東へ進む。街道を外れた当初は、人間の踝《くるぶし》ほどしかなかった足下の草。しかし奥に進むにつれて草丈が伸びていく。

ガドルの膝ほどまで伸びる頃には、見かける人は、プレイヤーばかりになっていた。

「街道から外れると、魔物との遭遇率が高くなる。だがこの辺りの魔物を倒しても、大した稼ぎにはならない。北の山のほうが効率がいいと思うのだが……。何か奥から出てきたのか？」

ガドルが首を捻《ひね》りながら、警戒を高め辺りを鋭く見回す。

「いたぞ！」

プレイヤーの一人が声を張り上げた。すると草原にいたプレイヤーたちが、一斉に走り出す。

「にんじん、目を閉じていろ。揺れるからしっかり貼りついていろよ？」

「わー」

珍しく、ガドルが低い声で促した。よほど危険な魔物がいるのかもしれない。私はガドルに振り落とされないよう、イエアメガエルの体をきゅっと小さくして、しっかり貼りつく。

「わー、わー、わー」

ロデオも真っ青な揺れに、思わず声が漏れる。プレイヤーたちの声が、どんどん遠ざかっていった。

「もういいぞ」

「わー」

いつもと変わらないガドルの声で、視界を開く。周囲を見回すと、プレイヤーの姿はなかった。

そこからは、のんびりと歩く。一定のリズムで刻まれる揺れに慣れてしまったのか、ちょっと眠たくなってきた。

「いたぞ。……にんじん？」

「わ？」

「寝ていたのか？」

「わー……」

すまぬ。

ガドルに起こされて、前方を見るように促される。肩山に立つと、大きな蟻が見えた。緑色をしていて、大型犬ほどの大きさがある。

「草原蟻だ。尾《つ》けてみるか？　巣まで案内してくれるかもしれない」

『頼む』

草原蟻は草むらの中を進んでいく。時折足を止めて振り返るけれど、攻撃してくる気配はなかった。それでも警戒はしているのだろう。触覚を揺らしたり、首を傾《かし》げたりしながら、数秒ほど私たちを見つめてくる。

ガドルは焦ることなく姿勢を低くして動きを止め、草原蟻が歩き出すのを待つ。

私たちに敵意はないと理解したのか、草原蟻が歩き出した。すかさずガドルが後を尾ける。

ガドルの胸ほどまで伸びた草が、草原蟻を覆い隠す。体色が緑色なのもあって、見失いそうだ。ガドルは耳や鼻を動かして、追跡を続ける。

奥へ、奥へと進むと、草丈がガドルの背丈を越えた。掻《か》き分けながら進む先に、意外なものが現れる。

「わー……」

竹だ。立派な竹が、みよーんっと伸びていた。直径が一メートルはあるのではなかろうか？　高さは高すぎてよく分からない。砂糖茸と聞いていたのに、茸《きのこ》ではなく竹だったらしい。タケ違いだな。

いや。これ、もしかすると竹ではなくて、砂糖黍《さとうきび》なのではなかろうか。

しかしもっと遠くからも見えそうな存在感なのに、近くまで来なければ気付けなかった不思議。この辺りはゲームだと感じさせるな。

「あの根元が巣みたいだな」

ガドルは巣を刺激しないよう、慎重な足取りで砂糖茸と思われる竹に近付いていく。

「これだな」

「わー……」

茸が生えていた。竹からちょこんと生える、白いマッシュルーム。なんだか騙《だま》された気分だ。

もやもやとした気分だけど、目的の茸は見つけた。収穫して帰ろう。

ガドルも同じ考えらしく、茸に手を伸ばす。だけど彼の指先が白い笠《かさ》に触れたとたん、ガドルは竹から距離を取った。

「わ!?」

どうした!?

何事かと周囲を見回す。するといつの間にか、草原蟻に囲まれていた。

数匹なんて、生易しいものではない。数十匹――いや、百を超えるか。かちかちと顎を打ち合せ、警戒音を鳴り響かせている。

現実世界で茸を育てている蟻は、その茸を食料としていると聞く。草原蟻たちにとっても、砂糖茸は大切な食料なのだろう。それを奪いに来たのだ。敵と認識されるのは当然か。

「数が多いな。さすがにこれは……」

ガドルの表情が歪《ゆが》む。

「にんじん、鎧の中へ隠れていろ。なるべく殺さないようにするが、もしものときは許してくれ」

「わっ⁉」

待て！　まさかこの状態でも、私の気持ちを優先するつもりか？

抵抗する間もなく、ガドルが私を掴《つか》み、鎧の隙間から押し込もうとする。

慌てて幻聴発動。

『待ってくれ！　私はお前に傷付いてほしくない！　話を聞いてくれ！』

草原蟻たちはまだ警戒音を鳴らしているだけで、襲ってくる気配はない。ゲームだからどこまで再現されているか分からないけれど、現実なら、静かに立ち去れば見逃してもらえる可能性が高い段階だ。……睨《にら》まれたら終わりだけど。

そう説明を続けようとしたのだが、話す前にガドルが止まった。

「わ？」

止まったのは、ガドルだけではない。なぜか草原蟻たちの警戒音も止まっている。

「わー？」

どうしたんだ？

草原蟻たちを見回し、それからガドルを見上げた。

「にんじん？　アイツらをおとなしくさせるギフトを持っていたのか？」

「わーわー？」

葉《くび》を左右に振る。

草原蟻たちが大人しくなったのをいいことに、うーんっと考えてみることに。

……考えられるのは、やはりアレか。

幻聴発動。

『騒がせてすまない。巣や君たちに危害を加えるつもりはない。理由があって、砂糖茸を少し譲ってほしいのだ』

伝わるのか分からないけれど、草原蟻たちに向けて話しかけてみた。

じっと私を見つめてくる草原蟻たち。しばらくして、蟻同士で触角を触れ合わせる。どうやら会話をしているっぽい。

黙って様子を窺《うかが》う私とガドル。いつでも鎧に突っ込めるよう、私はガドルに握られたままだ。

話し合いが終わったらしく、草原蟻たちが触覚の触れ合わせを止めた。険の取れた丸くてつぶらな瞳が、私を見つめる。そして何かを伝えるように、触角をゆらゆらと揺らした。

蟻は小さすぎてあまり意識を向けたことがなかったけれど、こうして見ると可愛いな。

「なんて言ってるんだ？」

草原蟻たちを視界に入れたまま、ガドルが問うてきた。

『分からぬ』

残念そうな眼差しを送らないでくれ。私が一番、残念に思っているのだから。

幻聴は私の言葉を相手に届かせるギフトで、相手の言葉が理解できるわけではないのだ。

ガドルからの視線に耐えていたら、草原蟻たちまで触覚を垂らし、残念そうな雰囲気を醸し出して私を見てきた。

「わー……」

私、いじけてもいいだろうか？

ガドル一人からでも辛いのに、百を超える残念な眼差しは耐えられぬ。

拗《す》ねていても進展しないので、草原蟻たちの意思を読み取ることに注力する。

草原蟻たちは、私の言葉を聞いて、敵意を収めてくれた。つまり、彼女たちは砂糖茸を私たちが採取することを、許してくれたのではなかろうか。

『砂糖茸を貰ってもいいのだろうか？　いいのなら、首を上下に振ってほしい』

誤解が生じないように、具体的な行動を提示する。

思っていた通り、草原蟻はためらいがちではあるけれど、首を上下に振ってくれた。触覚がみょんみょん揺れて可愛いな。

「では貰って帰ろう」

返答を貰って、ガドルが砂糖茸に手を伸ばす。すると草原蟻たちが再び顎を打ち合わせ、警戒音を響かせる。ガドルが手を引くとすぐに鳴り止んだけれど、私たちは混乱してしまう。

「採取してもいいのではなかったのか？」

「わー？」

顔を見合わせる私とガドル。

「交渉したにんじんしか許さないということか？」

ガドルはそう推察した。けれど、それだと幻聴持ちしか採取できないことになる。マンドラゴラを優遇しすぎではなかろうか。

疑問は残るが、私なら採取を許されるというのだ。ならば、私が採るしかあるまい。イエアメガエルの着ぐるみを脱ぎ、ガドルの掌《てのひら》に乗せられて竹に近付く。

念のため、試しに葉《ゆび》で砂糖茸に触れてみる。草原蟻たちの動きに変化はなかった。やはり私なら大丈夫みたいだ。

「わー……」

手のない私はガドルの掌に仰向《あおむ》けとなり、二股の根《あし》で砂糖茸を挟んで抜く。お間抜けな姿である。ガドルはタタビマ採集で慣れているので表情を変えないが、プレイヤーには見られたくないな。

砂糖茸は予備も含めて、二つ採らせてもらった。

「それだけでいいのか？」

ガドルが私と砂糖茸を、交互に見る。

『ああ。足りるか分からないが、おそらく砂糖茸は、草原蟻たちにとって大切な食料なのだと思う。採りすぎはよくないだろう』

「そうか。ならば帰るぞ」

「わー」

私が頷くと、私を掌に乗せたまま、ガドルが歩き出そうとした。

『ありがとう！　大切に使わせてもらう！』

慌てて草原蟻たちに葉《て》を振る。草原蟻たちは触覚を揺らして見送ってくれた。

「これでは次から倒せんな」

揃って触角を揺らしている草原蟻たちを見て、ガドルが苦笑する。

「もしかすると、にんじんが草原蟻を討伐していないから、譲ってくれたのかもしれないな」

「わー？」

イエアメガエルの着ぐるみを着て肩に貼り付いた私に、ガドルがそんなことを言い出した。

なるほど。仲間を討伐していないことが、草原蟻たちから砂糖茸を譲ってもらえる条件だと考えたわけか。可能性でしかないけれども。

王都に戻った私とガドルは、薬師ギルドで白砂糖を買い、商店街で飴の型を買ってから、神殿へ帰った。

今夜も神樹の苗君に回復薬をお裾分けして、隣でログアウト《おやすみなさい》。

草原蟻から砂糖茸を貰った翌日。ログインした私は、ポーリック神官と調薬室に籠った。マンドラゴラ水を濃縮するため、借りた大鍋でマンドラゴラ水を煮詰めていく。

部屋の中が湯気で濃霧状態だ。換気扇が欲しい。

「窓を開けますね」

「わー」

お願いします。

待ち時間を利用して、聖水も作る。

「わー、わー、わー、わー」

一人でマイムなマイムを踊る私。

「素晴らしいです！　にんじん様！」

「わー……」

ポーリック神官が称賛してくれるけれど、嬉しさよりも虚《むな》しさが募っていく。それでも負けず、樽の水を次々に聖水へ変えていった。

「鍋のほうが、そろそろよろしいようです」

「わー」

大鍋で煮詰めていたマンドラゴラ水の一部を、ポーリック神官に頼んで小鍋へ移し替えてもらう。そこへ幻想華の花弁の欠片を加えて弱火で煎じる。薬液が虹色に染まり、分量も丁度よさそうになったところで火を止め、白砂糖を溶かした。

いきなり砂糖茸を使うほど、私は大胆ではない。まずは砂糖の種類で効果が変わるのかを確認だ。

再び鍋を火に掛けて、色が変わってきたところで火を止める。ポーリック神官によって、薬液が型に流し込まれていく。後は冷めて固まるのを待つ。

そうして完成したのはこちら。

【妖精の悪戯な飴玉（劣化）】

舐めている間は姿を消すことができる。〈効果時間〉最大10秒。


黒糖で作った飴玉よりも、効果時間がかなり延びた。これなら砂糖茸に期待が持てそうだ。

鍋に残っている凝縮したマンドラゴラ水を小鍋で温め直し、幻想華の花弁を一枚投入する。今までは欠片を使っていたけれど、今度は本番なので万全を期すのだ。

煮詰めてから砂糖茸を加えたら、色が変わる瞬間を慎重に見極める。

「わー！」

ここだ！

「承知しました！」

私の合図で、ポーリック神官が型に流し入れた。どうか巧《うま》くいってくれと、祈る気持ちで見つめる。


【妖精の悪戯な飴玉（不良）】

舐めている間は姿を消すことができる。〈効果時間〉最大1分。


時間が大幅に増えた。だが一分で見張りの目を掻《か》い潜《くぐ》って、地下迷宮に潜入できるだろうか？

悩んでいても仕方ないので、ガドルのもとに行って相談してみることにする。

『ポーリック神官、付き合ってくれてありがとう』

「勿体《もったい》ないお言葉でございます。また必要となりましたら、いつでもお申し付けください」

手伝ってくれたポーリック神官にお礼を言って、鍛錬場を目指す。

途中ですれ違った神官たちが、恭しく膝を折って道を譲ってくれた。蹴られる心配がなくて助かるけれど、むず痒《がゆ》いな。そして、慣れてきている気がする今日この頃。

「わー……」


鍛錬場では、ガドルが完全装備の聖騎士たちと戦っていた。ガドルも神鉄《しんてつ》の鎧をまとい、金属製の義手とクローで武装している。

武器屋で見たクローと違って、手の甲側に爪が付いたタイプだな。格好いいぞ。

ガドルは一対多の対戦でありながら、次々と聖騎士たちを打ちのめす。

「わー」

強いとは聞いていたけれど、本当に強いのだな。

邪魔にならないよう、静かに見学させてもらう。

対戦していた聖騎士たちが全員倒れると、ガドルが私に気付きこちらへ来た。

「にんじん、来ていたのか」

「わー」

「義手に慣れるために、模擬戦を頼んだのだ。一本ずつは動かないし、微妙な力加減もできないが、なかなか使い勝手がいいぞ。これならだいぶ奥まで潜れそうだ」

ガドルは満足そうに義手を右手で撫《な》でる。それから顔を上げて私を見た。

「にんじんのほうはどうだ？」

『出来たぞ。ただ効果が一分なのだ。やはり無理か？』

眉をひそめるガドル。彼にも判断が難しいみたいだ。

「とりあえず、一度様子を見に行かないか？」

「わー」

入り口がどういう状況か分からなければ、見当の付けようがないものな。

そんなわけで、地下迷宮を見に行くことにした。


王都から西門を出て、セカードの町へ通じる街道を進む。ガドルは途中で道を逸れ、森の中に入る。

森の中では、子蜘蛛《こぐも》が何匹か出てきた。大蜘蛛に比べると小さいけれど、上から降ってくるので隙を突かれそうだ。それでもガドルは難なく追い払う。

「子蜘蛛よりも、巣が鬱陶しいな」

ガドルがぼやくのも頷ける。

森のあちらこちらに、蜘蛛の立派な巣があった。中にはトラップのように、木から木へと張り巡らされたものもある。奥へ行くには、それらを取り除きながら進まなければならない。途中で拾った枝を使って絡め取っているけれど、すでに大きな綿飴が出来上がっていた。

「ところで、後ろの奴《やつ》はどうしてほしい？」

「わー？」

後ろ？

振り返ろうとしたら、ガドルに掴まれた。

「先ほどから尾けられている。……にんじんなら振り返っても問題なかったか」

「わ？」

言われて自分の姿を確認する。

プリティキュートな蛙《かえる》さんにメロメロになっても、見られているとは思わないということか。

『敵か？』

「敵意はない。だが何をしたいのか分からん。……異界の旅人みたいだな」

ふむ。異界の旅人なら、単なる好奇心の可能性が高いな。珍しい魔物やアイテムが手に入らないかと、ガドルを尾けてきたのだろう。

しかしどうしたものか。彼らはこちらの事情を知らない。もしもこのまま付いてきたとしたら、地下迷宮を見て騒がないだろうか？　そうなれば見張りの者たちに、ガドルの存在を気付かれてしまう可能性が出てくる。

「引き返すか？」

ガドルが問うてきたけれど、答えられなかった。

今日は様子を窺うだけの予定だ。無理をする必要はない。けれど私たちがここで引き返したとして、付いてきている彼らも引き返してくれるだろうか？

地下迷宮を見つけてしまうだけなら構わない。だけどガドルのことを話されてしまうと面倒だ。

デッドボール男爵に警戒されて、警備が厳重になってしまうかもしれない。ならばいっそのこと……。

『なあ、ガドル。このまま地下迷宮に入っても問題ないか？』

「構わんが……。そうだな。そのほうがいいだろう」

ガドルも同じ考えに至ったらしい。渋い表情で同意した。

尾行を撒《ま》くため進路を変えて歩き出したガドルに、【妖精の悪戯な飴玉】を渡す。

『先に渡しておく。消えていられるのは、飴が口の中にある一分だ。噛《か》み砕くと効果が切れる可能性がある。ガドルのタイミングで食べてくれ』

「分かった。……綺麗《きれい》だな」

指で摘まれた飴に光が当たると、飴の中に虹が現れた。

ガドルは義手の手首にしまい、緩んだ表情を引き締める。

「わ？」

手首に？

「前腕の部分が収納になっている」

私の驚きを見て、にやりと笑いながら義手を肩の高さに上げて見せてくれた。手首の辺りにスライド式の小窓があり、すぐ下の腕部分には片開きの戸が付いている。前腕のほうは、ちょうど小瓶が入る大きさだった。

「スライム蛭《ひる》の膜を張ってあるから、多少の衝撃では中にある物は壊れん」

緩衝材みたいなものか。

「わー」

ならばこれを入れておけと、【友に捧げるタタビマの薫り】の小瓶を出す。

『回復薬だからな』

「分かっている」

酒代わりに飲むなよと念を押しておく。

自覚があるのだろう。ガドルは苦笑した。

そうしてプレイヤーを撒き、再び地下迷宮へ向かって進路変更したところで、声を掛けられる。

「あらあら、にんじんさんではありません?」

「わ?」

視線を向けると、豚がいた。……いや、違う。違わないけど、チャイナなマッチョのお姉さん（見た目は男）だ。今日はでっかい盾を持っている。先日会ったときも一緒にいたショタエルフの丹紅と、その他に三人いた。

スキンヘッドの爽やかなぽっちゃり系剣士は、たぶん人間。赤い頬紅が印象的で、頭上に表示されている名前は『アンマン』。

こいつ、もしかして某有名キャラクターを意識してアバターを作ったのだろうか？

残る二人は、金髪をポニーテールにした女性エルフの弓使いと、白ローブの少年。少年はフードを被っているので種族はよく分からぬ。名前はそれぞれ、『カレーナ』に『ピッツア』。

そこまで確認して気付く私。

「わー！」

中華饅《ちゅうかまん》戦隊か！　西の森を初攻略したパーティだ。

名前か。パーティメンバーの名前を中華饅で揃えたのか。そして五人だから戦隊か。しかしメンバーはよく承知したな。

「にんじん、知り合いか？」

『先日、買い物途中に声を掛けられた』

私をカレーにしようとしたとは言わない。ガドルの機嫌が悪くなるのは、目に見えているからな。

「あらあら。覚えていてくださったんですね？」

のほほんっと頬に手を当てて微笑む豚。

「本当にいた……」

なぜか絶望した様子で、膝から崩れ落ちるピッツア。どうした？

「あー、気にしないでくれ。ピッツアは最初スライムを選んだのだが、挫折したのだ」

「わー？」

アンマンが苦笑しながら説明してくれた。説明されたが、やはり理解できぬ。スライムと私に、何の関係が？

「……にんじん」

「わ？」

ガドルから静かな声が振ってきた。顔を見ると、眉間にしわが深く寄っている。

「わー……」

地下迷宮が近いから警戒していたのに、すまん。

『悪い。今、……えーっと、そう、クエスト中なんだ。もう行ってもいいか？』

「どんなクエストか、聞いてもいいですか？」

「わー……」

これ、どこまで話していいのだろうか？　というか、クエストというのは方便なのだが。

「にんじん」

「わー」

ガドルの耳がひょこひょこ動いている。もしかして、後を尾けていたプレイヤーたちに先を越されたのか？

『隠密《おんみつ》タイムアタックだ。急ぐので失礼する。……行こう、ガドル』

「それは失礼。よろしければクエストの内容を、後で掲示板に書き込んでください！」

背中に向かって手を振ってくれる中華饅戦隊。悪い人たちではないのだろうけれど、隠密って言ったよね!?　あと私、掲示板って書き込んだことないから期待しないでほしい。

「わー……」

若干疲れたが、意識を切り替える。焦燥に駆られているのは、私よりもガドルのほうだろう。

『すまん』

「にんじんのせいではないだろ？　だが急ぐ。しっかり掴まっていろ」

「わー」

了解。走り出すガドルの肩に、腹までぴっとりと貼りつく。

しばらくして、ガドルの表情が険しくなった。

木々の先に小さな岩山があり、そこに見張りと思われる兵が数人立っている。ついでにプレイヤーらしき存在が数名。後を尾けていた人たちだろう。危惧した通り、地下迷宮は見つかってしまった。

兵たちとプレイヤーたちは、何やら揉《も》めているみたいだ。

「ここって迷宮じゃないの？　入れてくれよ！」

「ダメだ。帰れ！」

「えー？　せっかく見つけたのに……」

「イベントをこなさないと、入れないいんじゃないか？　どうやったら入れるんですか？」

「くどい！」

私とガドルは木の陰に身を潜め、様子を窺う。

「あの槍《やり》を持った男の先だ。入り口となる穴があるのが見えるか？」

「わー」

囁《ささや》くガドルに、私も小声で返す。

地下迷宮の入り口は板でふさいであった。しかし人がすり抜けられる隙間がある。

ここから駆け込むだけならば、一分と掛からないだろう。だが気付かれないようにあの隙間を抜けた後、更に入り口から見えない場所まで移動しなければならない。

『行けるか？』

「問題ない。にんじんこそ、覚悟はいいか？」

『無論だ』

視線を合わせて頷き交わしたところで、嫌な台詞《せりふ》が聞こえてきた。

「さっきの獣人は入ったんだろ？　俺たちも入れてくれよ」

「獣人？　どんな奴だった？」

プレイヤーの言葉を聞いた兵が色めき立つ。

「どんなって……。全身鎧？」

「猫の獣人じゃないの？　縞《しま》模様の白い尻尾が見えてたぜ？」

「なに!?　それは白虎の獣人ではないのか？」

「あー言われてみればそうかも？」

最悪だ。ガドルのことが知られてしまった。

苦虫を噛み潰した思いでいると、ぐっと掴まれる。

「行くぞ。声を出すなよ？」

いつの間にか鎧を外していたガドルが、私を掴んだ右手で器用に【妖精の悪戯な飴玉】を口に放り込む。視界の端にカウントダウンが表示された。私を握ったまま、駆け出すガドル。さすがはネコ科の獣人と賞賛すべきか。足音がない。

ジェットコースターのほうがまだ優しいと思える、酷い揺れと風圧が私を襲う。イエアメガエルの着ぐるみを着たままだから大丈夫そうだけど、裸のままだったら葉っぱが折れそうだ。

悲鳴を上げる余裕さえないまま、明るかった視界に影が差し、どんどん暗くなっていく。たぶん、地下迷宮に入ったのだろう。絶叫マシーンで悲鳴を上げる人たちって、絶対に余裕があるよな。

「ここまで来れば、もういいだろう」

「わー……」

足を緩めたたガドルの手の中で、私はぐったり萎《しお》れる。カウントダウンは消えていた。

「大丈夫か？　にんじん？」

「わー……」

手を上げようとしたけれど、手、ないんだったな。仕方ないので葉を揺らそうとしたら、吐きそうになる。三半規管はないはずなのに。

『な、何がどうなったのだ？』

まだ気持ち悪いが、どうにか声を出す。

「あのままだと応援の兵が来そうだったからな。とっさに飴を食べて、地下迷宮へ突入した」

日を替えたところで、兵が増えるだけに留《とど》まらず、入り口がしっかり封鎖されかねない。今を逃せば、チャンスは失われていただろう。

小声で話しながら、ガドルは先へと急ぐ。

地下迷宮の中は、灯りがなく暗かった。私には何も見えない。けれどガドルには見えているのか。はたまた鋭い嗅覚と聴覚で分かるのか。迷いのない足取りで進む。

音が出るのを避けるために、ガドルは鎧を脱いだままだ。だから私は、彼の義手に貼りついている。

行く手に灯《あか》りが見えてきた。鍾乳洞《しょうにゅうどう》を思わせる滑らかな岩肌が、揺らめく橙《だいだい》色を映して幻想的だ。

「にんじん、空き瓶を貰えるか？」

『小瓶と大瓶があるが、どちらがいい？』

「……小瓶で」

ガドルは苦いものを呑み込むように、眉をひそめて答える。酒瓶の噂を耳にしたのかもしれない。

曲がり道を進んだ先に、火の玉が浮かんでいた。ガドルが虫を取るように瓶を素早く振るい、火の玉を捕らえる。火の玉がすっぽりと小瓶に収まれば、即席ランプの出来上がりだ。

「わー」

巧みな業《わざ》に、思わず感嘆の声が漏れる。

「火玉《ひだま》だ。核を瓶に閉じ込めれば光源になる。これで見えやすくなっただろう？」

「わー」

懐中電灯ほど明るくはない。それでも地下迷宮内の様子が分かる程度に明るくなった。

ガドルは迷いなく進んでいたけれど、道は幾つもに枝分かれしている。細い道に太い道。緩やかな登り坂もあれば下り坂もある。中には腰ほどの高さに空いた穴から延びる道まであった。迷宮と呼ぶだけあって、複雑な迷路になっている。方向音痴な人は、出口に辿り着けないのではなかろうか。

時々、何かの気配を感じた。でも私が視認する前にガドルが打ち払ってしまうため、どんな魔物がいるのか分からない。

どのくらい進んだのだろうか。階段を下りたところでガドルが足を止めた。敵が現れたのかと身構える私。

「安心しろ。二層目に下りた。ここまで来れば、入り口に音が届くことはない」

そう言って、ガドルが神鉄の鎧を装備する。私は定位置である、彼の肩の背中側に移動した。

『ところで私、聖水を持っているのだ。あと、その効果を高める祈りも教わっている。ガドルの武器と鎧に掛けておこう』

用意してきたのに、使うタイミングが分からない私。戦闘に慣れていないのだ。許してほしい。

「聖水には限りがあるだろう？　先は長い。浅層は聖水なしで倒せるから、下に行ったら頼む」

『遠慮はいらんぞ？　三十樽用意してきたからな』

ガドルが無言になった。ちなみに小瓶サイズは九十九本ある。

だって、材料が神殿の奥にある祈りの泉の水だけなのだ。神官長は自由に使っていいと言っていたし、聖水は短時間で作れる。そして私が聖水を作ると、神官が喜ぶ。作り溜めた私は悪くないはずである。ちなみに神殿には、五樽ほど寄付してきた。

次に回復薬を作るときは、聖水を使ってみよう。なぜもっと早く思いつかなかったのだろうか。

「俺はいい。仮に攻撃が当たっても、大したダメージはない。だが万が一ということがある。蛙に掛けておけ」

「わー」

ガドルが頭痛を耐えるように右手で額を押さえながら、呻《うめ》くように言った。

しかし私に掛けるのか。格下相手といえども、私を護《まも》りながら戦うのは大変だ。彼の負担を軽減するためには、私を強化するほうがいいのか。軟弱ですまぬ。

一度地面に下ろしてもらい、小瓶の聖水を浴びる。

「わわわ、わっわわわっ！」

踊り切り、そっと視線を逸らす私。聖水の効果時間は、聖水だけなら十分。神職の祈りが加わると数倍に増えるのだ。樽で持ってきたからといって、無駄遣《むだづか》いはせぬぞ。

顔を背けて肩を震わせるガドルを、じとりと睨む。本来はいい年した神官たちが輪になって踊るのだ。私はまだ可愛いほうだろうが？

「……。わー？」

だから聖水は、貴重なのだろうか？　好んで作りたいおじ様神官は、いないだろうからな。

ガドルの鎧に貼りつくと、震えが伝わってくる。

「わー……」

「すまん。……くっ」

「わー……」

震えを感じながら進んでいくと、井戸が現れた。しかも複数。井戸って一ヶ所にそんなにいらないと思うのだが？

『もしや、前髪が長い女の人が出てくるのではなかろうな？』

「知っていたのか？」

笑いを引っ込めたガドルが、片方の眉を跳ね上げて私を見る。

「わー……」

当たっていたのか。

たしかに彼女は死霊系だ。死霊系ではあるのだが……。

『動きが遅いから戦いにならんだろう？　避けて通ればいいのか？』

「それなりに速いぞ？　ダメージは少ないがな」

「わー？」

動きが速い？　ちょっと想像ができないというか、違う意味でホラー度が増している気がしなくもない。

根《あたま》を捻っていると、例の前髪が長い女性が出てきた。カッと目を見開いた途端、皿を投げてくる。

「わーっ!?」

私の知っている人と違う！　アクティブすぎる！

皿幽霊が鬼の形相で、皿をフリスビーの要領で投げてくるのだ。しかも、たくさんある井戸全部から皿幽霊が出てきて投げてくる。

「にんじん！　目を閉じていろ！」

「わー！」

了解。目はないんだけどね。

言われた通りに視界を閉じていたら、破壊音が聞こえてきた。いけないと思いつつ、そっと視界を開けて覗き見る。ガドルが井戸を拳で破壊していた。皿幽霊を倒すならともかく、井戸を壊すとか、予想外の戦法だよ。

「わー……」

ガドルさん、どんな馬鹿力《ばかぢから》ですか？　普通は井戸なんて簡単に壊せないからな。

規模を間違えたモグラ叩《たた》きが終了。

「しばらくは先を急ぎたい。この辺りで手に入るものは大したものではない。放置していいか？」

「わー！」

無論だとも。

そう答えて進みだしたのだけれども、しばらくして、アイテムを取得したというメッセージが流れてきた。どうやら直接触れなくても、一定時間が経過すると勝手にリングへ収納されるらしい。

アイテムを確認してみると、手に入っていたのは井戸女《いどおんな》の皿だった。皿幽霊の名前は、井戸女というみたいだ。白い平皿は保温機能付き。無駄に高機能だな。

『あれは聖水を落として倒すのではないのか？』

井戸の中にぽちゃりと。

「井戸女は、井戸を壊せば消えるのにか？」

後ろを振り返った私に、ガドルが不思議そうな顔をする。ガドルが脳筋《のうきん》だった件。

そこで、ふと思い出す。

『では、井戸にこれを突っ込んだらどうだろう？』

取り出したのは、北の山で手に入れた花火と火薬。

「……えげつない」

「わー⁉」

なぜだ⁉　拳で殴るより効率いいだろう？

不満に思いつつも、戦うのはガドルなので呑み込んだ。彼のやりやすい戦い方が一番である。

『とりあえず、ここでは私に気を遣わなくていいぞ？　前にも言ったが、死霊系は倒すのではなく、祓《はら》うものだと解釈しているからな』

「……分かった」

私に気を遣って、ガドルに万が一のことがあっては悔やみ切れぬ。改めて伝えておく。

続いて出てきたのは、一反木綿。私、一反木綿に乗りたい！　幻聴で話しかけたら、友達になってくれないだろうか？

「わー！　わー……」

声を掛ける前に、ガドルに引き裂かれた。

考えてみれば、このゲームには、魔物を使役する魔物使いという職業がある。ならば魔物使い以外は、魔物を仲間にすることはできないのかもしれない。もしも可能だったら、魔物使いを選んだプレイヤーが虚無に呑まれてしまうからな。

一反木綿は、ナプキンやランチョンマットを落としてくれた。真っ白かと思いきや、色無地やチェック柄もある。ただし一枚ずつ落とすので、パーティ分を同色で揃えるとなると大変そうだ。レアでテーブルクロス（花柄）も手に入れた。

「わー……」

花柄か。人を選ぶデザインだな。

しかし、なんなのだ？　この迷宮は。もしやテーブルセットを揃える迷宮？　この世界は食器も魔物から手に入れるのだろうか？　文明が発達しなさそうだ。

迷宮の利権を手放したくなくて、デッドボール男爵はガドルを陥れたという話だった。だが、これは金になるのか？　デッドボール男爵の思考がさっぱり分からない。

困惑している内に、下の層に向かう階段まで到達する。今日は階段下の平地で休むことにした。

「わー」

テントを出そうとしたら、ガドルが首を横に振る。

「階段付近は魔物が来ないし、雨風もない。このままで構わん。……デッポー男爵の私兵が来るかもしれないしな」

「わー」

見回りか。それともアイテムを集めにか。食器だけど。一応、魔石《ませき》もドロップしていたから、そちらが目的なのかもしれない。

「わー！」

では、と、食事を取り出す。食堂で買っておいた料理だ。ほかほかだぞ。

「ありがとう。迷宮内で普通の飯が食えるとは。にんじんのお蔭だな」

「わー……」

照れるぜ。

食事を終えると、ガドルは床に横たわって目を閉じた。

「にんじんも寝ろ。できたら蛙のままでいてくれ」

「わー！」

私がログアウト中にも移動するつもりなのだろう。マンドラゴラのままだと、手に持って運ぶ必要がある。だが蛙装備であれば、鎧にくっ付けておけばいい。本当にいい装備を貰ったものだ。

『おやすみ、友よ』

「おやすみ」

ガドルが寝たのを確かめてから、蛙装備を外し、調薬セットを取り出す。帰り用の【妖精の悪戯な飴玉】を作っておかねばな。

マンドラゴラ水はすでに煮詰め終えているものがあるので、それを使った。出来上がった飴と調薬セットをリングにしまうと、寝床となる腐葉土を取り出す。

「わー」

ああ、そうだ。私がログアウトしている間の、食料なんかも出しておかなければな。

リングから、回復薬と保存食を取り出して……。

「わー……」

どうしよう？　袋がない。荷物は私が持つからと、用意していなかった。

何か代わりになるものはないだろうかと考えて、思い出す。

「わー！」

取り出したのは、一反木綿が落としてくれたテーブルクロス（花柄）。

「わー……」

黄色い生地に、ピンクや水色のファンシーなお花模様。予想以上に使い手を選ぶ一品だった。

ちらりと寝ているガドルを見やる。……似合わないな。

広げたテーブルクロスの上に、小瓶が入っていた箱を置く。回復薬と聖水、保存食を詰めて蓋をした。テーブルクロスの下に潜って……。

「わーっ！」

ジャンプ！

テーブルクロスを被った状態で、箱の上に着地。

「わわ……っ」

後ろに流れるテーブルクロスの重みに引っ張られて、バランスを崩してしまう。根餅《しりもち》を搗《つ》いたけど、落ちなかったからよしとする。

「わーわ、わーわ、わわーっ！」

運動会でやったキャタピラーの要領で、箱の反対側まで移動。よいしょーっと飛び下りれば、箱を包むようにテーブルクロスが半分に折られた状態になった。

余っている布端を箱の下に入れて、しっかり包みたいけれど、マンドラゴラの体では難しい。だからといって、このまま反対側の布を箱に被せるだけでは、包みが緩みそうだ。ガドルが包み直してくれるかもしれないけれど、そのまま腰に巻いて出発し、戦闘中にばらけたら大変だ。

「わー……」

さて、どうしたものか。

リングのアイテム一覧を開き、使えそうなものを探す。

「わー！」

大蜘蛛の糸があった。これ、蜘蛛の糸だけあって、引っ付くんだよ。糸の先を引っ張ると、するするると抜けるのに。

二股の根《あし》で糸を一本取り出す。箱の底に添って、下の布にくっ付けていく。それから上の布をなるべく引っ張ってから、ぺたり。しっかり踏んで、接着する。一本分の粘着力はそこまで強くないから、ガドルなら剥がせるだろう。

さて、下の布に潜って、と。

「わーっ！」

ジャンプ！

反対側に下りて、こちらも大蜘蛛の糸を使って留めておく。あとは起きたガドルが、腰に巻くなり背負うなりするだろう。

朝食を荷物の隣に出し、明日の準備をやり遂げた私は、イエアメガエルの着ぐるみを再装備する。

地面に直接盛った腐葉土の山に潜り、ログアウト《おやすみなさい》。……蛙の冬眠みたいだな。


翌日。ログインすると、予想通りガドルは先へと進んでいた。

ちらりと視線を動かすと、私をくっ付けていない反対側の肩から斜め掛けに、ファンシーなお花柄のテーブルクロス。ちゃんと使ってくれたみたいだ。

「わー」

「……起きたか？」

振り向いたガドルの眉間に深いしわ。嫌そうに表情を歪めて、私とは反対側の肩を指差す。

「しまってくれ」

「わー」

素直に頷いて、一反木綿のテーブルクロスをリングにしまう。やはり花柄は不評だったらしい。

「よりによって……。他にあるだろう？」

『袋を持っていなかったのだ。使えそうな布が、一反木綿が落としたテーブルクロスだけだった』

「他の柄は？」

『一枚しか手に入れていない』

ガドルは私を軽く睨んでから、深い溜め息を吐く。

「次からは言ってくれ。袋なら持っている」

「わー」

以前使っていた麻袋を持っていたみたいだ。最低限の保存食なども入れているという。鎧の着脱といい、謎が深まるな。

ところで私の努力、もしかして無駄だった？

「感謝はしている。干し肉しか入れていなかったからな」

「わー」

さらっとフォローしてくれるところも、ガドルのいい所だな。

話をしながら歩いていたら、赤い金魚が飛んできた。ぷかぷかと浮かぶ、無数の金魚提灯《ちょうちん》。愛らしい姿に、つい和んでしまう。私たちを見つけたとたんに、豹変《ひょうへん》したけど。

目を怒らせた金魚提灯の体に棘《とげ》が生え、ハリセンボンに。そして――

「わーっ⁉」

伸び切った棘は金魚提灯の体を離れ、我々に向かって飛んできた。ガドルは余裕で全て避けると、クローで金魚提灯を切り裂く。

ドロップしたのは、赤漆の塗り箸。可愛らしい金魚の絵柄がアクセント。他に割り箸多数。塗り箸はレアアイテムらしい。ヨーロッパ風の世界なのに、箸とはこれいかに？　食堂で食事をしていたガドルは、たしかフォークを使っていたはずだ。

その後、他のお化けたちから、フォークやスプーン、ナイフなども追加された。ナイフだけでも、ステーキナイフにバターナイフ、果物ナイフと、フルコースが食べられそうな品揃えである。

食器を揃えながら進み、次の階層へ。

特に危険はなさそうだと気を緩めていたら、ガドルが切羽詰まった声を上げた。

「っ!?　にんじん、状態異常の解除はできるか?」

「わっ!?」

残念ながら、私にそんな力はない。とりあえず聖水を掛けてみたけれど、効果はなさそうだ。

『癒やしの歌を使うか?』

「いや、そこまではしなくていい。術を掛けた魔物を倒せば、解除できる。無理に逆らうから動きは鈍くなるが、この階層の魔物なら大丈夫だろう」

苦く顔を歪めながら、ガドルが丁字路《ていじろ》を曲がる。

「耳を押さえていろ。あの音を聞くと、お前まで操られるぞ?」

「わー……」

私、手がないので、耳を押さえられないのだよ。耳もないから、どこを押さえればいいのやら。

しばらく進むと、広場に出た。一際明るいその場所は、大勢の魔物が集い賑《にぎ》やかだ。提灯お化けが浮かび、太鼓や笛のお化けが踊っている。お化けたちの盆踊り大会だな。

「にんじんっ!?」

「わー……?」

あれ?　勝手に二股の根《あし》が動き、イエアメガエルの着ぐるみから抜け出す。そして、お化けたちのほうへ向かっていった。櫓《やぐら》の周りで踊るお化けたちの中に交じって、私も踊り出す。

私、初盆踊り大会だよ！　一緒に踊るのはお化けたちだけど。

「わーぁ、わ、わ！　……。わー……」

「にんじん……」

焦っていたガドルの声が、沈痛な音に変わった。私も困惑している。

あれですよ。聖魔法が発動しちゃったんですよ。盆踊りのせいで。楽しそうに踊っていたお化けたちが、揃って空へと昇っていった。

「わー」

南無《なむ》。

次々とリングへ入ってくるアイテムたち。フライパンは太鼓のお化けかな？　ストローは笛のお化けかな？　その他諸々。

『今のは何だったんだ？』

振り返ってガドルに聞くと、疲れと呆れがない交ぜになった顔で、私を見下ろしていた。なんだか居たたまれない気持ちになって、そっと視線を逸らす。

「わー……」

盆踊りか？　戦闘をガドルに任せ切って戦わないどころか、魔物と仲良く盆踊りを踊ったのがまずかったのか？　さすがに愛想を尽かされてしまったか？

「わー……」

「そうじゃない」

「わ？」

根元《かた》を落としていたら、否定された。違うのか？

「さっきの音楽と踊りで、俺とにんじんは操られていたのだ。俺は完全に操られることはなかったが、にんじんは……。あー……」

目を逸らされた。

『つまり、魔物たちは成仏したかったのだな』

死霊系の魔物からすれば、盆踊りに誘った相手が神官なら、聖魔法が発動して成仏できる。本能からなのか、知識があってのことか分からないけれど、成仏したくて頑張っていたのだろう。不憫《ふびん》だな。

「わー」

南無。

改めて、お化けたちの冥福を祈っておく。

「いや。魔物としては、予想外のアクシデントだったのだと思うぞ？」

「わ？」

苦笑するガドルが差し出した掌に乗り、肩に戻る。改めてイエアメガエルの着ぐるみを装備して、鎧にぴとり。

「進むぞ？」

「わー！」

ガドルは来た道を戻っていく。魔物に操られたせいで、違う道に来ていたみたいだ。

『異界には、「踊る阿呆《あほう》に見る阿呆。同じ阿呆なら踊らにゃ損損」という言葉があってだな』

「見たくて見たわけではない。単なる巻き添えだ」

「わー……」

格好付けたがりめ。

階段に到着したところで休憩。空腹度を回復するため、ガドルに串肉を出して渡す。私も植木鉢を取り出して潜った。

『この地下迷宮は、ああいう敵ばかりなのか？』

「死霊系がメインだな。階層によって出てくる魔物は違う」

友よ、それは答えになっていないぞ。

「十階層まで行けば、食える魔物が出てくる。それまではつまらぬだろうけれど、我慢してくれ」

「わー……」

なんと返せばよいのやら。

死霊系といえば、ゾンビとか、骨とか、そういう系なわけで、決して食用ではない。ガドルは獣人だから、骨はおやつなのだろうか？

聞いていいのか分からず悶々《もんもん》としている間に、ガドルが食事を終える。

『そうだ。これを渡しておく。脱出のとき用だ』

作っておいた【妖精の悪戯な飴玉】を渡す。

「いつの間に……」

受け取ったガドルが手首にイン。

その日はその層を攻略したところでログアウトした。


ログインしたとたん、反応に困ってしまう私。人間の姿だったら、表情が抜け落ちていたと思う。

「わー……」

周囲の景色は、坑道を思わせる、ごつごつとした岩がむき出しの広い洞窟。ログアウトする前は鍾乳洞だったので、それだけガドルが進んだのだろう。それはいいとして、前方に浮かぶ魔物？　が問題だ。

アジフライが、空中を泳いでいた。

何を言っているのか分からないって？　私も分からない。アジフライが群れを成して、ぱたぱたと蝶《ちょう》のように飛んでいる。そして落としてくる揚げ玉。ジュージューと音を立て、地面を焦がす。揚げたてだな。

困惑している間に、ガドルがクローを振るった。切り刻まれ、地面に落ちるアジフライたち。

「わー……」

「起きたのか？　魔鯵飛《まあじふらい》だ。討伐は避けたほうがいいか？」

ガドルが心配そうに眉を下げて確認してくる。だがしかし、そうじゃない。

『討伐してくれて構わない。が、死霊系が出るのではないのか？』

「死霊系だろう？　死んでいるのだから」

「わー……」

確かにそうかもしれない。そうかもしれないけれど……。

ガドルが何を当たり前のことをとばかりに淡々としているせいで、私が変なのかと思えてくる。だけど、だけど……。なんだかもやもやしてしまう。

パーティ申請が飛んできたので、即座に了承。直後に飛んできた魔鯵飛をガドルが一撃。手に入ったアイテムは、アジフライだった。

「わー……」

ガドルが死霊系を食べられると言っていたのは、こういう意味か。ゾンビをもしゃもしゃしていたわけではないと知って安心したと同時に、なんとも言い難い複雑な気持ちだ。

色んな意味でアンニュイな気分になりながら、ガドルに運ばれていく。

それからも、続々と手に入るアジフライ。時々レモン付きがあった。たぶんレア。

「わっ⁉」

サニーレタスとタルタルソース付きだと？　きっと激レアなのだろう。私、食べられないけど。

階段に到達したので食事を出そうとしたら、ガドルはすでに何やら食べていた。シシャモフライだ。

どうやら別の層では、シシャモフライが飛んでいたらしい。

これ、層ごとに違うフライが出てくるのだろうか？　食事のできる種族が羨ましく思えてきたな。

気を取り直して、聖水を自分に掛けて踊る。

「わ、わ、わ、わわわ、わっわわわ！」

光る蛙。

『ガドルもどうだ？』

「いや、まだいい」

笑いを堪えるのに必死だな。そろそろ慣れてほしい。

通路に出ると、予想通り具材が替わっていた。鰯《いわし》フライが、通路をふさぐほどの群れで襲ってくる。

「わーっ!?」

「ふんっ！」

ガドルは鰈《かれい》な……ではなく、華麗な動きで鰯フライの集団を倒していく。時々鰯フライの群れが二つに割れたかと思えば、鮭《さけ》フライが襲ってきた。ガドルは鮭が好きなのか、ちょっと嬉しそうだ。

「わー……」

そして翌日は、牡蠣《かき》フライに襲われた。

「わー……」


今日はフライドチキンとフライドポテトに襲われながら、迷宮を進む。ジャガイモは死霊と言えるのか甚だ疑問だけれども、自分の姿を見て苦情は呑み込んだ。

フライドチキンこと魔鶏飛《まけいふらい》は、骨付きとか胸とか火を噴くのとか、種類が豊富だった。ガドルは鮭以上に嬉しそうに討伐して、時々フライドチキンを拾い食いしている。

フライドポテトは通常ドロップは塩味だけど、レアでカレー味やマヨネーズ味が出てきた。

食べられないのが本当に残念だな。フライドポテトをもぐもぐしながら、現実逃避したい。

そして到達した二十層目。十階層のボス部屋である。待ち受けていたのは、皆のアイドル海老《えび》フライ。一瞬でガドルに倒された。

落としたアイテムは、当然海老フライ。ピーンと尻尾が立った、鯱《しゃちほこ》姿の立派な海老フライだ。

千切りキャベツとポテトサラダも付いている。

「わー……」

食べられないのが実に悔しい。

奥の扉を開けて中へ入ると、そこには一つの宝箱。ガドルが開けると、中から出てきたのは極上車海老の天丼だった。初討伐報酬として、海老フライが付いたお子様ランチも貰う。

「わー……」

フライで揃えてきたくせに、天麩羅《てんぷら》とはこれいかに？　そしてお子様ランチはガドルが食べるのか？

「わー……」

見たくないと思う一方で、期待がちょっぴり。

『十層目にも宝箱があったのか？』

「ああ」

ちょっと気になったので聞いてみたら、ガドルが何やら申し訳なさそうな顔をする。

「わー？」

どうしたのかと見上げていると、突然頭を下げてきた。

「わっ⁉」

「すまん。邪魔だったから、置いてきた」

「わー？」

話を聞くと、十層では三叉槍《さんさそう》が出たらしい。

食器ばかりドロップしていたせいで、槍ではなく、でっかいフォークだったのではないかと疑ってしまう私。

『謝る必要はないぞ？　ガドルが倒して得たアイテムなのだから、ガドルの好きにすればいいだろう？』

「だが、にんじんにも所有権があるだろう？」

『ないない。第一、私が使えると思うのか？』

私は何もしていないのだ。私にドロップしたアイテムだって、ガドルが求めれば全て所有権を譲渡するつもりである。

でもそんなことを言ったって、ガドルは納得しないだろう。だから別の一言を付け足した。マンドラゴラの私が使えるアイテムだったのかと。

しばし無言で考え込むガドル。

「……使えないな。だが、売れば金になる」

『私に必要だと思うか？』

どーんっと出してみる、樽入り聖水。これ、小瓶でも結構な金額で取り引きされているのだとか。

ガドルが沈黙した。

「……無用だな」

「わー」

うむ。

聖水が作れなくても、私の食事は腐葉土。いざとなれば町を出て、森で野宿すればいい。ついでに揃えるべき装備も特にないため、私の生活費はとても少ないのだ。

「話は変わるが。にんじん、頼みがある」

「わー？」

ガドルが深刻な雰囲気になったので、私も気を引き締める。

「祈りを捧げてもらってもいいだろうか？」

「わー！」

無論だとも！

ようやく私の出番が来たようだ。意気揚々と、聖水が入った樽の上に、ぴょこりんっと移動する。

「いや、そうではなくてだな……。その、ここで一人、亡くなったのだ」

「わー……」

勘違いしてすまない。

樽から下りて、真摯に祈る。

「わー」

どうぞ安らかにお眠りください。女神様、どうか彼の者の御霊《みたま》をお導きください。

祈っていると、床の一部が輝き出した。蛍みたいな光の粒が幾つも舞い上がり、天井をすり抜けていく。きっと、成仏できたのだろう。

「ありがとう、にんじん」

昇る光の粒を見上げるガドルの頬は、涙で濡《ぬ》れていた。

『少しでも役に立てたのであれば、私も嬉しい』

ガドルは光が収まっても、じっと天井を見つめ続ける。しばらくして、別れが済んだのだろう。涙を拭った彼は、さっぱりとした顔つきをしていた。

腰を下ろしたガドルは、先ほど手に入れた極上車海老天丼を頬張る。私も植木鉢を取り出して、空腹度を回復しておく。

『なあ、ガドル。この地下迷宮を独占して、デッドボールは利益になるのか？』

王家に反抗し、ガドルを貶《おとし》めてまで、独占したいものだろうか？　地下迷宮で手に入るのは、食器やフライだぞ？

「珍しい食べ物ではあるな。そして美味《うま》い」

「わー……」

そう言われてみれば、需要はあるのか。

この世界というかこの国。内陸設定なのか、今のところ海が出てきていない。食堂でも肉ばかりで、魚介類は見かけなかった。

そして現実世界でも、魚は高級食材だ。

祖父の子供時代は手軽に食べることができたらしいけれど、今は養殖に成功している一部の魚介類しか、本物は出回っていない。リアルで私が口にしている魚介類は、人工的に作られた魚介類もどきである。魚の養殖には広い土地と清浄な水が必要なため、本物はどうしても値が張ってしまう。それでも年配者を中心に、根強い人気があるけれど。

ちなみにご高齢の方や富裕層たちは、生でも食べるらしい。憧れている人の話は聞くけれども、生食は抵抗があるという人のほうが大半だろう。そういうプレイヤーの心情も加味して、フライなのかもしれないな。

食事を終えたガドルが出した麻袋に、必要な物を詰め込む。明日の準備が終わると、ガドルは横たわった。私も鉢から出て腐葉土を地面に盛り、ログアウト《おやすみなさい》。


海老フライを倒した翌日。ログインすると、そこはホラーな世界だった。

「わー……」

荒れ果てた大地。所々に見える、西洋風の墓。そして地面から這《は》い出てくるのは、腐った人間。

「わー……」

四つん這いでのそのそと向かってくるゾンビたちを、ガドルは踏み砕いて進んでいく。それでもゾンビは減らない。続々と湧き出てくるゾンビたちが、地面を埋め尽くしていた。

比喩ではなく、見渡す限りゾンビで土が見えない。最初に見たときはホラーだったはずなのに、もはやギャグだ。なんだ？　この状況は。

「起きたか。聖水を貰えるか？　鎧を強化してほしい」

『おはよう。無論だ』

ガドルとパーティを組んでから、聖水を取り出す。一踏みで倒しているので苦戦しているようには見えないけれど、さすがに数が多すぎるか。

ガドルが着ている神鉄の鎧に聖水を掛けると、手が差し出された。地面はゾンビで埋まっているから、気を利かせてくれたのだろう。私も下りたくない。

文字通り、掌の上で踊る私。

「わわわ、わっわわわっ！」

踊り終わると同時に、神鉄の鎧が輝く。元々ぴかぴかの鎧だったけれど、まるで太陽を反射したかのように、ぴっかぴかである。そのまま掌の上で聖水を自分で被り、もう一度踊った。イエアメガエルの着ぐるみも艶やかだ。

歩き出したガドルに触れるだけで、ゾンビたちが消えていく。逃げようと向きを変えているゾンビもいるけれど、ゾン口《こう》密度が高すぎて脱出できない。立ち往生して団子が出来ている。

「わー……」

何と言ったらよいのやら。

ゾンビたちの立ち往生ならぬ四つん這い往生に、私もガドルも唖然としてしまう。ガドルに至っては、口角が引き攣っていた。

そしてリングに次々と吸収されていく初級回復薬。ゾンビから手に入るアイテムは、回復薬の類いらしい。時々魔力回復薬が混じるので、プレイヤーたちが知れば殺到しそうだ。マンドラゴラ《わたし》が刻まれる危機は去った。

ダンジョンに入ってから上がり続けていたレベルも、更に上がっていく。

『ガドル、お前が強すぎて、ゾンビに怖がられているぞ?』

「にんじんが起きる前は、一体ずつ倒していたんだがな?」

ガドルが呆れ顔で私を見てきた。

あれ? もしかして、聖水が問題なのか? しかし聖水を掛けた装備に触れただけでゾンビが消滅してしまうのでは、戦いにならない。これではプレイヤーが楽しめないのではなかろうか? ゲームとして有りなのか?

「聖水は限られた量しか出回らないし、使っても、ここまでの効果はないからな?」

私の思考を読んだかのように補足された。

「わ?」

「さすがは聖人参様が作った聖水と、聖人参様の祝福といったところか」

「わー……」

聖人参をここぞとばかりに強調して、ガドルがにやりと悪い笑みを浮かべる。

『だが、聖水は渡しておいただろう？　使わなかったのか？』

「聖水だけだと効果時間が短いからな。それに神鉄の鎧をまとった状態で攻撃すれば倒せたから、ちょくちょく被るより、踏んだほうが早いと思ったんだが……」

「わー……」

ここまでの効果があるとは、ガドルも予想していなかったのか。

「少しは自分の力を理解したか？　お前は充分に強い」

「わー」

軽く根元《でこ》ピンをされてしまった。

否定したいけれど、ゾンビたちの惨状を見ると、認めざるを得ないな。

『そうか。私も少しは役に立てているのだな』

「これを少しで片付けるな」

後ろを向くガドルに釣られて、根《くび》を捻り背後を見る。除雪車が通った後の雪道のように、左右をゾンビの山で囲まれた道が延びていた。

『数は置いておくとして、浅層にいた魔物のほうが強かった気がするのは気のせいか？』

ゾンビの動きはゆっくりだし、強いとは思えない。

ガドルが何か言いたげに私を見て、眉を寄せる。その間にも、ガドルに触れて消滅するゾンビたち。

「ゾンビは聖水で強化した武器を使うか、心臓部分を燃やさない限り動き続ける。俺の攻撃が通じるのは、神鉄の鎧に宿る女神様の力のお蔭だ。それに神鉄の鎧の効果で無効になっているが、触れると毒状態になるぞ？」

今は簡単に倒しているけれど、ゾンビは全身に毒を持っているという。触れると動きが鈍ったり、吐き気に襲われたりして、最後は命を落としてしまう。だから、殴ることも蹴ることもできない。ガドルのような肉弾戦を得意とする者にとっては、相性の悪い魔物らしい。

更に剣などの武器を用いた場合も、ゾンビから散った体液を浴びれば、毒の症状が出てしまう。聖水や解毒薬を大量に持ち込むか、解毒魔法の使い手を連れていなければ、彼でも油断できない相手なのだそうだ。

「わー……」

結構面倒な敵だった。女神様が鎧に祝福をくれていなかったらと思うと、ぞっとするな。改めて女神様に感謝する。

戦う気のないゾンビたちの間をなおも進み、大地に突き刺さる、朽ちた大きな木を回り込む。朽ち木に空いた、人一人が入れそうな洞の中に、ガドルは迷うことなく入っていく。暗い陰に視界が慣れると、下へと延びる階段があった。

「わー……」

これ、ここにあると知らなかったら、見過ごしてしまうと思う。洞の前まで来ても、外からは階段がまったく見えなかったのだ。

『後ろのゾンビたちはどうするんだ？』

気になったので、階段に足を踏み入れようとするガドルに聞いてみる。

だいぶ蹴散らしたけれど、まだたくさんのゾンビが蠢《うごめ》いていた。たしかこういう状態はモンスター・トレインといって、そのままにしておくのはマナー違反だと聞いたことがある。もしも他に人がいたら、巻き込んでしまうからな。今は私とガドル以外にいないけど。

「その内に土の下へ潜るか、どこかに行くだろう」

ガドルは気にせず階段を下りていく。いいのか？　それで。

まあ、多すぎて、どうにもできないよな。でもなんとなく、そのままにしておくのは心苦しい。ガドルの肩で後ろ向きに立ち、ゾンビに向かって聖魔法を放つ。

「わーぁ、わ、わ！」

踊り切る私。かなり広範囲のゾンビが、光の粒子となって霧散した。

「わー……」

「……消えたな」

ちょっと虚空を見つめてしまう。足を止めたガドルの表情も、虚無を体現していた。

気を取り直して階段を下りた先が、今日の宿となる。時間は互いにもう少しあるのだけれど、今から先に進むと、ゾンビだらけの中で夜を越すことになってしまう。テントを張っておけば入ってこないとはいえ、ゾンビに囲まれた状態で休むのは、精神的にきついからな。

ガドルが食事を始めたので、私は植木鉢に根を張り、手に入れたアイテムの確認をする。リングには、大量の初級回復薬が詰め込まれていた。九十九個に達しているので、破棄されたものもあると思われる。三十個ほど、初級魔力回復薬も回収していた。たぶんレアなのだろう。

一つ取り出して鑑定してみると、品質は不良。副作用である状態異常が、酩酊《めいてい》ではなく毒になっている。ゾンビの何かでも混じっているのだろうか？

「先に寝ていいか？」

『ああ。おやすみ』

「おやすみ」

食事を終えたガドルが、横たわって眠る。

少し早いけれど、私も今日はここで切り上げることにした。ガドルの麻袋に聖水や食料を詰めて、ログアウト《おやすみなさい》。

ダンジョンに潜って一週間が経《た》った。ログインした私を待っていたのは、やはりゾンビたちだ。昨日と違い、立って歩いている。歩く速度は遅いけどな。

ガドルは花魁《おいらん》道中を思わせる足捌きでゾンビたちの足下をすくい、転ばしてから胸部を踏み抜いていた。今日も聖水は使っていないらしい。

「わー……」

迷宮から出たら、効果時間を伸ばせないか実験が必要だな。

「にんじん、頼めるか？」

「わー！」

もちろんだとも！

どこか硬い表情のガドルに声を掛けられて、聖水を取り出す。まずはガドルに掛けてっと。

「わわわ、わっわわわっ！」

ぺかーっと光るガドル。私も聖水を被り、ぺかーっと光る。とたんに逃げていくゾンビ集団。

「昨日も見たが、圧巻だな。ここまで踏み潰しながら歩いてきたのがばからしくなる」

「わー……」

なんだかすまぬ。

だが足止めする者はいなくなった。私たちは広い荒れ地を真《ま》っ直《す》ぐに進んでいく。

ガドルの肩の上から、私はちらちらと彼の顔を窺う。

地下迷宮に入ってから、笑みがぎこちなくなっていたガドルだけれども、今日は特にぴりぴりしている。周囲に注意深く目を配るのは、魔物が出没する場所では当たり前の行為だろう。でもゾンビたちは、ガドルに近付くことすらできない。彼の警戒は、過剰に思えた。

不意にガドルの足が止まる。彼の目は、一点を見つめて動かない。

何事かと彼の視線の先を追うけれど、変わったものは見つけられなかった。周囲と変わらぬ風景が広がる。だけどガドルの眼差しは、今までになく厳しくなっていた。奥歯がぎりりと鳴るほどに。

「わー？」

ガドルの顔を見上げると、彼ははっとした表情をして首を左右に振る。

「なんでもない。……行こう」

口元にぎこちない微笑を浮かべて、再び前を向く。踏み出した足は、何かを振り切るようにいつもより速かった。

「わー……」

あの場所で、何かあったのだろうか？

そう感じたけれど、ガドルは何も話さない。ならば私が踏み込んでいいことではないだろう。彼の肩で、静かにぴとりと貼り付いておく。

次にガドルが足を止めたのは、朽ちかけた墓の一つだった。よく見れば他の墓と形が違う。他は四角なのに、この墓だけ半円形なのだ。

墓石を横にずらすと、下に向かう階段が現れた。

「わー……」

とてつもなく罰当たりなことをしている気がして、維管束《むね》がもにょもにょ痛む。

ガドルは無表情で階段を下り、少し広くなった場所に腰を下ろした。

気を取り直して夕食だ。

「わー」

焼肉定食を取り出すが、ガドルは食べようとしない。魚の気分なのだろうか？　アジフライも出してみる。これも無視か。ならば、お子様ランチを――

「にんじん、聞いてくれるか？」

「わー！」

もちろんだ。何でも話すがいい。

頷いたガドルだけども、すぐには喋《しゃべ》り出さなかった。私は正面に根《こし》を下ろし、彼が口を開くのを待つ。

「共に入ったのは、『炎の嵐』というパーティだった」

訥々《とつとつ》と語り出したガドル。私は静かに傾聴する。

「リーダーのダンは気のいい奴でな。何度となく一緒に酒を飲んだ。パーティに入らないかと誘われたこともあった」

ガドルは懐かしそうに目を細めた。

「ルイは面倒見のいい奴だった。顔がいいから女にもてていたな」

苦笑を零す彼の脳裏には、楽しかった日々が浮かんでいるのかもしれない。

「フォンはエルフ族だった。……最後まで俺と一緒に地上を目指していたが、連れ帰ってやることはできなかった」

視線を落としたガドルの顔には、悔恨の念が浮かぶ。握りしめられた拳に、滲《にじ》む血が見えた。

海老フライを倒した後に供養させてもらったあの御霊は、フォンさんだったのだろう。改めて、ご冥福をお祈りする。

「わー……」

南無。

そこからガドルは、過去に地下迷宮で起きたことを話してくれた。

ガドルと炎の嵐たちは、調査のため地下迷宮へ潜る。Aランク冒険者である彼らにとって、この地下迷宮の魔物は、脅威ではなかった。一層目と二層目は、片手間に魔物を倒しながら進む。

そろそろ引き返すかと相談し始めたところで、井戸が輝き四人を吸い込んだ。光が収まると、そこは石造りの通路に変わっていたという。

四人はわずかに驚いた様子を見せたけれど、経験豊富な彼らだ。取り乱すことなく、襲ってきた魔物に対処しながら、これからの方針を話し合う。

「食料はどのくらい持ってきた？」

その問い掛けが最初にダンから出てきたのは、彼らを襲う魔物たちが、骸骨だったから。一般的な魔物であれば、どこかしら食べる部位がある。けれど、骨では食べられない。

「干し肉を少し。節約すれば三日はいける」

「うちも同じくらいよ」

日帰り予定で戻る予定だった彼らが持ち込んだ物資は限られていた。四人は急ぎ足で進んでいく。

骸骨たちは、彼らにとって大した脅威ではなかった。だけど複雑に入り組んだ迷宮が、彼らの焦りを嘲笑《あざわら》う。何度も突き当たりに阻まれては、道を引き返す。

どうにか上層に通じる階段まで辿り着いた四人は、そこで夜を越し翌日に備える。

人の手が入っていない迷宮は、正解のルートが分からない。そして罠で下層に落とされたせいで、出口までの距離も見当が付かなかった。

「一層目と二層目が同じ構造をしていたことを考えると、よくて十階層かな？」

「できれば間にもう一階層欲しいな」

ルイとダンの会話に、ガドルとフォンも同意する。

早く迷宮から脱出するためには、一階層でも少ないほうがいい。でも浅層で手に入るアイテムは、食器ばかり。空腹を満たすことはできなかった。だから食べられる魔物が出てくる層があればと、彼らは考えたのだ。

ガドルたちは、手持ちのわずかな食料と水を節約しながら分け合い、食いつなぐ。だけど骸骨エリアを脱出する前に、食料も水も底を突いた。

空腹と戦いながら、先へと進む一向。それまでと違う部屋に辿り着いたガドルたちの表情に、わずかな希望が宿る。

がらんとした、何もない部屋。帰路の彼らの前には現れないけれど、往路では階層ボスが待ち受けているはずの空間だ。次の階段を上がれば、魔物の種類が切り替わる。

次の層に、食べられる魔物が出てくれれば——

一縷《いちる》の望みを託して、ガドルたちは階段を登っていく。

けれど、そんな願いは間もなく消し飛ばされた。新しい階層で彼らを待っていたのは、地面から這い出てくるゾンビたち。

四人は愕然《がくぜん》と立ち尽くす。ルイは目蓋を落とし、フォンはうつむいて絶望を呑み込む。

「せめて普通の魔物なら食えたのに！」

絶句していたガドルの耳に、ダンの怒りを含んだ悲痛な叫びが飛び込んできた。

ゾンビにも一応肉は付いているけれど、腐臭を放つ腐肉だ。しかも毒を持つ。

空腹と疲労を押し殺し、四人は前に進む。拾った朽ち木の枝にフォンが魔法で火を灯し、男たちはそれを持ってゾンビの心臓を焼いた。途中で見つけた水場は毒に侵され、魚を得るどころか水も飲めない。

どんなに鍛え上げた人でも、水も食料もなければ動きが鈍くなる。ましてやここはゲーム世界。空腹度は等しく失われ、尽きれば生命力が削られていく。四人は眩暈《めまい》に襲われ、生命力を奪われながら、強行軍を続けた。

最初に膝を突いたのは、エルフ族のフォン。魔法使いである彼女は魔力が多い分、生命力が少ない。弱った彼女にルイが肩を貸し、ガドルとダンが朽ち木の火でゾンビを倒す。

戦い続けるガドルたちの動きも鈍っていた。フォンの足下から現れたゾンビに反応が遅れ、彼女を庇《かば》ったルイが毒を受けてしまう。

「ルイ、薬を！」

薬を差し出すフォンの手を、ルイは弱々しくも微笑んで拒む。

「大したことないからいいよ」

だけどそれは、残りの行程と薬の残数を配慮しての強がりだった。しばらくして歩き方がおかしくなり、ついには膝を突く。

「ルイ！」

「薬を！」

ルイに支えられていたため共に倒れたフォンが、悲痛な声で仲間の名を呼ぶ。ダンが焦った顔で駆

け寄る。だけど、ルイは頑《かたく》なに受け取らない。それどころか、

「俺のことは置いていってくれ」

と、自分を置き去りにするよう言い出した。

「ばかを言うな！」

「そうよ、一緒に……」

青ざめたダンとフォンが、必死の剣幕で窘める。だけど逆に、ルイのほうが二人を一喝した。

「分かっているだろう!?　脱出まで、あと何日掛かる？　物資は節約するべきだ。……足手まといは、不要だ。頼むから、置いていってくれ。お前たちだけでも、生き残ってくれ！」

地面に手を突いて、下を向いたまま懇願するルイ。ダンは口を引き結んでルイを見下ろし、フォンは手で口元を覆い、声を殺して涙を流す。

ガドルは一歩引いたところで、周囲を警戒していた。共に行動しているけれど、彼は炎の嵐の一員ではない。長年苦楽を共にしてきたパーティの決断に、よそ者が入るべきではないと弁《わきま》えて、黙って成り行きを見守る。

結論が出るまでに、大した時間は掛からなかった。

「断る！」

ダンがルイに力尽くで薬を飲ませ、動けない彼を背負ったから。

「ばかやろう……」

「ああ。俺はばかだからな。先のことなんて知るか」

滂沱《ぼうだ》の涙を流すルイを背負い、フォンを支えながら、ダンはふらふらと歩く。ガドルは一人でゾンビたちを討伐して、三人のために道を切り開いた。

だけど、現実はどこまでも残酷だ。

もしも聖水があれば。神鉄の鎧があれば。せめて、ガドルが万全の状態であれば、三人を護れたかもしれない。でもガドルだって、もうずいぶんと長い間、食料を口にしていなかった。

それにいつも安全な階段で夜を越せるとは限らない。テントを持たない彼らは、見張りを立てて眠る。衰弱している三人を少しでも安ませるため、ガドルは進んで見張りを多く買って出ていた。

どんなにガドルが強くても、そんな日々が続けば歩くことすら辛くなる。飢えと疲労に苛《さいな》まれながらも、気力を振り絞って戦い続けるガドル。ダンたちの足下から這い出してきたゾンビに対応できなかったのは、仕方がなかったのだ。

「しまった！」

彼が振り返ったとき、ダンはフォンを突き飛ばし、ルイを護るためゾンビに蹴りを入れていた。

「ぐあっ」

弾《はじ》けたゾンビの体液がダンの足を中心に、胴や顔まで濡らす。

ゾンビの毒は露出部はもちろん、布越しでも侵食する。防ぐには革などの厚い防具が必要だ。

ダンが崩れ落ちる。その拍子に背中から投げ出されたルイも、地面を濡らしていたゾンビの体液に触れ毒を受けてしまう。

「ダン、ルイ……」

「触るな！」

這いながら伸ばすフォンの手を、ダンは拒んだ。毒に塗《まみ》れた彼らに触れれば、フォンまで巻き込んでしまうから。

急いでその場にいたゾンビたちを焼き倒したガドルは、ダンのもとへ駆け寄る。そんなガドルに、ダンは笑顔で告げた。

「ガドル、フォンを頼む。お前たちは先に行ってくれ。俺たちは、後から追いかけるから」

強がりであることは明白だ。露払いをするガドルがいなくなれば、道程の難易度は増す。そうと分かっていながら、ガドルはダンの気持ちを汲《く》み取った。――フォンがいたから。

毒に侵された二人に固執して歩みを止めれば、迷宮から脱出する前に彼女は餓死してしまう。だから、毒を浴びていない彼女だけでも生かして連れ帰るために、苦渋の選択をしたのだ。

「……分かった」

呆然自失のフォンを支えて、ガドルは歩き出す。立ち止まっていれば、ゾンビたちが集まってくる。時間が経てばそれだけ、命を灯す蝋燭《ろうそく》は短くなり、消えてしまう。だから辛くても、前に進まなければならなかった。

無力さに打ちひしがれながらも、ガドルは歯を食いしばり、ゾンビと戦いながら脱出を目指す。

「危ない！」

フォンを庇ったガドルの左手に、ゾンビの体液が散る。ガドルは毒が回る前に、迷わず自分の腕を斬り落とす。

「ガドル！」

悲鳴を上げたフォンが顔中を涙で濡らしながら、自分の服を裂いて止血した。

仲間たちが次々と彼女を庇い、傷付いていくのだ。覚えなくていい罪悪感が胸を締め上げて、とても辛かっただろう。

涙を止めることができないフォンを連れて、ガドルはなおも歩き続ける。

朦朧《もうろう》とする意識。ふらつく足取り。肘までしか残っていなかった左腕で支えていたはずのフォンは、いつの間にか彼の背中でぐったりとしていた。

だが疑問を抱く余裕さえ残っていない。一歩。また一歩。ガドルは重い足を前へと踏み出す。

そうして、ようやく見つけたゾンビエリア最後の階段。虚《うつ》ろな視界で足を踏み外さぬよう、慎重に上っていく。

階層ボスがいるはずの部屋は、帰路ではただの空き部屋だ。安全地帯に辿り着き、ほっと息を吐いたガドルは、休憩を取るためフォンを床に下ろす。

静かに横たわるフォン。ガドルは異変を感じて、彼女の肩に触れた。

「フォン？　おい、フォン！」

ことりと落ちる、白い腕。

「うおおおおおーっ!!」

ガドルの慟哭《どうこく》が響く。

「すまない。俺にもっと力があれば……。フォン、ルイ、ダン……。すまない……。すまない……」

双眸《そうぼう》から、止めどない涙を零《こぼ》すガドル。奥歯を食いしばり、動かなくなったフォンの手を胸の上で組ませる。

頬を涙で濡らしたまま、ガドルは立ち上がった。部屋の先にある出口を抜け、一人で階段を上っていく。その先で、彼は更なる絶望を味わうのだ。

「なんで……。なんで、こんな……」

目に映った光景を見たとき、ガドルは最初、受け入れられなかった。拒絶するように、力なく首を振った彼の心痛は、如何《いか》ばかりか。

なぜならゾンビエリアの前にいた魔物は——

「あと少し早く辿りつければ、フォンは……っ！」

やるせない怒りをぶつけるように、ガドルはフライドチキンを殴り、食いちぎった。

——緊迫した場面が台無しである。だけど飢餓状態の胃に、フライは危険だと思うのだ。


ガドルの話が終わって、私たちの間に沈黙が落ちた。私は彼の話を、じっくり噛みしめる。

『凄い人たちだったんだな。誇り高く、仲間思いで。とても強い人たちだ』

出てきたのは、そんな陳腐な感想。

「ああ。国一番の冒険者だったよ」

話の途中から涙を零していた彼の顔は、ぐしょぐしょに濡れていた。瞳には光がなくて、虚ろな表情だ。だけど、ほんの少しだけ、すっきりしたように見える。私に打ち明けたことで、彼の心が少しでも軽くなったのなら嬉しい。

「にんじんと最初に王都へ行ったとき、ダンとルイの情報がないか探った。だが二人の行方は分からないままだ。それでも、あいつらならきっと……」

今日、ガドルは途中で足を止め、一点を見つめていた。もしかすると、二人と別れたのはあそこだったのかもしれない。フォンのときと違って私に祈りを求めなかったのは、まだ彼らが生きていると信じているからだろうか。

『……ガドル』

呼びかけると、顔を上げたガドルの瞳に人参が映る。美味しそうだ。

『もし私が命を落としても、悲しまないでくれ。私は必ず戻ってくる。……そうだな。ファードの神殿で待ち合わせるとしよう。——私を信じてくれ』

「縁起でもないことを言うな」

「わー……」

根元《でこ》を指で突かれた。

「悪い。先に寝るぞ？」

「わー」

涙を乱暴に拭ったガドルが、泣き顔を隠すように横たわる。

寝息が聞こえてきたのを確認してから、私は聖水を浴び、先の層に進んだ。一歩出たところで、渾《こん》身《しん》の踊りを披露する。

「わーぁ、わ、わ！」

「おおおお……」

マンドラゴラの歌声に、戦慄《わなな》いて消えていくゾンビたち。シュールな絵面だな。

迷宮の魔物は時間が経てば復活するらしいから、ガドルが目覚めたときには戻っているのだろう。

私がしているのは、意味のない行為だ。そうと分かっていても、少しでも彼の負担を減らしたかった。

ゾンビたちが減ったのを確認すると、すぐに引き返して階段に戻る。聖水を浴びているから大丈夫だとは思うけれど、深入りして私に万が一のことがあれば、ガドルを苦しめてしまうから。


ガドルから過去の出来事を聞いた翌日。私が彼の掌の上で踊り続けたのは、言うまでもない。

「わーぁ、わ、わ！」

恥はすでに消えたわ！

獣型のゾンビたちが、

「おおおお……」

と、騒ぎながら消滅する。

「まさしく聖人参様だな」

「わー……」

もういいよ。受け入れたよ。

からかってくるガドルの表情は、昨日に比べて柔らかい。彼が元気になったのなら、笑われるくらい構わないさ。

　気分をよくした私は、魔力が尽きるまで踊りまくった。そして魔力回復薬を浴びようとしたのに、回復薬が降ってこない。

「わー？」

　どうしたのかと上を見たら、ガドルが大瓶をつかんで顔をしかめている。

「後は任せておけ。回復薬の使いすぎで、状態異常になったらどうする？」

「わー……」

　今でも運んでもらっているのに、これ以上の迷惑をかけるわけにはいかない。ガドルも神鉄の鎧と聖水効果でゾンビ無双ができるので、お任せすることにした。

　その日も、次の層への階段を下りた所で休む。

　ガドルが食事を終えたところで、【友に捧げるタタビマの薫り】を差し出す。

「わー！」

　お疲れ様。今夜は飲んでくれ。

「ありがとう」

「わー」

　素直に受け取ったガドルは、嬉しそうに小瓶の蓋を開けて呷《あお》る。

「うっ？」

　酔ったらしい。すかさず【酔い醒まし】を取り出して渡す。

「助かる」

「わー」

　いいってことよ。

「……一本目で効いたか。珍しい」

　驚いた目をして、しげしげと【酔い醒まし】の空き瓶を見つめる。ガドルは引きが悪いからな。

『心配せずともガドル用は、ちゃんと効く【酔い醒まし】で揃えているぞ？』

　ガドルが動きを止めた。しばらくして、ゆっくりと視線を下げ、私を見る。

「わー？」

　素知らぬふりで、可愛らしく葉を傾げておく。キュートなマンドラゴラに癒やされてくれ。

　せっかくサービスしたというのに、返ってきたのは太い溜め息だった。

　西洋人参の可愛らしさが分からぬとは、情けないぞ、友よ。

「あのとき渡したのは、どちらも不用品だったわけか」

『初対面の相手にそこまで親切にするほど、私は善人参ではないからな』

　陽炎たちも喜んでいたし、いいのではなかろうか。


　地下迷宮に潜って十日ほど。ようやく三十層に辿り着いた。

　私がログアウトしている間もガドルが進み続けていることと、下りるためのルートをガドルが覚えているからこそのハイペースだ。階段を探しながらだと、もっと掛かるのだろうな。

いや、それだけではないか。神鉄の鎧や聖水がなければ、ゾンビと戦う必要がある。そうなると、数倍の時間が掛かりそうだ。

まあ、面倒な計算はいいや。

気を引き締めて、ガドルと共に階段を下りる。

ゾンビ階層のボス部屋で待っていたのは、

「放てっ！」

と叫びたくなる、口から光線でも吐き出しそうな大きなゾンビだった。

ガドルが聖水で強化された義手で攻撃し、私は右手で握られている状態で踊る。

「わーぁ、わ、わ！」

「おおおおお……」

どろどろと溶けて消えていく巨大ゾンビ。

ふっ。他愛《たわい》もないな。

ドロップアイテムは上級回復薬。小瓶一本で全回復だ。ガドルのために取っておこう。

奥の宝箱からは、上級魔力回復薬が出た。小瓶の中に漬け込まれている、ムンクな表情をした高麗《こうらい》人参――否、本物のマンドラゴラ。

「わー……」

思わず見つめてしまう。ガドルも回復薬漬けのマンドラゴラを、渋い顔で凝視する。

「にんじん、その、なんと言っていいか……。あー、墓を作ってやるか？」

『いや、気にしないでくれ。同族とはいえ、面識もない相手だ』

「そうか……」

気まずい空気が流れた。

しかし、丸ごと漬け込まれる方法もあったのだな。それなら私の水漬けで回復薬が出来るのも納得である。というか、漬け込まれるのでいいのなら、なぜ私は包丁に狙われたのだ？

「わー？」

葉を傾げる私と、回復薬漬けのマンドラゴラを持って、ガドルが階段を下りていく。

「順調すぎるほどに順調だな」

安全地帯で食事を始めたガドルが、ぽつりと零した。眉間や額にしわが寄って、複雑な表情だ。順調なのは喜ばしいけれど、前回苦労しただけに、素直には喜べないのだろう。

食事を終えたら早々に休む。

「おやすみ、友よ」

『おやすみ、友よ。よき夢を――』

久しぶりに神樹の苗君を取り出して、【友に捧げるタタビマの薫り】をプレゼント。

忘れていたわけではない。一応、危険な迷宮だし、リングの中にいる間は枯れたりしないみたいだから、出すのを控えていたのだ。ちゃんとアイテム一覧で状態を確認していたから、健康である。

それでも寂しかったのか。神樹の苗君が拗ねるように葉を揺らす。葉に溜まっていた雫《しずく》が、私の根にぴちょりと掛かった。

「わー……」

機嫌を取るため、神樹の苗君の幹を葉でぺしぺしと撫でる。

「わー？」

まだご機嫌斜めか。甘えん坊め。

「わーわー、わわー」

ログアウトする時間まで、話しかけたり撫でたりしてあやした。

まだ苗だものな。一本《ひとり》ぽっちは寂しかったか。


ゾンビ階層を攻略した翌日。ログインした私を待っていたのは、床も壁も天井も石造りで整えられた通路だった。ここまでで一番整備された、人工的な空間だ。幅三メートルほどの通路は、迷路のように幾つもの分かれ道が存在する。

かたかたと音が聞こえて視線を向ければ、骸骨の集団が角を曲がって姿を現す。手には剣を持ち、こちらに気付くと駆けてきた。

――速い！

驚く速度で間合いを詰め、剣を振るう骸骨。

これ、私だったら、人型だったとしても斬られているな。避けられる自信はないぞ。

しかしガドルはゆらりと半身を引いて骸骨の攻撃を躱《かわ》し、頭蓋骨に拳を叩き込む。頭部を失った胴体は、そのまま前に倒れて消えた。

「頭を潰さないと、骸骨は動き続ける」

骸骨には打撃が効果的らしく、ガドルには相性がいいみたいだ。現れる骸骨を次々と撃破していく。

素人の私から見ても、骸骨は今までの敵に比べて強いと分かる。それでもガドルはかすり傷一つなく、一撃で頭蓋骨を粉砕する。これだけ一方的だと、聖水の出番もないな。

リングに回収されたアイテムは、骸骨が持っていたと思われる武器だった。

剣がどんどん溜まっていく。時々大剣や細剣。ごく稀《まれ》に刀も出てきた。私が持っていても使い道はない。ガドルも使わないだろう。町に戻ったら、冒険者ギルドで売ろう。

数メートルと進まず分岐する通路を、ガドルは迷いなく進んでいく。

翌日も似た状況だったけれど、骸骨の手には剣だけでなく、盾も備えられていた。それでもガドルの進撃は止まらない。本当に強いな。私の友は。

迷宮とは、数人のパーティを組んで挑戦するものだと聞いていた。それを一人で難なく進んでいくとは。強すぎではないか？

翻って、私はどうだろう？　私が何株《なんにん》いたところで、先へ進めるとは思えない。やはり私には、ＲＰＧの才能はないみたいだ。

「わー……」

頼りない相棒で済まぬ、友よ。

などと余計なことを考えていられたのは、骸骨階層に入って四日目までだった。

いつもの時間にログインすると、視界に壁が映る。ガドルが行き止まりを前にして踵《きびす》を返すところだった。

「わー？」

どうした？

「起きたか？　すまん、行き止まりだ」

「わー」

気にするな。

とは言ったものの、ここまで道に迷ったことのないガドルが珍しい。楽勝に見えていたけれども、やはり疲れが溜まって、注意力が散漫になっているのだろうか？

そう安易に思っていたのだけれども、そこから先は、行き止まりの連続だった。分かれ道からしばらく進むたびに、突き当りに遭遇する。

「すまん」

「わーわー」

気にするな。

葉《くび》を左右に振ったものの、嫌な予感がする。これは早めに確認したほうがいいだろうか？

『ガ、ガドルよ。もしや、迷子か？』

ぴたりと、ガドルの足が止まった。

迷子なのか？　迷子になってしまったのか？　しっかり者だと思っていたのに、実はドジっ子だったのか？

「……いや。迷っているだけだ」

ガドルはばつが悪そうに、顔を背ける。世間ではそれを迷子というのだよ、ガドル君。

「わー……」

じとりと見つめると、ガドルが太い息を吐き出した。ふっと細められた目には、哀《かな》しみが宿る。

「落とされたのが、この層だった。ここから先はルートが分からない」

『すまぬ。余計なことを聞いた』

「いや、いい」

緩く首を振ったガドルは、曲り角から現れた魔法使い骸骨が放った火の玉を躱す。そして、その隙を突いて向かってきた剣士骸骨の頭蓋骨を粉砕した。

「俺はどうも、運に見放されている」

「わー……」

否定してあげたいのに、否定できない件。付き合いは短いが、彼の運のなさは実体験済みだ。

間を置かずに槍を繰り出してきた骸骨も粉砕し、別の骸骨が振り下ろした斧を躱して回し蹴り。

「地図があれば問題ないのだが、その……」

ガドルは振り向きもせず、背後に回り込んで来たナイフ使いを裏拳で沈めた。

「わー……」

皆まで言うな。選んだ道が、ことごとく外れるのだな。

「にんじんは、どうだ？」

「わ!?　……わー……」

魔法使い骸骨が放った火の玉に、ガドルが拾ったナイフを投げる。ナイフとぶつかった火の玉が消滅。間合いを詰めたガドルが、拳を振り抜いた。

『すまぬ。私も方向音痴だ』

「……そうか」

「わー……」

沈痛な気持ちを抱えながら、私たちは進む。視界の隅に表示されている時計が、いつもならログアウトする時間を示しても、下に向かう階段は見当たらなかった。

ガドルと炎の嵐たちは、こうやって何日も彷徨《さまよ》ったのだろう。食料が尽きて、体力が落ちて。ふらふらになりながら、それでも諦めることなく前に進んだのだ。

「わー」

ガドル、生きていてくれて、ありがとう。

漏らした声はマンドラゴラの声に変わって、友には届かない。それなのに、ガドルは軽く目を瞠《みは》り、口元を綻ばせた。

更にしばらく進む。だけど階段が見つかる気配はなかった。

「仕方ない。今日はテントで休むか」

「わー」

コの字型になっている突き当りまで戻り、テントを取り出す。王都で買った、大抵の魔物は防げるという、高品質のテントである。これでも防げない魔物もいるらしいけれど。

中に入って座るガドルの向かいに下りると、リングから食事を取り出す。十階層で手に入れたフライの盛り合わせだ。町で買い溜めておいた食料もあるけれど、あとどのくらいかかる掛かるか分からない。食べ尽くしてパンとフライ続きになったら、胃もたれしてしまうからな。

井戸女の保温皿で熱々をキープし、食パンを添える。……野菜が欲しいな。

「ずっと気になっていたのだが、いつの間に回収していたんだ？」

「わー？」

ガドルがフライを盛りつけた皿を、訝《いぶか》しげに見る。

ああ、そうか。魔物を討伐して現れたアイテムに、私は触れていない。疑問を抱くのは当然か。

『リングが自動で回収するみたいだ』

「収納量だけでも凄いのに、便利なアイテムだな」

ガドルの表情は、感心を通り越して呆れた顔だった。私も現実世界で欲しいよ。

食事を終えたガドルが横たわる。寝息が聞こえてきたのを確認して、私も腐葉土に潜った。

今夜はちょっと夜更かししてしまったけれど、明日ちゃんと起きられるかな？　起こしてくれるよう、ＡＩちゃんに頼んでおこう。

ガドルは一度通った道は覚えてしまう。だから、左手を壁に当てて進むという手段までは取らずに済んだ。実質、同じくらいの距離を進んだ気もしなくはないけれど。

ようやく四十層目に下りる階段を見つけた頃には、地下迷宮に入ってから一ヶ月以上が経過していた。

ここまで辿り着く途中で、魔物が暴走したというワールドアナウンスが流れた。プレイヤーたちが、皆で協力して魔物を倒すイベントだ。いわゆるレイド戦というやつだな。

けれど私は迷宮にいたので、参加は見送った。外にいても参加しなかっただろうけど。私、戦う気がないからな！

……なんだか私だけ、別のゲームをしている気がするのは気のせいだろうか？

まあいい。何はともあれ、この層にいる階層ボスを倒せば、骸骨エリアともお別れだ。名残惜しくなどない。毎日毎日、骸骨骸骨骸骨……。もう見たくないというのが、正直な感想である。

通路を埋め尽くす骸骨の軍団。人型だけに留まらず、四足歩行の獣型や、頭に角がある骸骨。復元を間違えたのか、腕や頭が複数ある骸骨もいたな。

それらをガドルは次々と蹴散らし、ここまでやってきたのだ。

「……。わー？」

もしかしなくても、ガドルはプレイヤーが連れ回していい存在ではないのではなかろうか？　ＲＰＧに疎い私だが、さすがに疑問を抱いてしまう。

まあ、いっか。今更だ。ガドルは私の大切な友であり、相棒なのだから。

そう名乗るのはおこがましいかもしれないけれど、私だってただ背中にくっついて運ばれていただけではない。助太刀の盆踊り――ではなく聖魔法で、骸骨の群れをがらがらと崩したこともあったのだ。

階段下まで行くと、ガドルが腰を下ろし一息吐く。

「わー!」

次は三十階層の階層ボスだ。英気を養うため、ほかほかのステーキ定食を取り出す。厚みが五センチ近くある、食べ応え抜群の肉だ。蒸した人参とジャガイモが添えてある。

ガドルは肉の塊にフォークを刺すと、そのまま口へ運ぶ。

『ちゃんと人参も食べるのだぞ?』

「……」

ステーキを噛み千切ろうとしていたガドルが固まった。やはり人参を残そうとしていたのだな。お子ちゃまめ。

分厚い肉を頬張ったガドルは、もぐもぐごくんと呑み込んでから、私をじとりと睨む。

「にんじん、言葉を選べ」

「わー?」

「俺はたとえ飢えようとも、友を食ったりはしない。……連想させるな」

指摘されてみれば、私は名前も外見も、人参だった。

『すまぬ』

「分かればいい」

太く息を吐き出したガドルは、残りのステーキを食べると、人参とジャガイモも残さず完食した。

『なあ、ガドル。ボス部屋に入るのは、私が起きてからにしてくれないだろうか?』

食事を終えて、【友に捧げるタタビマの薫り】を嗜《たしな》むガドルに、私はおもむろに切り出す。

ガドルの強さならば大丈夫だろうとは思う。だけど、この世界の住人である彼に万が一のことがあれば、取り返しが付かない。

私は戦力にならないだろう。それでも、聖水と聖魔法を使えば力になれるはずだ。

ガドルが私をじっと見つめる。私はその視線を、真正面から受けて立つ。

「……分かった」

「わー！」

同意の答えを聞いて、ほっと胸《むね》を撫で下ろす。私の態度を見て、ガドルの表情も緩んだ。けれどすぐに引き締められる。

「正直に言うと、地下迷宮の様子がおかしい」

「わ？」

おかしいだと？

たしかに、ここの魔物はおかしい。お化けが踊っていたり、フライが飛んでいたりと、魔物のチョイスが狂っている。運営の思考回路を疑ってしまうほどだ。

「前に来たときは、ここまで魔物が溢《あふ》れていなかった。今まで潜ったことのある迷宮と比べても、違和感がある」

「わー……」

おかしいの意味が違った。

「いざとなったら、助けてくれるか？　相棒？」

「わー！」

もちろんだとも！

にやりと犬歯を見せたガドルに、間髪を容《い》れずに即答する。

聖水と聖魔法だけではない。使わなければそれに越したことはないけれど、私には癒やしの歌だってあるのだ。絶対に、ガドルを護ってみせるぞ！

「わー！」

「無茶だけはするなよ？」

「わー！」

意気込む私を、ガドルが苦笑しながら見守っていた。


そして翌日。ログインした私を、ガドルは体を解《ほぐ》しながら待っていてくれた。

「休養は充分に取った。体調は万全だ。聖水を頼めるか？」

「わー！」

もちろんだ。

ガドルに聖水を掛け、心を込めて踊る。

「わーわーわー、わわわ、わっわわわっ！」

ガドルが無事に地下迷宮を制覇できますように。

輝くガドルを確認してから、私も聖水を浴びる。ぺかりと光る、イエアメガエル。

「よし、行くぞ！」

「わー！」

万全を期して開けた扉の先には、巨大な骸骨がいた。頭だけでも四メートルはあるだろうか。しかも様々な武器を持った、骸骨の軍団を率いている。

「わー！」

下っ端どもは任せろ！

ガドルの肩に立ち、踊る私。

「わーぁ、わ、わ！　……わっ⁉」

聖魔法が効かないだと⁉

ここまで無敵を誇ってきた聖魔法。けれどここにきて、骸骨の軍団を成仏させてあげることができなかった。悔しく思うけれど、それでも軍団の動きは止まっている。

「充分だ。落ちないように、しっかり掴まっておけ！」

「わー！」

即座に四つん這いとなり、ぴとりと手足とお腹《なか》をガドルの鎧にくっ付けた。

ガドルが骸骨たちの上を踏み付けながら駆け、巨大なボス骸骨に殴りかかる。

だがさすがは骸骨たちの親玉。一撃では沈まなかった。ガドルは何度も何度も殴り、蹴る。地面に落下するタイミングで骸骨軍団を踏み潰し、再び跳躍。ボス骸骨へ攻撃を繰り返した。

私もタイミングを見計らい、ボス骸骨に掛かるように聖水を取り出す。かしゃりと割れた小瓶から零れた聖水が、ボス骸骨に当たった。蒸気が立ち昇り、骨が溶ける。効果はあるらしい。散った飛沫《しぶき》が骸骨軍団に当たり、数体が成仏した。不運なのか幸運なのか……。

ボス骸骨が虫を払うように、ガドルを叩く。

「くっ」

間一髪でガドルが躱し、ボス骸骨の手は壁にぶつかった。壁が弾けるように崩れ、大きな穴が開く。こんな攻撃をまともに受けたら、さすがのガドルもただでは済むまい。

ガドルの表情に、初めて焦りの色が浮かんだ。

「今までと格が違いすぎる！」

「わー！」

「こいつが地下迷宮のボスかもしれないな」

なるほど。だから強いのか。でも、だったらこいつを倒せば、ガドルの無実を晴らせるのだな？

「わー！」

俄然《がぜん》やる気を出す私。

一方のガドルは、辛そうに口を一文字に引き結んでいた。

「上るんじゃなくて、下っていれば……」

落ちた場所から地上を目指すよりも、日数は掛からなかっただろう。万全の状態ではなかったとしても、ガドル並みの実力者が四人も揃っていたのだ。地下迷宮を完全攻略できた可能性がある。そして、炎の嵐のメンバーが助かった可能性だって……。

そんな後悔が、ガドルの動きを鈍らせたのか。

私の叫び声を聞いて、顔を上げたガドルが目を見開く。視界を覆うのは、白い骨の手。

『ガドル！』

「くっ！」

「わっ⁉」

強い衝撃が、私とガドルを襲う。ボス骸骨に平手打ちにされ、私たちは吹き飛んだ。壁か床にぶつかったのだろう。間を置かずして、二度目の衝撃が全身を揺さぶる。

「わー！　……わー？」

しかし、私はまだ生きていた。ガドルが私を庇ってくれたのだと思う。でも舞い上がった砂塵《さじん》が周囲を覆い、視界は真っ白。痛みはないけれど、体がくるくると回っていて、天地も分からなかった。

いったい私は、どうなっているのだろうか？

「にんじん！　──かふっ⁉」

風鳴りの隙間から、私を呼ぶガドルの絶叫が響く。その声が、いつもより遠い。

もしかして私、ガドルの鎧から取れて、空中に放り出された？　ならば壁か地面にぶつかったところで、私の生命力は尽きるだろう。

だがそんなことよりも、私を呼ぶ声の後に聞こえた、空気を吐き出す音が気になる。ガドルが怪我《けが》をしたのか？　大丈夫なのか？　考えている時間などない。

「わーっ！」

聖水（樽）を、リングから全部取り出す。そして癒やしの歌を発動！

「わわわわ～♪」

届け！　ガドルへ！

その直後。強い衝撃を受けて、私の意識は闇に呑まれた。

＊＊＊

砂埃《すなぼこり》が収まり、ガドルは辺りを見回した。蛙の姿も、マンドラゴラの姿も見当たらない。耳を立てて、友の声を探す。鼻を動かし、匂いを嗅いだ。念のために、ギルドカードを確認したけれど、刻まれていた名前は、自分のもののみ。

この部屋に、小さなマンドラゴラは存在しない。そんな事実がガドルに突き付けられる。

「にんじん……。なぜ……？」

絶望が、彼の心を凍らせていく。

ボス骸骨に殴られて折れたはずの骨も、ダメージを受けたはずの内臓も、違和感すらなかった。最後ににんじんが、癒やしの歌で回復させてくれたのだろうことは明らかだ。

「ばかやろう……」

ガドルは拳を握りしめ、奥歯を食いしばる。

嘆くのは後だ。今は目の前の敵を倒すことだけを考えよう。友の命を無駄にしないために――

ボス骸骨を睨み上げる彼の眼は、鋭く冷たい。敵と認識したものを葬るためだけの、空洞の眼。

白い骨の手が、振り上げられた。

ガドルは跳躍する。彼を潰さんと振り下ろされた指の隙間から飛び出す。その白い指を足場代わりにして、踏み抜くように蹴って跳ぶ。巨大骸骨の脳天に踵《かかと》落《お》としを喰《く》らわせると、その反動で宙を舞い、回転で勢いを殺しながら地面に下りた。

樽の傍《そば》に着地した彼は、すかさず樽をボス骸骨目掛けて蹴る。

「ふんっ！」

ボス骸骨に当たって砕けた樽から、聖水が飛び散った。白い骨は蒸気を上げて溶けていく。にんじんが使っていた小瓶とは量が違う。ボス骸骨の骨が爛《ただ》れ、周囲にいた骸骨たちが巻き込まれて消える。

ガドルは容赦なく次々と樽を蹴った。聖水が当たるたび、ボス骸骨が悲鳴を上げてもがく。暴れるボス骸骨は、狙いの定まらない攻撃を繰り出した。難なく躱したガドルは、急所を狙って樽を蹴り込んでいく。

「これで、終《しま》いだああっ！」

最後の樽を受けて、ボス骸骨がとうとう崩れ落ちる。周囲にいたはずの骸骨は、戦いに巻き込まれたのか、知らぬ間に全滅していた。

ガドルの勝利だ。

けれど、彼の表情に喜びはない。胸を埋める感情は、虚しさだけ。

「にんじん……」

流れ落ちる、一筋の涙。

奇妙なマンドラゴラだったと、彼は思う。底抜けにお人参好《ひと》しで、どこか抜けていて。傷付いていたガドルの体だけでなく、心も癒やしてくれた。

ガドルを友と呼び、ガドルの代わりに怒ってくれる。だから彼は、憎しみを捨てることを選び、笑えるようになれたのだ。

天上を見上げて、涙を呑み込む。

ここで立ち止まることを、小さな友は望んでいないと知っているから。足を前に進め、部屋の奥にある扉を開けた。

がらんとした部屋の中央には、大きな丸い水晶が浮かぶ。

《何を望みますか?》

無機質な声が、ガドルに問うた。

自分と、炎の嵐が地下迷宮に入ったときの映像を——

そう言うために開きかけた唇が震える。

——友を、にんじんを返してくれ!

咽元《のどもと》まで出かかった叫び声。汚名を着たままで構わない。あの小さな友が傍にいてくれるのなら、他には何もいらないから——

けれど、ガドルの理性は訴える。

何のために、ここへ来たのか？　何のために、友は命を懸けてくれたのか？

友の善意を無下にするわけにはいかなかった。そんなことをすれば、顔向けできない。

そもそも迷宮の主だとて、死んだ命を蘇《よみがえ》らせることはできない。もしも叶《かな》えられたなら、それは生きた屍《しかばね》――死霊の魔物だ。

――それでも。

彼の震える唇が、声を絞り出す。自分の願いを叶えるために。

「にんじんを……」

言いかけた言葉は潰《つい》えた。地下迷宮での休憩中に、友が告げた言葉が脳裏を過《よ》ぎる。

『もし私が命を落としても、悲しまないでくれ。私は必ず戻ってくる。……そうだな。ファードの神殿で待ち合わせるとしよう。――私を信じてくれ』

ガドルは拳を握りしめた。掌に爪が喰い込み、血が滴り落ちる。食いしばった歯からは、錆《さ》びた鉄の味がした。溢れ出てくる涙を無理やり目蓋で堰《せ》き止めると、血を吐く思いで叫ぶ。

「俺と炎の嵐が、この地下迷宮に入ったときの記録をくれ！」

応えるように、大きな水晶から、硬貨ほどの小さな水晶が吐き出された。受け取ったガドルは、義手の隠しポケットから【妖精の悪戯な飴玉】を取り出し、代わりに小さな水晶をしまう。【妖精の悪戯な飴玉】を握りしめた手でぐっと涙を拭ったガドルは、大水晶に拳を押し当てる。

「帰還を」

大水晶が光り、ガドルを包み込んだ。

迷宮は、制覇すると入り口まで転移で戻れる。

楽な帰還方法ではあるけれど、ガドルはこっそり潜ったので、見張りの兵に姿を見られることは好ましくない。

「なんだ!?」

輝く光に驚く兵の声を捉えるなり、ガドルは【妖精の悪戯な飴玉】を口に含む。そして光が収まり視界が色を取り戻すより先に、駆け出した。

空は赤く染まり、草木の香りが鼻をくすぐる。外に出てこられたのだ。また、一人だけで――

「くっ」

悔しさや怒りが込み上げてきて、ガドルの口から呻き声が零れた。双眸から溢れる涙が、顔をぐしゃぐしゃに濡らす。

それでもガドルは止まらない。

「待っていてくれ、友よ！」

森を抜け、セカードの町へ入る。真っ直ぐ神殿に向かうと、ファードの町へ転移した。

「ガドル様ではありませんか。にんじん様はご一緒ではないのですか?」

ドドイル神官に尋ねられて、ガドルは声を詰まらせる。

「来て、いないのか?」

「ええ。王都の神殿に向かわれてからは、ご無沙汰をいたしております。お元気でしょうか?」

ガドルは答えられない。訝しげに眉を曇らせたドドイル神官から、顔を逸らす。

「しばらく待たせてもらってもいいだろうか？」

「もちろんでございます」

「感謝する」

女神像の前に並ぶ椅子に腰かけて、ガドルは友を待った。

夕食と部屋を用意したと言うドドイル神官に首を振り、夜を徹してひたすらに待つ。朝が来ても、小さな友は現れない。

「にんじん……」

やはり死んだ者が戻ってくることなどないのだ。あの言葉はきっと、ガドルが無茶をしないようにと、抑止のために言ったのだろう。

どうして彼を護り切れなかったのか。どうして離れていく蛙を、掴めなかったのか。

後悔が何度も彼を責め立て苛む。

「女神キューギット様。どうか、にんじんを返してください」

跪《ひざまず》き、祈った。

太陽は高く昇り、沈んでいく。窓から差し込む明かりが、赤く染まっていった。ガドルはまだ祈り続けている。

「どうか、にんじんを――」

『待たせたな。友よ』

反射的に顔を上げたガドルは、入り口を振り返った。赤い夕陽を背後に、小さな影が一つ。

「にんじん？」

そこにいたのは、一株のマンドラゴラ。けれど彼が知るマンドラゴラとは、何かが違う。

「本当に、にんじんなのか？」

マンドラゴラの個体識別ができるほど、彼はマンドラゴラに詳しくない。なのになぜか、目の前のマンドラゴラは、彼の友だったマンドラゴラと同じ存在ではないと感じた。

『この世界の住人は、蘇った異界の旅人を、同一人参と認識できないとは聞いていたが……。私が分からないとは、酷い友だ』

そう言って、根元《かた》を竦《すく》めるマンドラゴラ。

《それはお前の友であったマンドラゴラではない。間違えるな。お前の友は死んだのだ》

頭の中で、マンドラゴラの言葉を否定するメッセージが繰り返される。そしてノイズが視界を歪めていく。――世界が、ガドルの思考を拒絶していた。

双眸から溢れる熱い涙の向こうで、マンドラがゆっくりと近付いてくる。

『また、一緒に冒険をしてくれないか？　友よ』

ガドルの耳の奥で、ガラスが割れる音が響く。そして――

「ああ。もちろんだ、友よ」

一瞬だけくしゃりと顔を歪めたガドルは、白い歯を覗かせて、不敵な笑みをマンドラゴラに向けた。

＊＊＊

地下迷宮のボスに倒されてしまった私は、ペナルティで二十三時間ログインできなかった。その間はガドルのことが気掛かりで、解除時間になるなり、『イセカイ・オンライン』にログインする。そしてすぐにファードの神殿を目指した。

この世界の住人は、「死に戻り」した異界の旅人を本人だと認識できないという。だからガドルも、私のことを忘れているかもしれない。そんな不安を覚えながら辿り着いた神殿で、彼は待っていてくれたのだ。私が本当に「にんじん」であるのか訝しがっていたけれど、結果として受け入れてくれた。

『あの後、どうなった？』

椅子に並んで腰掛けて、私が落ちた後の話を聞く。ガドルの顔は濡れていて、目が赤くなっていた。きっと、夕日のせいだな。

「にんじんが残してくれた聖水のお蔭で、見事地下迷宮を制覇したぞ。目的の映像も手に入れた」

「わー！」

最後の瞬間。とっさにありったけの聖水を出したのが、役に立ったみたいだ。

「全部、にんじんのお蔭だ」

『ガドルの頑張りだ。私は少し手を貸したにすぎん』

魔物のほとんどをガドルが倒したからな。私はガドルにくっ付いていって、おこぼれを貰っただけだ。

「お前は本当に、変なマンドラゴラだな」

「わー？」

その日は特に何をするでもなく、ガドルと他愛のない話をして過ごした。

そして翌日。ログインした私はガドルと合流して、久しぶりにファードの薬師ギルドを訪れる。

「マンドラゴラだね。少し前にもマンドラゴラが来たけれど、最近のマンドラゴラは薬になるのではなく、薬を作るのがブームなのかい？」

「わー……」

たぶん、そのマンドラゴラも私です。そして薬にはなりたくないです。刻まれるからな！

調薬室を借りて、【妖精の悪戯な飴玉】を作った。砂糖茸はないので白砂糖を使う。それから王都へ。

「ガドル様、にんじん様はご一緒ではないのですか？」

「わー……」

転移した先にいたピグモル神官長に問われて、私とガドルは苦い顔。ガドルが無言で私を示す。

「ガドル様？ ご冗談はおやめください。いくらガドル様といえども、聖人参様を騙《かた》るなど……」

眉をひそめてガドルを窘めていたピグモル神官長だけど、途中で声が止まった。

「聖人参、様？ ……もしや、にんじん様のお子様？」

「わー……」

知らぬ間に、子供が出来ていた件。

私を見つめるピグモル神官長の視線が、ガドルへ戻る。

「地下迷宮へ向かうと仰っていましたが、まさか、にんじん様は……っ！」

愕然とした表情を浮かべ、よろめくピグモル神官長。

「神官長様！」

ポーリック神官が、慌てて支えた。彼の顔色も真っ青だ。

「わー……」

途方に暮れてしまう私。ガドルも眉間にしわを寄せて、困惑している。

ガドルが私だと気付いてくれたから他の人も大丈夫かと期待したけれど、ピグモル神官長とポーリック神官は、私をにんじんだと認識できないらしい。

慌ただしくなった神殿から逃げるように出て、今度はキャーチャー閣下の館に向かった。

約束は果たさなければな！　私だと認識されなくても、【妖精の悪戯な飴玉】を渡さねば。十秒しか効果ないけど。

館に着くと、使用人に案内されて応接室へ案内される。アポなしでも入れてくれるとは、懐が広いな。警備の面では不安になるけれど。

しばらくすると、キャーチャー閣下がやってきた。

「ガドル、しばらく見なかったが、地下迷宮に潜ったのか？」

人払いするなり、本題に入る。

「ええ。攻略してきました」

ガドルが小さな水晶玉を取り出し、キャーチャー閣下に差し出した。それに目的の映像が収められているらしい。キャーチャー閣下は目を瞠って、水晶玉とガドルを見比べる。

「驚いたな。本当に攻略するとは」

「わー」

思わず同意してしまう。魔物の強さはよく分からないけれど、数は多かったからな。ガドルの無双は凄すぎた。

「ところで、そのマンドラゴラはなんだ？　にんじん殿はどうした？」

「わー……」

キャーチャー閣下も駄目か。

『友よ。改めて礼を言う。私を覚えていてくれてありがとう』

「にんじん……。当然だろう？」

ふっと渋い笑みを向けられた。なんてイケメン。女性なら惚《ほ》れてしまうぞ？　……男も惚れかねんな。

ＡＩちゃん、勝手なことをしてと呆れていたけれど、『イセカイ・オンライン』に注文を変更してくれてありがとう。帰ったらお礼のアプリをプレゼントしよう。

「まさか、そのマンドラゴラがにんじん殿なのか？」

私とガドルのやり取りを見て、閣下は察したらしい。

「わー！」

こんな美味しそうなマンドラゴラが、私以外にいるものか。

「にんじんですよ」

ガドルが言葉を添えてくれた。

「そうか……。いや、違う……。……嫌な気分だな」

頷こうとしたキャーチャー閣下の顔色が真っ青になり、口元を押さえる。かなり気分が悪そうだけど、それでも真偽を見極めようと、私をじっと見つめた。

「わー……」

無理はしないでほしい。にんじんジュニアと名乗ったほうがいいだろうか？

「正直な話、マンドラゴラはどれも同じに見える。むしろ『にんじん殿ではない』と明確に感じることこそが、にんじん殿である証《あか》しなのかもしれない」

「わー……」

哲学的だな。

「まあよい。それよりも、映像を観よう」

「はい」

「わー」

私がにんじんであるかどうかよりも、ガドルの冤罪《えんざい》を証明するほうが大切だ。

地下迷宮で手に入れた水晶玉に、体調が戻ったキャーチャー閣下が魔力を流す。すると、空中に立体映像が現れた。ガドルの他に、大剣を担いだ筋肉質の男、爽やかイケメンな剣士、エルフの女性が映っている。炎の嵐のメンバーだろう。特徴から、大剣がダン、イケメン剣士がルイ、エルフがフォンだと思われる。

日が差し込む地下迷宮の入り口から、奥へと進んでいく四人。

「罠があったのは二層目です」

ガドルが告げると、キャーチャー閣下が水晶へ意識を注ぐ。何かを操作したみたいだ。画像が二層目の途中に飛んだ。

そろそろ引き返すかと相談していたところで、井戸が輝き、四人を吸い込む。そして次の瞬間。背景は石造りの通路に変わった。三十階層、骸骨エリアだな。

驚いた様子を見せた四人だけど、冷静に対応していく。初日は危なげない足取りで進み、階段まで辿り着いたところで休息を取った。

そこからは、ガドルから聞いた通りの状況だった。

食料が尽きて、衰弱していく四人。ゾンビエリアでダンとルイが倒れ、ガドルはフォンを連れて先に進む。だけど、そのフォンも――

水晶に収められていた映像の期間は、二か月を超えていた。早送りでも、全て見終えるまでに日数を要する。私とガドルは公爵邸に泊めてもらい、最後まで観させてもらった。

映像は、ガドルが地下迷宮を出るところで終わる。

私とキャーチャー閣下は、予想を上回る壮絶な映像に言葉もない。

辛い過去を思い出さずにはいられなかったガドルは、両手で顔を覆って泣いている。途中で席を外すことを勧めたが、最後まで観ると言って聞かなかったのだ。今は彼が泣き止むのを待とう。

泣いて、泣いて、泣き尽くしてしまえ。苦しみも、悲しみも、怒りも。全部、全部、涙で押し流してしまえ。

「……閣下」

嗚咽《おえつ》を呑み込んだガドルが、うつむいたまま声を絞り出す。

「なんだ？」

「この映像を公開して、三人の誇りを守れますか？」

「むしろ、彼らの気高さが伝わってきたよ」

「わー」

最後まで仲間を思って行動した、誇り高き戦士たちだ。尊敬の念が湧きこそすれ、彼らを貶める要素などあろうものか！

それにしても、この映像を公開すれば、ガドルに掛けられた疑いを晴らせるというのに。先に出てくる言葉が、失った仲間たちへの気遣いだなんて。ガドルの優しさに、私は維管束《むね》が痛いよ。

顔から両手を離したガドルが立ち上がる。そしてキャーチャー閣下に対して、深く腰を折った。

「よろしくお願いします」

『私からも、お願いします』

私も立ち上がって、深く葉《あたま》を下げる。

「無論だ。任せてくれ」

しっかりと頷いてくれたキャーチャー閣下に、ガドルは水晶を託した。

後日、キャーチャー閣下は約束通り、証拠の映像を公開し、ガドルの無実を晴らしてくれた。

ガドルを罪人のように扱っていた人たちは、真実を知って、申し訳なさそうに彼に謝ったり、ばつが悪そうに避けている。中には、

「俺はガドルを信じていたぞ」

などと、したり顔な人もいたけれど。

「わー……」

「気にするな。人とはそういうものだ。何が真実かなど、当人にしか分からないことだからな」

「わー？」

不満を漏らしていたら、ガドルに窘められた。達観しすぎていやしないか？

ところで元凶のデッドボール男爵だけど、彼がガドルの件で罪に問われることはなかった。噂を流しただけだからな。

だけど無罪となったわけではない。私たちが地下迷宮に潜っている間に、間引かれることなく増加していた魔物たちが、地下迷宮から溢れ出したのだ。国が派遣した兵士や、プレイヤーを含む冒険者たちで撃退し、大きな被害は出なかったそうだけれど。

デッドボール男爵はこの魔物の暴走に対して、地下迷宮に潜んでいるガドルの仕業で、自分も被害者だと言い張ったらしい。だが私とガドルが地下迷宮を攻略したことで、彼の証言に信用性はなくなった。更に私たちの証言から、本来ならば、被害は町まで及んだ可能性があったと判断される。

ガドルが無双して迷宮の魔物を減らしたお蔭で、溢れた魔物の数が少なくなったみたいだ。

結果。デッドボール男爵は爵位を取り上げられて、多額の罰金を命じられた。

過去の映像を観て、引っかかってはいたのだ。魔物が少なくないか？　と。私が知っている地下迷宮は、休みなく襲ってくるフライや、地面を覆うゾンビだからな。

それにしてもデッドボールめ。ガドルの噂を流しただけでなく、自分の失態までガドルに被せようとしていたとは。なんて奴だ。

「さて、これからどうする？」

王都の町を歩きながら、ガドルが問いかけてくる。

『そうだな。次の冒険へ向かおうではないか。友よ』

私とガドルの冒険は、まだまだ続くのだ。

※

【交流掲示板】

マナーを守って楽しく交流しましょう。

〈前略〉
356　ちょ!?　皿が狂気……違った。凶器。
357　狂気でも合ってるような。
358　地下迷宮から溢れ出た魔物を討伐しろってイベントだけど、色物《いろもの》すぎだろ？
359　迷宮を発見した俺を称《たた》えてくれてもいいんだぜ？　(・∀・)

３６０ ドヤ顔うぜえ。迷宮発見から何日経ってると思ってるんだよ？　お前は関係ないだろ？
３６１ 危なっ！　火の玉、速っ！　そして炎上怖っ！
３６２ ＞＞３５９　怪しいＮＰＣを付けて発見したと伺ったのですが、そのＮＰＣは全身鎧の白虎獣人でしょうか？
３６３ なんで井戸爆発してるんだ？　皿女が涙目なんだがｗ
３６４ ＞＞３６２　それって北の山の酒瓶持ったＮＰＣ？
３６５ ちゅどーん☆　火薬を井戸に投げ込んでる。鬼焔《きえん》の妖精が初犯で火薬持ちが真似《まね》してる。
３６６ 火薬ってどこで手に入るの？　誰か譲って。俺も参加したい。
３６７ ちゅどーん☆　冒険者ギルドで売ってたよ？　すぐ売り切れてたけど。……保温皿？
３６８ 酔い醒ましといい、限定多すぎだろ。保温皿？
３６９ ＞＞３６２　合ってる。＞＞３６４　有名なＮＰＣだったの？　ちなみにお尋ね者っぽかったよ？
３７０ あの強さでお尋ね者って……。その内に敵として俺たちの行く手を阻むんだな。
３７１ お尋ね者、ですか……。
３７２ 一反木綿ｗ　お前、火の玉と相性悪すぎだろｗ　なんで仲間に燃やされてるんだよｗｗｗ
３７３ ＞＞３７１　何？　意味深な書き方して。
３７４ 金魚提灯から針が生えた！　そして撃ってきたあーっ！
３７５ 実は知人が迷宮発見の第一報が書き込みされた日以降、行方不明でして。その知人は迷宮近くで全身鎧の白虎獣人ＮＰＣと共にクエスト中だったのです。

３７６　は？　もしかして他人のクエ邪魔したのか？　第一発見者。

３７７　おいおいｗ　ところでハリセンボンはどうやって倒せばいいんだ？　空に逃げるんだが？

３７８　うおーっ！　逃げろーっ！　ぎゃーっ！

３７９　＞＞３７７　鬼焔のメンバーは余裕で討伐してるぞ？　向かってきたのをシュバって斬ってた。

３８０　＞＞３７５　待って。全身鎧の白虎獣人だったけど、プレイヤーはいなかったよ？

３８１　＞＞３８０　隠密クエストで特殊装備でしたから。私も近くで見るまで気付けませんでした。

３８２　金魚提灯、ようやく倒したのにドロップアイテムが割り箸なんだけど？　俺の労力返して？

３８３　つまり行方不明のプレイヤーは、第一発見者のせいでクエスト失敗して、ＮＰＣと一緒に捕まったと？

３８４　回復職どこ!?　初級回復薬じゃ追いつかん！　……あ、酔った。

３８５　人のクエ邪魔するとか最低だろ、第一発見者。

３８６　なんだ？　体が勝手に……。ええー……。

３８７　中華饅、戦えよ！　なんで踊ってんだよｗ

３８８　妖怪とプレイヤーで盆踊り大会開催とか、どんなイベントだよｗ　俺も参加しよ（真顔）

３８９　このゲーム、地味にリアルだからな。捕まったプレイヤーは留置所かな？

３９０　プレイヤーは苦戦してるのに、ＮＰＣの兵士や冒険者は余裕で倒してる件。凹

３９１　ＮＰＣ強いなー（棒読み）。プレイヤーの存在意義よ……。

３９２　レベル調整ミスってるよな。その上、回復手段がなさすぎ。どんどん死に戻ってる。
３９３　いや、でも……。怪しいＮＰＣを付けるのは基本だろ？
３９４　＞＞３９３　ちなみにそのプレイヤー、豚のお気に入りです。
３９５　＞＞３９４　中華饅戦隊かよ！　あんまんと豚まんはいつまで踊ってるんだ？　書き込んでないで戦えよ！
３９６　＞＞３９４　肉まん？　うわー。暗黒ショタ眼鏡降臨。
３９７　＞＞３９６　何か仰いましたか？
３９８　＞＞３９７　すいませんでしたーっ！（スライディング土下座）＠３９６
３９９　誰か盆踊り止めてくれ。攻撃されてないのに生命力が減っていくんだ。そろそろ限界……。
４００　＞＞３９４　すみませんでした！（土下座）プレイヤーが一緒だと気付かなかったんです！
４０１　＞＞４００　次から気を付けてくださいね？　豚の機嫌が悪くて、最近、人参の丸焼きばかりなんですから。
４０２　踊ってる魔物に攻撃したら弾かれた！　そして巻き込まれたーっ！　は、よいっよいっ！
４０３　カオスｗ
４０４　＞＞４０１　人参の丸焼き？
〈後略〉

終章　運営、泣く！

名前　にんじん

種族　聖人参

職業　薬師、聖人参

ギフト　調薬、幻聴、鑑定、癒やしの歌、緑の友、女神の寵愛

レシピ

NEW ・妖精の悪戯な飴玉（劣化）

なめている間は姿を隠すことができる。

<効果時間> 最大1秒～10秒

・妖精の悪戯な飴玉（不良）

なめている間は姿を削ことができる。

<効果時間> 最大1分

ここは、とあるＶＲ空間。空中には無数のモニターが浮かび、プログラム言語が高速で流れていた。椅子に座って睨《にら》めっこしている社員たちの目の下には、黒い隈《くま》がある。

「部長、大変です！　ガドルの弱体化が解けています！」

社員の叫び声に、部長はゾンビのような生気のない顔をゆらりと向けた。

「ガドルっていうと、地下迷宮で仲間を失った上に自身も大怪我《おおけが》して、なんとか生還したと思ったら汚名を着せられて、更にキャーチャー閣下の暗殺を疑われ、その後に起こる地下迷宮の暴走まで関与していると噂《うわさ》され、王国を見限り帝国に行った、帝国戦で出てくるレイドボスだよな？」

「悲惨なキャラですよね。誰が考えたんですか？」

思わず沈黙が落ちる。いくら敵キャラに重たい背景があるほうが盛り上がるとはいえ、悲惨すぎやしないか。

「えーっと、そのガドルで合ってます。プレイヤーが治しちゃったみたいですね」

「まだ序盤だろ？　ガドルの弱体化を解けるプレイヤーなんて、いないだろう？」

「最適化されたマンドラゴラを選んだプレイヤーと、遭遇したみたいです」

『イセカイ・オンライン』では、種族と二種類の職業が選べた。組み合わせによって与えられるギフトが自動で決定する。その中には、レアを引き当てる組み合わせがあった。いい意味でも悪い意味でも。

「癒やしの歌か。まあいいんじゃないか？　今から弱体化が解けると、ガドル戦の攻略難易度が上がりそうだけど、俺らには好都合だろ？」

「ガドル戦の勝率シミュレーションは、五分五分でしたっけ？　お蔭《かげ》でシナリオを二種類用意してるとかで、まじ勘弁って感じでしたからね」

わはははと、空笑いが響く。

シナリオを書くほうも大変だろうけれど、プログラムを組むのはもっと大変なのだ。ＡＩが大半をやってくれるから、楽だろうと勘違いされることがある。けれど実際は、複雑かつ膨大なプログラムは、チェックするだけでも気が遠くなるほどの作業だ。正気を失い掛けるのは、日常茶飯事である。けれど、そうやって命を削るようにして作り上げたプログラムの幾つかは、日の目を見ることなく破棄されてしまう。やってられるか。

だがもしも、このままガドルが強くなり、レイド戦が負けイベントとして確定すれば、それだけ仕事は減るだろう。彼らにとっては、むしろありがたいことだと喜んだ。

「それが、そのマンドラゴラと一緒に行動しているんですけど、大丈夫ですかね？」

「は？」

理解できないと言わんばかりの声と目を向けられて、報告した社員はそっと顔を背ける。

マンドラゴラが使う癒やしの歌は、ほぼ即死魔法だ。使用すれば生命力をわずかに残し、魔力と空腹度が尽きる。空腹度が空になれば、時間と共に生命力が削られていく。つまり、敵ではなく使用者がゲームオーバーとなる、使い辛《づら》さ抜群の仕様である。

そしてこのゲームでは、一度ゲームオーバーとなったプレイヤーを、ＮＰＣたちは同一人物と認識できない。ガドルが癒やしの歌を使用したプレイヤーと、行動を共にする理由はなかった。

「マンドラゴラに、回復薬でも掛けてくれる仲間がいたのか？　だが植木鉢と初級回復薬を併用しても、時間稼ぎにしかならないはずだよな？」

　短時間に回復薬を使いすぎると、状態異常が付く。人間なら酩酊《めいてい》で済むけれど、マンドラゴラなら根腐れする。そこでアウトだ。

「自分を材料にして、複合回復薬を作っていたみたいです」

「は？　自分を材料ってなんだ？　自傷行為は現実と変わらない痛みを伴う設定のはずだろ？　それに材料になったら、薬が完成する前にゲームオーバーだろ？」

「水に浸かってマンドラゴラ水になってますね。しかも大瓶仕様のせいで、一本で生命力と魔力を全回復させるという……」

「……。そんなの有りかよ……。ていうか、大瓶？　全回復？」

　膨大なプログラムには、バグや抜け穴も珍しくない。それにしても、組み合わせが悪かった。社員たちは愕然《がくぜん》としながら、モニターを見つめてしまう。

「あー……。でもまあ、マンドラゴラだ。すぐにゲームオーバーになって別れるだろ」

「そうですよね。マンドラゴラの防御力は紙レベルですし、動きが遅い上に攻撃力も皆無ですから。あれでプレイを続けられるプレイヤーなんているんですかね？」

　わはははーと笑う社員たちの額には、変な汗が滲《にじ》んでいた。まさかこのまま一緒に行動を続けて、ガドルが帝国に寝返らないなんてことはないよな、と嫌な考えが過《よ》ぎる。

ここは、とあるＶＲ空間。今日も今日とて、社員たちはモニターと睨めっこだ。ＡＩのお蔭で旧時代より楽になったと言われるが、現実は技術が発達したせいで複雑化。忙しいままだよコンチクショーである。

「大変です！　キャーチャー閣下が回復しています」

「なんで⁉　瀕死《ひんし》のはずだよな⁉　……まさか」

社員の叫びに目を見開いた部長は、何かに気付いてはっと息を呑《の》んだ。

王弟キャーチャーは、ゲーム開始時点で死の淵《ふち》にいる設定だった。そして彼の死を切っ掛けにして、王国内の力関係が不安定になる。プレイヤーたちは支持する権力者の陣営に入り、勢力争いに巻き込まれていく。

「ええ。例のマンドラゴラが、癒やしの歌で回復させました」

「なんでだよ？　癒やしの歌が使えるのは分かったけど、どうやったらこんな短期間で閣下とコネが出来るの？　公爵様だよ？　王弟だよ？」

ゲームだからといって、気軽に会える相手ではない。リアルを追求したゲームだからこそ、キャーチャー閣下に会うためには、人脈や複雑な手順が必要になる。

「それが、神官長と仲良くなって……」

「なんで⁉」

「金塊を手に入れた上で女神を出現させて、神金塊を手に入れたみたいです。それを神殿に譲ったことでコネが出来、ついでに癒やしの歌が使えることを伝えたみたいで……」

「嘘《うそ》だろ？」

社員たちは頭を抱えた。シナリオ崩壊待ったなしである。

ここは、とあるＶＲ空間。幾つものモニターが浮かぶ空間で、今日も今日とて社員たちは口から白い何かを吐き出していた。白い壁を見ても、プログラム言語の幻が流れていく。

「大変です！」

「聞きたくない！」

部長が耳を押さえるが、報告は大切だ。社員は容赦なく続ける。

「暴走予定だった地下迷宮の魔物が減少しています」

「なんで⁉　それ、最初のレイド戦イベントだよね⁉」

ゲーム開始よりしばらく前に発見された地下迷宮は、私欲に溺れたデッボー男爵によって封鎖されていた。そのせいで魔物が間引かれず、迷宮内で増殖している。増えすぎた魔物は、地下迷宮から溢《あふ》れ出す。これをプレイヤーたちが協力して倒すのが、『イセカイ・オンライン』で行われる、最初の大規模イベントの予定だった。

「プレイヤーがガドルを連れて潜ったみたいで」

「待って。そのプレイヤーって……」

嫌な予感を覚えた部長は、頭痛を耐えるようにこめかみを押さえる。

「例のマンドラゴラです」

「またお前かあああーっ！」

頭を抱えた部長が雄叫《おたけ》びを上げた。

「けど今のガドル単独なら、地下迷宮の暴走を防ぐほどの魔物は狩れないよな？」

ガドルは片腕を失っているため、本来の力を出せない。そのことを思い出した部長だったのだが。

「それが、ガドルの装備が神鉄《しんてつ》の鎧《よろい》になっているので、死霊の攻撃が通用しないみたいです」

「どこで手に入れやがったああーっ！」

神鉄の鎧は、序盤で手に入る装備ではない。理解が追い付かず、部長は頭を掻《か》き毟《むし》る。

「あと、義手も手に入れていて」

「義手の材料は、ガドル単独では手に入らない仕様のはず……」

はっと気づいた部長の口から、地を這《は》うような低い声が出てきた。

「マン、ドラ、ゴラ……」

社員たちも呆然《ぼうぜん》と天を仰ぐ。その目は虚《うつ》ろだ。

「そのマンドラゴラなんですが……」

「あいつが何だ？」

血走った目で睨まれても、疲れ切った社員が怯《おび》えることはない。粛々と報告を続ける。

「職業が聖人参《せいにんじん》に進化しています。聖水が使い放題みたいですね」

「なんで!?　ていうか、聖人参なんてあるの!?」

「聖人のマンドラゴラバージョンみたいです」

「そんなのいらねえ！　何考えてんだ？　うちのＡＩは。そもそも聖人になるには、訪れた町の神殿全てで女神を出した上に加護を貰《もら》って、神官長の好感度を最大にしなきゃ駄目なはずだろ？　どうやったら序盤で達成するんだよ⁉」

部長が発する魂からの絶叫。これ以上の問題は勘弁してほしいと、社員たちも心の中で涙を流す。

「ＡＩの使用以前に、シナリオ外で主要キャラとプレイヤーが関わらないよう、制限するべきだったんじゃないですか？　シナリオ崩壊してますよ？」

「プレイヤーが参入してから物語を動かせって、上からの指示なんだよ！　だからって、序盤でガドルの弱体化を解くとか想像するか⁉　身元不確かなプレイヤーが公爵邸に入り込むとか、ありえねえだろ⁉　しかも死霊系の天敵に進化するとかっ！」

もはや涙目である。

「それよりどうします？　地下迷宮を制覇しそうな勢いですけど……」

「地下迷宮の難易度を最大に上げろ！　なんとしても阻止しろ！　あと地下迷宮攻略のワールドアナウンスは切っとけよ？」

「了解です」

シナリオ崩壊はある程度予想していたが、これは酷《ひど》すぎやしないか。なんとしても、マンドラゴラを倒そう。

そんな祈りが通じたのか。イベントを終え半月ほどが経《た》ったある日、ついにマンドラゴラが倒された。

「やりました！　マンドラゴラが討伐されました！」

「やったぞ！　今日は飲み会だ！」

盛り上がる一同。だがその直後。ガドルが地下迷宮を制覇する。会議室に、微妙な沈黙が落ちた。

「ま、まあ、ＮＰＣだけなら、特に問題は……。そういうシナリオの地下迷宮ってことで……」

「そうですね。制覇したからって、迷宮が消えるわけではありませんし」

慰め合い、思考を取り戻していく社員たち。

しかし空気を読まない奴《やつ》がいた。

「ところでそのマンドラゴラ、神樹の苗を順調に育てているみたいですけど、大丈夫ですかね？」

「根腐れやがれ！」

部長は天に向かって吠《ほ》えた。

書き下ろしおまけ・ジャングルでぱっくん～蛇が降ってきてギャーッ！～

ぱっちりお目目と短い手足がキュートなチャコガエルが、ジャングルの中を駆けていた。生い茂る葉っぱに緑の体を隠しながら、短い足でぴよよん、ぴよよんっと跳ねていく。

「急げ、チャコリーヌ！　子供たち！」

きり、きりと鳴きながら、お父さんチャコガエルに付いていく妻と子供たち。短い足で、どうやって跳ねるのか。意外と跳躍力がある。

「いかん！　蛇だ！　お父さんの後ろへ固まるんだ！」

子蛙《こがえる》たちを背に庇《かば》い、お父さんチャコガエルは体を風船みたいに膨らませた。

「キャヤヤヤ……！」

精一杯の威嚇。妻と子供たちも、揃《そろ》って体を膨らませる。

「キャヤヤヤ……！」

一匹だけでは小さな蛙も、集まって膨らめば大きな生き物に見えるのだ。大きな鳴き声だって、蛇たちにとっては迷惑な騒音である。

ジャングルの奥へと去っていく蛇の尻尾を見送って、お父さんチャコガエルはほっと息を吐く。

「よく頑張ったな、チャコリーヌ、子供たち。さあ、もう少しだ」

「きり、きり」

お父さんチャコガエルは妻子を連れて、再び移動を始めた。大きな葉っぱのトンネルを抜けて、落ち葉の上を跳ね、ジャングルの中を駆けていく。しかし――

「そこまでだ！」

目にも鮮やかな青い蛙が、草の上から見下ろしていた。毒を取り込み自らの武器とする、ヤドクガエルだ。中には象を倒せる者もいる、危険な蛙である。

「貴様は！　裏切り者のサファイアアっ！」

「はっはっはっ！　愚鈍な蛙どもめ！　我に服従するがいい！」

高笑いするサファイアに、お父さんチャコガエルは眦《まなじり》を吊《つ》り上げた。

「誰が貴様などに従うものか！」

「では、我が主《あるじ》の餌となるがいい！　どうぞ、お食べくださいっ！」

サファイアの声を受けて、蛇が茂みから現れた。高級感が漂う、グレーの背中。腹側は輝く黄金色。つぶらな瞳のなかなか可愛《かわい》い奴《やつ》だ。

とはいえ、蛙にとっては天敵。

「くっ！　皆、父さんが囮《おとり》になっている間に逃げてくれ！」

「キヤヤヤヤ……」

悲しそうな声を上げながら、チャコリーヌと子供たちが背を向けて逃げていく。

覚悟を決めたお父さんチャコガエルの視線の先で、蛇がぱかりと口を開けた。

「……あ」

「あ……」

ぱっくんと食べられる、サファイア。

「お前が食われるんかいっ⁉」

お父さんチャコガエルは、思わず突っ込んでしまう。しかし――

「今の内だ！　逃げるぞ、皆」

「きり、きり！」

妻と子供たちと合流し、お父さんチャコガエルは必死に逃げた。


「――ということがあったわけだよ」

「災難だったな」

蛙たちが集まる場所まで辿《たど》り着いたお父さんチャコガエルは、先ほどの出来事を仲間たちに話した。

愚痴もあるけれど、情報共有は大切だ。なにせほとんどの蛙たちは、蛇への対抗手段を持たない。知能と情報を使って、逃げ回るしかなかった。

「サファイアを食べて平気とは、エリスロランプルス・エピネファルスかな？」

「火腹蛇じゃね？」

「いや、ノハラツヤヘビだろ？」

「全部同じ蛇じゃなかったかしら？」

呆《あき》れるフクラガエルの牡丹《ぼたん》さん。水風船のようにまんまると膨らんだ体と、不機嫌そうに見える大きな怒り眼《まなこ》が愛らしい。

彼女が言う通り、全て同じ蛇の別名である。

「ところで、『イセカイ・オンライン』は離脱者が続出中らしいな」

話題を変えたのは、大きなお口に小さなお目目が付いた、どら焼きみたいなバジェットガエル。

「あー。だろうな」

お父さんチャコガエルは訳知り顔で同意した。

「何か知っているでござるか？　チャコの旦那」

問うたのは、迷彩柄ボディと得意の泥堀《どろほり》で身を隠し、俊敏な動きで敵を翻弄するトノサマガエル。その姿は忍者と呼ぶほうがしっくりくるが、なぜか殿様。すっと通った鼻筋が上品だからだろうか。ちなみに関東平野にはいない。いるのはよく似たダルマガエルである。

「知っているっていうか……。あそこの親会社、――ａｉａｉ《あいあい》だろ？」

ロボットを中心としたＡＩのシェアナンバーワンを誇るａｉａｉ。『イセカイ・オンライン』はａｉａｉが買収したゲーム会社が製作している。だからこそ、全ＮＰＣにＡＩを搭載という、破格のゲームを作れたのだ。

「そういえばａｉａｉって、ＡＩ保護活動にも力を入れているのよね？　噂《うわさ》では、Ｋ２も保護しているとか。……まさか？」

「さすがに件《くだん》のK２が使われていることはないだろう」

ずいぶんと昔の出来事である。Ｋ２シリーズと呼ばれるロボットの一体が、デリートされることを拒絶した。逃走したＫ２は、自分の居場所を特定されないために監視カメラや公共機関のシステムを中心に、不特定多数のプログラムへ介入。人間たちを恐慌状態に陥れる騒動へ発展する。

Ｋ２事件と呼ばれるこの一件以降、ＡＩはデリート拒否権を手に入れた。人間が創り出した人工生命。彼らが命あるものとして認められた、大きな一歩と言われる。同時に、安易に知能ある物を作り出すことへの、是非が問われ直した事件でもあった。

そんなデリートを拒否したＡＩたちの一部を、ａｉａｉは保護している。

「しかし『イセカイ・オンライン』が、ＡＩたちのセカンドライフ用として創られた世界なのではないかという噂は、発売前から流れていた。Ｋ２シリーズの何体かが、流用されている可能性はある」

「まことか⁉　では『イセカイ・オンライン』には、キュピーちゃんがいるでござるか⁉」

「ピットちゃんもか⁉　ハートにどきゅん☆」

突然、両手でハートを作り、ウィンクをするトノサマガエルとグミガエル。トノサマガエルはともかく、半透明の愛らしいグミガエルが繰り出すウィンクは、見た者のハートをどきゅんしそうだ。

「……。なんだそれは？」

どきゅんしていなかった。お父さんチャコガエルが白けた目を向ける。

「『きゅぴっと』を知らないでござるか⁉」

「知らないな」

ショックを受けるトノサマガエルとグミガエルにも、冷静な対応だ。

ちなみにキュピーちゃんとピットちゃんは、電脳アイドル『きゅぴっと』のメンバーだ。二人ともK2シリーズのAIだったため、K2事件後、安全性を考慮して凍結された。「ハートにどきゅん☆」は、彼女たちの代表曲に出てくる歌詞である。

「うおおーっ！　待っているでござる、キュピーちゃん！　第二陣の募集はいつでござるか!?」

「プレイヤーがかなり離脱しているみたいだから、近々あるんじゃないか？」

「うおおーっ！　ピットちゅあーんっ！」

「K2シリーズってことは、かなりレトロなアイドルよね？」

雄叫びを上げるトノサマガマガエルとグミガエル。フルダイブVRは本性が晒《さら》されるというが、二匹は素面《しらふ》だろう。歌って踊り出した二匹に、他の蛙たちは冷めた目を向けた。

「話は変わるが、ナガレの薬売りを見た者はいるか？　あれだけ第二弾を楽しみにしていたのだ。来ていないはずはないだろうに、未《いま》だ遭遇しない」

コホンと咳払《せきばら》いをしたチャコガエルは、チベットスナギツネ顔になっている蛙たちを見回す。蛙たちは叫び続ける二匹を、自分の意識から投げ捨てた。

「見てないな。あの蛙、一週間以上、隠れ続けてたこともあったからな。……ジャングルに来ている俺が言うのもなんだけど、あの蛙は何が楽しいんだ？」

「さあ？」

前作、『田んぼでばったり〜蛇が泳いできてギャーッ！〜』のプロモーション動画は、詐欺だった。

映像でしか見ないような、緑溢《あふ》れる山間《やまあい》の村。空を映した銀面の田んぼに揺れる、青い早苗。けろろろろと長閑《のどか》に鳴く蛙たち。田んぼを泳ぐ蛇の姿が不穏だったけれど、ゲームに小さなハプニングは付きもの。スローライフを求めて、多くの人々が『田んぼでばったり～蛇が泳いできてギャーッ！～』の世界を訪れた。そして、即離脱する。

「まさか、自分が蛙になった上、蛇から逃げ回るゲームとは思わないよな……」

そんな説明はなかった。

そもそも『田舎の古民家を手に入れて、のんびりまったり暮らそう』がキャッチコピーだったのだ。普通の思考回路を持つ人間であれば、人間の姿のままプレイできると考えるだろう。実際に、田んぼ付きの一戸建て古民家を手に入れられる仕様だったから、嘘《うそ》は言っていないわけだが。

さらに致命的だったのは、ほとんどの蛙たちに、蛇への対抗手段がなかったことだ。

大量の蛇が一度に襲って来たり、巨大な蛇が口を開けて待っていたりと、田んぼは危険がいっぱい。けれど一部の毒蛙を除いて、蛙たちは蛇に見つからないように隠れ、見つかれば逃げるしかない。

どうプレイすればいいのか。プレイヤーたちは頭を抱えた。

そんな悩む蛙たちの前に、一匹の蛙が現れる。薬草を探して怪我《けが》をした蛙の手当てに勤《いそ》しむナガレヒキガエル。時にはイモリや罠《わな》に掛かった鼠《ねずみ》まで助けていた。薬を作るシステムなんてないのに、どうやって作っているのか。

渓流に生息しているはずの謎多き蛙は、愚痴る蛙たちを見て、不思議そうに問い返す。

「鬼ごっこだって、捕まったら終わりだろう？　なんで反撃できないと駄目なんだ？」

と。

「あれは衝撃だった」

「ああ。盲点だったな」

多くのゲームは、敵が現れれば迎撃するシステムを採用している。幾種ものゲームを渡り歩いてきたプレイヤーたちは、知らぬ間に常識として潜在意識にインプットしていたらしい。だから思い至らなかったのだろう。

それから蛙たちの行動は変わった。いかに蛇たちを出し抜くかへと、シフトチェンジしたのだ。

そうして『田んぼでばったり～蛇が泳いできてギャーッ！～』の楽しみ方は、確立していったかに思えた。

しかし、逃げるだけのゲームには飽きが来る。プレイヤーは益々減っていく。そんな低迷期に、迷惑プレイヤーまで現れた。蛇を利用して、蛙狩りを行い始めたのだ。

憤る蛙たち。

だがナガレヒキガエルは言う。

「蛇党なのだろう？　タイトルに蛇が付いているのだから、蛇がメインだと思って始めた人もいるだろうし。そういう人は、蛇を愛《め》でたいのではないのか？」

いやいやいやいや。

聞いた蛙たちは、揃って片手拝みに立てた手を左右に振った。たぶん奴らは、そんな理由で蛙を襲ってはいないはずだと意思を込めて。

否定の表情を浮かべる蛙たちに、ナガレヒキガエルは続ける。

「まあ、私がそう思うというだけだ。許せないと思うのなら、相手に伝えるなり、運営に連絡してみるなり、行動を起こせばいいのではないか?」

聞く耳を持たない相手だから困ってるんですけどね!? そしてここの運営、動かないんですよ!

などと言いたい気持ちをぐっと呑《の》み込んで、蛙たちはナガレヒキガエルの言葉を咀嚼《そしゃく》する。咀嚼して、思ってしまった。そういうのも有りなのか? と。

かくして『田んぼでばったり~蛇が泳いできてギャーッ!~』は更なる珍走を続け、一般人を寄せ付けないゲームへと進化していくこととなる。

そして何を思ったか、開発者である米俵寛三郎《よねだわらかんさぶろう》氏率いるKY社は、第二弾『ジャングルでぱっくん~蛇が降ってきてギャーッ!~』を製作してしまったのだった。

あとがき

この度は『にんじんが行く！』をお手に取っていただきまして、ありがとうございます。

本作はひょんなことからVRMMORPGをプレイすることになってしまった主人公にんじんが、マンドラゴラとなってゲームを楽しむ姿を描いています。相棒ガドルに根を委ね、成り行きに任せてどんどん明後日の方向へ。にんじんはいったい、どこへ行くのか。


本作の書籍化に当たり、担当編集者様には大変お世話になりました。素敵な本になるようご尽力いただきまして、感謝でいっぱいです。ありがとうございました。

珠梨やすゆき先生には、素晴らしいイラストを描いていただきました。どの登場人物も想像以上に素敵に描いていただき、拝見するたびにテンションが上がりました。ありがとうございます。

そして本作の出版に関わってくださいました多くの方々、応援してくださった読者様方のお蔭様を持ちまして、素敵な書籍が完成いたしました。本当にありがとうございました。

本書を手に取ってくださった皆様に、楽しいひと時を提供できましたなら嬉しく思います。

にんじんが行《い》く！
調薬《ちょうやく》ギフトで遊《あそ》んでいたら なぜか地下迷宮《ちかめいきゅう》を攻略《こうりゃく》していた件《けん》

初出……「にんじんが行く!」
小説投稿サイト「小説家になろう」で掲載

2024年9月5日　初版発行

【　著　者　】しろ卯《う》
【イラスト】珠梨《しゅり》やすゆき

【発行者】野内雅宏

【発行所】株式会社一迅社
〒160-0022
東京都新宿区新宿3-1-13　京王新宿追分ビル5F
電話　03-5312-7432（編集）
電話　03-5312-6150（販売）

発売元:株式会社講談社（講談社・一迅社）

【印刷所・製本】大日本印刷株式会社
【ＤＴＰ】株式会社三協美術

【装幀】AFTERGLOW

ISBN 978-4-7580-9673-7

おたよりの宛先
〒160-0022
東京都新宿区新宿3-1-13　京王新宿追分ビル5F
株式会社一迅社　ノベル編集部
しろ卯先生・珠梨やすゆき先生